A solidão do espinho

Américo Simões
Ditado por Francesco

A solidão do espinho

Barbara

Revisão
Sumico Yamada Okada

Capa e diagramação
Meco Simões

Foto capa: Null/Radius Images/Latinstock

Primeira Edição/ 10000 exemplares/ Inverno de 2011

Dados Internacionais de Catalogação na Publicação (CIP)
(Câmara Brasileira do Livro, SP, Brasil)
Garrido Filho, Américo Simões
A solidão do espinho / Américo Simões. -- São Paulo:
Barbara Editora, 2011.

1. Espiritismo 2. Romance espírita I.Título.

08-0616   CDD-133.93

Índices para catálogo sistemático:
1. Romances espíritas: Espiritismo   133.93

BARBARA EDITORA
Av. Dr. Altino Arantes, 742 – 93 B
Vila Clementino – São Paulo – SP – CEP 04042-003
Tel.: (11) 5594 5385
E-mail: barbara_ed@estadao.com.br
www.barbaraeditora.com.br

Todos os direitos reservados.
Nenhuma parte desta obra pode ser reproduzida ou transmitida por qualquer
forma e/ou quaisquer meios (eletrônico ou mecânico, incluindo fotocópia e
gravação) ou arquivada em qualquer sistema de banco de dados sem permissão
expressa da Editora (lei nº 5.988, de 14/12/73).

Para as minhas professoras queridas:
Alina Bertoncini,
Arlete Buchaim, Dalva G. Pípolo,
Ada Gracia Thomazielo e Maria Zibordi,
que tanta paciência tiveram comigo;
para as diretoras Silvina Ramos de Almeida
e Alice R. de Oliveira
que dirigiram, com muita dedicação, o Primeiro Grupo Escolar
de Cândido Mota "Professora Clotilde de Castro Barreira",
onde estudei e aos serventes
João S. Marques, Sergilho Ferreira,
Isabel Moya & Raul Miranda,
inesquecíveis.

Capítulo 1

Europa 1817

Era uma noite rara de outono. Havia muitas estrelas no céu, raramente vistas naquela linda região da Europa.

Àquela hora, a cidade estava silenciosa, todos já haviam se recolhido em suas casas para dormir.

Numa das ruelas da periferia da cidade uma moça alta caminhava com vivacidade. Era uma mulher de quase 25 anos de idade. Seu nome: Fida Moulin.

Usava um vestido bordô, de mangas compridas. O rosto era razoavelmente bonito, quando pintado. Os cabelos, castanhos, penteados de forma um pouco sofisticada para a época, também eram graciosos. Tinha um olhar agudo e penetrante que refletia certa preocupação.

Fida parou uma ou duas vezes para ajeitar o vestido e os cabelos, depois voltou a avançar pela rua, apertando o passo. Era como se estivesse atrasada para um encontro. Haveria realmente um, mas não estava atrasada; a pressa se dava simplesmente por ansiedade. Uma ansiedade louca para chegar o quanto antes ao local, para ter uma conversa séria e definitiva com certa pessoa.

"Esperei tanto por esse momento...", comentou consigo mesma. "Mal posso acreditar que a hora chegou!"

Não muito longe dali, uma figura surgia no topo de uma escadaria de alvenaria que ligava à ruela que ficava numa superfície mais alta do que a ruela em que Fida Moulin se encontrava. Era uma figura estranha: de longe parecia ser alguém da realeza, alguém que certamente não combinava com aquele lugar. Usava vestes de veludo muito justas. O cabelo castanho descia em ondas pela nuca, de forma exótica e bela. Era preciso olhar duas vezes para saber-lhe o sexo.

Foi descendo a escadaria como um príncipe ou uma princesa desce as escadarias de um palácio num dia de grande festa. Travou os passos ao avistar Fida Moulin passando em frente aos pés da escadaria. Ela não notou que havia alguém ali, mas esse alguém, sim, e muito bem. Seus dentes brilharam à luz do luar, num sorriso esquisito, matreiro, sinistro. Retomou a descida.

À medida que a moça se aproximava do ponto de encontro, a ansiedade se agravava e a sensação de um perigo iminente se intensificava em seu interior. Uma sensação que a acompanhava desde que ela deixara a pensão onde estava hospedada desde que chegara à cidade. Um pressentimento ruim a seguia como se fosse uma sombra.

Subitamente sentiu um aperto na nuca, um aperto esquisito e teve a nítida sensação de estar sendo vigiada, como se olhos invisíveis acompanhassem o seu caminhar. Todavia, olhou para trás, por sobre os ombros, por onde havia passado mas tudo que viu foi uma ruela deserta sem vivalma. Arrepiou-se novamente.

De repente, a caminhada parecia não ter fim e o local a que pretendia chegar tornara-se inatingível. Começou a desconfiar que tivesse seguido pela rua errada. Teria de fato? Deus quisesse que não.

Os arrepios se intensificaram e logo tornaram-se calafrios; seus olhos começaram a ficar embaçados, era ansiedade demais, emoção demais e, ao mesmo tempo, medo provocado por aquela maldita sensação de um perigo iminente.

Fida deteve os passos novamente, respirou fundo, ajeitou o

vestido, os cabelos e continuou. Ao atravessar mais uma esquina, logo avistou o ponto de referência. Uma casa, pintada de cor amarela, linda, que sob a luz do luar, ficava luminescente.

Respirou aliviada, não errara o caminho. Que bom, faltava pouco agora para chegar ao local tão desejado. A seguir, ela apertou o passo, estava quase correndo pela estreita calçada.

Passou por uma moça que usava um vestido simples de cetim, cor de rosa. Tinha um decote exagerado, bem apertado para deixar os seios protuberantes e exuberantes. Seu nome era Elza Moulan. Os olhos verdes e imensos de Elza olhavam, cheios de desejo, para Damián Sopespian, um rapaz de porte bonito, com barba por fazer, um rosto altamente sedutor.

— Quero me entregar para você — disse Elza, com uma dicção muito clara.

O rapaz sorriu, com os olhos tomados de desejo. Um sorriso que foi quebrado quando a jovem, subitamente, o beijou quente e ardentemente.

A monumental figura citada há pouco passou pelo casal bem neste exato momento. Eles não se ativeram a sua fisionomia, tinham, na sua opinião coisas mais importantes para fazer.

A extravagante figura apertou o passo assim que deixou o casal para trás.

Enquanto isso Fida Moulin seguia, cada vez mais ansiosa para o seu destino. Não demorou muito para avistar a estreita passagem do beco que procurava. Parou diante dele, ajeitou o vestido, os cabelos e sem mais delongas entrou no local. Nem sequer olhou para trás, estava certa de que a pessoa com quem ela marcara o encontro, já estava lá dentro, aguardando por ela.

O beco tinha mais ou menos uns cinquenta metros de comprimento. Um trecho, à noite, ficava tão escuro que mal se podia andar direito por ali. O fundo era mais claro, pois era iluminado pela luz do luar. Fida logo constatou que fora a primeira a chegar ao ponto de encontro.

Um novo suspiro de alívio emergiu de seu peito, encobrindo por alguns segundos aquela sensação de perigo que a atormentava desde que saíra da pensão.

Nisso, a moça ouviu passos atrás de si. Quem ela tanto ansiava encontrar, chegara finalmente. Ela ajeitou novamente o vestido e o cabelo e virou-se. Ao reconhecer a criatura, parou e sorriu lindamente. Finalmente, após tanta busca, ela estava diante da pessoa que tanto almejou nos últimos dois anos. Um suspiro de emoção escapou-lhe do peito.

Nesse ínterim, Damián Sopespian descia suas mãos ardentes de desejo pelo corpo de Elza Moulan. A moça pouco se importava com as mãos abusadas do rapaz, queria mais é ser apalpada, acariciada e desejada. Damián estava prestes a mergulhar seu rosto no decote exuberante da jovem, quando avistou um policial dobrando a esquina.

— É melhor sairmos daqui. — falou, endireitando o corpo. — Não quero confusão com a polícia.

— Eu sei onde podemos ficar à vontade, querido. — sugeriu Elza, ajeitando o decote. — Bem à vontade se é que me entende.

Um sorriso largo estampou-se na face do rapaz. Chegou a brilhar sob a luz forte do luar.

— Vamos para o beco que fica aqui pertinho. — completou Elza num tom libidinoso.

— Beco? — estranhou Damián. — Becos podem ser lugares muito sujos e perigosos. Esconderijo de bandidos...

— Esse não é, acredite-me. Lá poderemos fazer o que quisermos sem que ninguém nos atrapalhe.

Sem mais delongas, Elza puxou o rapaz pelo punho, que seguiu enfunado a ela como uma modesta canoa presa a um majestoso navio.

Nem bem entraram no beco, Elza agarrou Damián e começou a beijá-lo. Beijá-lo, louca e desvairadamente. Ele ia dizer alguma coisa, mas ela o calou novamente com um de seus beijos ardentes.

Como havia muito pouca luz ali, ela decidiu puxar o rapaz para o fundo do beco onde poderiam ser iluminados pela luz do luar. Sabia que haveria luz porque já estivera ali anteriormente; era assídua frequentadora do lugar na calada da noite. Era para lá que seguia com os homens que lhe *apeteciam.* Por isso conhecia o local tão bem.

Elza caminhava alegremente em direção ao fundo do beco quando avistou algo caído sobre o chão de paralelepípedos. Seus passos travaram-se assim que percebeu o que era. Damián colidiu com ela diante de sua parada súbita.

— O que foi?! — indagou. — Por que parou?!

Só então o rapaz avistou sobre o chão, a uns oito metros de onde se encontravam, o que fez Elza parar tão subitamente e perder a fala: um corpo de mulher, com os braços bem abertos, o cabelo comprido caindo pelos ombros. Os olhos, já sem vida, ainda transpareciam o desespero, o susto e o pânico pelo que acabara de lhe acontecer. O corpo se esvaía em sangue.

A boca de Damián se abriu e fechou. Imóvel, apenas seus olhos pareciam ter vida, concentrados no corpo assassinado estendido no chão.

Elza mantinha o olhar sobre o cadáver, com os lábios firmemente apertados. O que via parecia cena de pesadelo. Assustou-se ao perceber que havia um homem, em pé, a menos de um metro do corpo golpeado, de costas para ela e Damián, olhando atentamente para a vítima. Parecia alheio a tudo mais que acontecia a sua volta.

Tratava-se de Fádrique Lê Blanc e pela sua cabeça, passavam mil pensamentos ao mesmo tempo, um se acavalando ao outro, provocando uma tremenda confusão mental.

Tinha realmente mais idade do que aparentava. Seu rosto era extremamente bonito, com traços perfeitos. Os cabelos eram castanho-claros, como se houvesse uma fina camada de ouro sobre alguns fios e os olhos eram azulados, de gato, hipnóticos, prendiam a atenção tanto quando seu rosto bem escanhoado.

Nisso, Elza gritou, um grito histérico que rompeu o silêncio macabro do beco. Fádrique virou-se para trás como um raio e seus olhos arregalaram-se ainda mais de susto e pânico ao ver o casal olhando horrizado na sua direção. Seus lábios agora tremiam e não havia mais cor neles. O terror estampava agora sua bela face.

Elza tornou a gritar ao perceber que a camisa branca, que Fádrique Lê Blanc usava por baixo de um paletó de veludo vermelho, estava manchada de sangue.

Damián procurou confortá-la em seus braços. Seus olhos também transpareciam pavor. A moça soluçava contra o seu peito. Fádrique Lê Blanc continuava a encará-los com olhos aterrorizados.

Subitamente, Elza voltou-se para ele e perguntou:

— O que foi que você fez, homem de Deus?

A resposta de Fádrique soou trêmula:

— N-nada. Não fiz nada.

— Nada?! C-como nada?! E essa mulher aí, estirada aos seus pés, esvaindo-se em sangue?!

— E-eu...

Os olhos muito abertos de Elza fitavam recriminadoramente o lindo e elegante rapaz.

— Por que fez uma barbaridade dessas com essa moça, com essa pobre moça?...

Fádrique dava a impressão de ter levado uma paulada na cabeça. Repetia sem parar:

— Não fiz nada... não fiz nada... Não fui eu!

Elza respirou fundo. Livre da paralisia momentânea, atirou a cabeça para frente e gritou:

— Assassino!

A acusação saiu em meio a uma explosão de saliva.

— Não! — estremeceu Fádrique, em pânico.

— Assassino! — repetiu ela, erguendo ainda mais a voz.

A palavra ecoou pelo beco ainda mais alto.

— Vocês estão compreendendo tudo errado. — defendeu-se Fádrique mais uma vez. — Essa mulher já estava morta quando aqui cheguei.

Olhando horrorizada ao redor, Elza perguntou:

— Onde foi parar o assassino, então?

— Eu não sei. Estou tão chocado com o que vejo quanto vocês!

— Eu estive o tempo todo lá na rua — explicou Elza — e, por mim, só passou essa mulher brutalmente assassinada e o senhor. Ninguém mais entrou nesse beco senão vocês dois.

Elza mentiu nesse instante. Sabia que havia passado uma figura estranha por ela, enquanto era fornicada pelo namorado daquele dia, mas não tinha certeza se era Fádrique Lê Blanc quem realmente havia passado. Acreditou que sim, ou quis muito acreditar ser ele próprio.

— Qualquer um pode ter entrado aqui. — defendeu-se, Fádrique, mais uma vez.

Virando a cabeça de lá para cá, Elza indagou, em tom enojado:

— Por onde?

De fato, as paredes das edificações que formavam o beco eram altas, tão altas que impossibilitavam a qualquer um entrar ali. Havia portas que davam para ele, certamente, mas eram portas de casas comerciais, estavam fechadas àquela hora e assim, supunha-se que os locais estavam vazios.

Elza voltou a chorar histericamente. Damián a sacudiu e disse, autoritariamente:

— Acalme-se, por favor.

— Acalmar-me?!

Fádrique Lê Blanc tornou a falar em sua defesa:

— Alguém entrou aqui e você não viu.

— Não sou cega.

— Eu não matei essa moça. — jurou Fádrique, trêmulo. — Eu juro! Vocês têm de acreditar em mim!

— Assassino! — repetiu Elza, feroz.

Puxando Damián pela mão, a histérica garota disse:

— Vamos sair daqui, Damián, antes que esse louco nos mate também, como acabou de fazer com aquela pobre coitada.

Assim que o casal chegou à rua, a jovem começou a gritar a toda voz:

— Socorro, polícia!

O policial que vistoriava as imediações, ao ouvir seus gritos, correu até eles. Nem bem chegou, Elza foi logo dizendo:

— Meu senhor, há uma moça morta aí no beco! Foi assassinada!

— Morta?!

— Brutalmente assassinada. E o assassino ainda está aí.

Diante do bafafá todo, os moradores da rua começaram a abrir as janelas e portas de suas casas para saber o que estava acontecendo. Logo a rua foi ficando tomada de gente. Outro policial da noite, assim que avistou a agitação, correu até lá para saber o que havia acontecido.

Só então, os dois policiais, mais Elza, Damián e alguns moradores entraram no beco. Fádrique Lê Blanc continuava em pé junto ao corpo, como se o estivesse vigiando.

— Quem é o senhor? — perguntou um dos policiais.

— Meu nome é Fádrique Lê Blanc.

A camisa borrada de sangue de Fádrique chamou a atenção da autoridade.

— Nada tenho a ver com esse assassinato. — afirmou Fádrique. — Passava pela rua quando ouvi um grito abafado de mulher, achei suspeito e, por isso, entrei no beco para ver se alguém precisava de ajuda. Foi então que avistei o corpo caído ao chão, ao me ajoelhar para saber se ainda estava vivo, sujei de sangue a minha roupa.

— Havia mais alguém, além do corpo da vítima quando o senhor chegou a este local?

— Não.

A resposta de Fádrique soou forte e precisa.

— O assassino — continuou Fádrique com a mesma precisão —, deve ter certamente se escondido na parte escura do beco, e eu devo ter passado por ele sem notá-lo. Qualquer um pode ficar agachado ou encostado contra a parede daquele trecho do beco, que não será visto por quem passar por ali, ainda mais por alguém como eu, que entrei no local, agitado, preocupado para saber o que estava acontecendo por aqui.

O policial voltou os olhos na direção da vítima. Olhou com atenção para os olhos semi-abertos por um instante e só então perguntou:

— O senhor conhecia a vítima?

— Não. Nunca vi esta mulher em toda a minha vida.

— O senhor tem certeza?

— Absoluta.

A resposta de Fádrique fez novamente um burburinho ecoar pelo beco. Em tom muito profissional, o policial decretou:

— O senhor terá de nos acompanhar até a chefatura de polícia*.

— T-tudo bem.

Fádrique Lê Blanc apanhou sua cartola caída ao chão, ajeitou-a sobre a cabeça e seguiu a autoridade. Ao passar por Elza, a moça perdeu as estribeiras novamente:

— Assassino! Tomara que apodreça na prisão por ter feito uma barbaridade dessas com uma mulher. Assassino!

Todos os curiosos olhavam para a cena, perplexos. Perplexos pelo ataque histérico de Elza e pela beleza encantadora do rapaz que ela acusava. As mulheres jamais haviam visto um moço tão bonito quanto aquele.

De fato, Fádrique Lê Blanc era um moço extremamente bonito. De uma beleza rara. Como um diamante raro. Nenhum homem poderia se furtar a admitir que ele era realmente um homem bonito. Um daqueles que fazem com que todo mundo pareça apagar-se ao seu lado.

Fádrique Lê Blanc jamais pensou que sua vida mudaria daquela forma naquele dia, naquela noite. Não estava preparado para aquilo, talvez nunca estaria.

***

Nos dias que se sucederam a polícia descobriu que a vítima era estrangeira e que se apresentara na pensão onde se hospedara com o nome de Fida Moulin. Ali, pouco sabiam a seu respeito. Não era uma moça de muita prosa, tampouco de ter amigos,

---

*Palavra modernizada. (Nota do autor).

enquanto esteve lá não foi vista acompanhada de nenhum homem ou mulher de qualquer idade.

Elza e Damián deram seus depoimentos. Tudo apontava numa só direção: Fádrique Lê Blanc como assassino de Fida.

Apesar de o rapaz bradar por inocência, as provas contra ele mostravam-se irrefutáveis. O caso foi para o Promotor Público e ele, diante de tantas evidências, decidiu levar o acusado a julgamento.

Diante da sua condição social — o rapaz era extremamente pobre, o que ganhava na loja de secos e molhados onde trabalhava, mal dava para pagar o quarto que alugara para morar — foi designado para atendê-lo pela Ação de Defesa das Pessoas Pobres um advogado de defesa. Era um senhor de meia-idade muito capaz, com um olhar perspicaz, e bastante preciso na maneira de se expressar.

O julgamento do rapaz teve como juiz, o senhor Thorsten Kuerten, um homem escrupulosamente imparcial e um júri composto de 6 homens e 6 mulheres. Todos, até onde se sabia, pessoas idôneas.

As provas médicas foram consideradas primeiro. Ficou estabelecido que a morte de Fida Moulin se deu por volta das vinte e duas horas; o médico-legista e o acompanhante se recusaram a ser mais precisos. A vítima fora morta a pauladas, cerca de oito. O assassino tinha de ter um bocado de força para arremessar contra a vítima golpes tão fortes. Deveria estar descontrolado para não perceber que um golpe só, o primeiro, no crânio, fora suficiente para matar a moça.

Foi apresentada a seguir a arma do crime. Fora encontrada no próprio beco no dia seguinte ao crime pelos investigadores. Estava toda ensanguentada. Era um pé de mesa feito de madeira nobre, certamente levada até o local pelo próprio assassino.

A roupa que o acusado usava naquela noite também foi exibida. Foi comprovado que as manchas de sangue presentes eram realmente da vítima. Havia gotículas de sangue espirrado em diversas partes da veste, fato que levou os investigadores a suspeitarem ainda mais de Fádrique Lê Blanc como assassino.

Não haveria aquele tipo de mancha de sangue espalhada por sua roupa, se ele tivesse somente agachado para ver se a vítima estava viva, como afirmou no depoimento. Ela só poderia ser explicada se uma pessoa estivesse bem próxima de quem estava sendo golpeado.

O tribunal se agitou diante desta evidência. Foi preciso que o juiz batesse o martelo para que o silêncio necessário ao desenrolar de um julgamento imparcial fosse restabelecido.

A primeira testemunha a ser ouvida foi Elza Moulan. Nunca alguém se mostrara tão disposta a testemunhar sobre um crime. Ela contou detalhadamente, sem esconder a euforia, tudo o que presenciou naquela noite fatal.

O promotor fez mais algumas perguntas, as quais Elza respondeu prontamente, sem titubear por um segundo sequer. Parecia ter todas as informações que iriam precisar na ponta da língua.

Não pôde dizer com certeza a que horas Fádrique Lê Blanc e Fida Moulin haviam passado por ela e o namorado, entre aspas, pois nunca fora de consultar o relógio.

A Defesa perguntou a seguir:

— Como pode ter certeza de que era mesmo o senhor Fádrique Lê Blanc que passou pela senhora se estava aos beijos e aos abraços com o seu, namorado, digamos assim?

— Porque sou uma moça muito atenta a tudo. Costumo dizer que tenho olhos até na nuca.

A Defesa fez ar de deboche.

— É mesmo? — comentou, irônico.

O homem ia dizer mais alguma coisa, mas Elza o interrompeu:

— Foi esse sujeito, sim, podem estar certos, que matou aquela pobre mulher. Conheço bem esses homens de rostinho bonito, sei muito bem o quanto são ordinários. Ele a matou a sangue frio e acho que teria me matado se eu tivesse presenciado o que testemunhei, sem ter Damián ao meu lado.

Fádrique Lê Blanc olhava para a moça, agora, com os olhos tomados de perplexidade.

— Minha intuição é forte, meu senhor. Sempre foi. Para mim o réu conhecia a vítima de algum lugar, chego a pensar que ela era sua esposa e ele quis se livrar dela para poder se casar com outra sem a sua interferência. Talvez ela o estivesse chantageando.

— Isso é mentira! — explodiu Fádrique Lê Blanc, derramando-se em pranto.

O Juiz interferiu rapidamente no seu protesto. Bateu o martelo e exigiu novamente silêncio.

O advogado de defesa olhou bem para Elza e disse:

— Senhorita, não podemos julgar um homem por meio de sua intuição. É preciso ter fatos concretos, provas concretas para condená-lo.

Elza soltou um risinho cínico antes de afirmar:

— Mas fatos e provas concretas os senhores têm e de sobra. Todas as pistas levam a ele. Eu só falei da minha intuição por falar, sei que ela de nada serve neste caso.

O homem ficou sem graça, não esperava por aquela resposta. Tratou logo de se recompor assim que lhe ocorreu uma hipótese bastante plausível:

— Talvez a senhora esteja querendo incriminar o réu por ter

tido algum desagrado com ele no passado.

— Eu?! — exaltou-se Elza Moulan.

— A senhorita mesma. — afirmou a defesa com fria superioridade. E movendo um dedo admoestador para ela completou: — Talvez o réu a tenha deixado de coração partido no passado.

— Nunca vi esse homem em toda a minha vida. — defendeu-se Elza categoricamente, parecendo ultrajada com a suposição.

O advogado de defesa insistiu:

— Talvez o acusado tenha feito algo, direta ou indiretamente, para alguém que a senhorita estime muito. Vê-lo condenado seria a seu ver uma ótima forma de vingança.

— Ainda que isso fosse verdade, como eu poderia tê-lo atraído até aquele beco, àquela hora, para fazê-lo suspeito de um crime? Além do mais, alguém teria de matar a pobre da moça, quem faria isso? Eu não fui. Estava com Damián o tempo todo. O próprio Damián viu quando Fida Moulin passou por nós. Sabe como é homem, bastou aparecer um rabo de saia, que mesmo nos braços de uma outra mulher, ele se vira para vê-la passar.

— A senhora poderia ter um cúmplice.

— Cúmplice, eu?!

Elza riu.

— Seja coerente com os fatos, meu senhor, por favor. Não havia ninguém mais naquele beco senão eu, Damián, o réu e a vítima. Não saímos de lá, em momento algum, após a descoberta do crime. Por nós ninguém mais passou. E não haveria de passar mesmo porque o criminoso continuou lá diante da vítima que acabara de assassinar brutalmente a pauladas.

A Defesa ficou aturdida novamente com a perspicácia da testemunha de acusação.

A seguir veio o testemunho de Damián Sopespian. No cômputo geral ele causou boa impressão. Seu testemunho foi claro e simples. Não podia dizer com certeza a que horas Fida passou por ele e Elza, pois também nunca fora de consultar o relógio. Quanto a Fádrique, não podia afirmar, com certeza, que ele havia passado por eles pois estava de costas para a calçada, só sabia que alguém havia passado por ali, só não viu quem era.

A Defesa fez mais algumas perguntas e Damián as respondeu com a mesma precisão de Elza.

Foram ouvidos em seguida os dois policiais que chegaram ao local naquela noite. Depois, ouviram-se alguns dos moradores que acordaram devido à balburdia na rua. Nada em seus testemunhos divergia dos demais. Todos eles continuavam apontando para uma única só pessoa como assassino de Fida Molin: Fádrique Lê Blanc.

Após ouviu-se a Acusação. De tudo que foi dito vale a pena ser mencionado aqui, somente o fato a seguir:

— Apesar de a polícia não ter encontrado nenhum elo entre o acusado e a vítima, tudo leva a crer que eles se conheciam, provavelmente de algum lugar distante. O país de origem da vítima, provavelmente.

Chegou a vez do réu falar em sua defesa.

— Eu não matei aquela moça, eu juro! — alegou Fádrique, meneando negativamente a cabeça. — Vocês têm de acreditar em mim! Pelo amor de Deus, vocês tem de acreditar em mim!

— O que o senhor fazia naquela noite, naquele horário, naquele lugar? — perguntou o advogado de acusação.

— Eu já disse: estava em busca do endereço de uma loja, que um colega meu havia me passado alegando que estavam precisando de um funcionário.

— Que hora estranha para visitar um local de trabalho, não?!

— Fui até lá para ver o local, para saber se realmente existia, se não era tapeação. Não poderia pedir licença do meu trabalho para ir atrás de algo que não existia. Por isso fui me certificar.

— E o endereço que lhe foi passado levou o senhor de fato a algum comércio com placa de precisa-se de vendedor na vitrine?

— Sim.

— E eles realmente estavam precisando de alguém para trabalhar lá?

— Sim. Depois que contei isso à polícia, ela esteve no local e comprovou que a loja realmente estava precisando contratar um novo funcionário, mas que a vaga já havia sido preenchida dias antes. Como veem, eu não menti. Naquela noite, quando eu voltava para a casa, ao passar em frente ao beco ouvi um grito abafado de mulher, corri para dentro do local no mesmo instante por achar que alguém estava necessitado de ajuda. Foi então que me deparei com o corpo da vítima ao chão, esvaindo-se em sangue. Foi horrível, simplesmente horrível. Nunca, em toda a minha vida me vira diante de algo tão deprimente. Devo ter ficado em choque, só voltei a mim quando a moça, a jovem chamada Elza, gritou.

— O senhor alega não ter visto ninguém por lá.

— Alego. Sou da opinião que o assassino estava deixando o beco quando me viu entrando ali. Por estar na parte escura do beco não pude vê-lo, mas ele pôde me ver, assim teve tempo de se esconder para deixar o local logo depois que eu passasse por ele. Todavia, a chegada de Elza e o namorado ao beco obrigou o bandido a permanecer escondido ali por mais tempo. Certamente fugiu, assim que os dois seguiram para os fundos do local. Por isso nenhum de nós o viu.

— Há algo mais que o senhor queira declarar em sua defesa?

— Sim, doutor. Sou inocente. Eu não matei aquela moça

apesar das evidências apontarem-me como o assassino. Sou um homem de paz, jamais mataria alguém por qualquer motivo. Os senhores têm de acreditar em mim.

Após um pausa de meia-hora o julgamento recomeçou. O porta-voz do júri, então, leu a sentença:

— Meritíssimo. O júri considerou o réu, o senhor Fádrique Lê Blanc, acusado de ter assassinado Fida Moulin: culpado.

O rosto de Fádrique transfigurou-se. A expressão de ansiedade mudou para algo facilmente reconhecível como perto do desespero.

— Oh, meu Deus! — exclamou, deixando-se cair na cadeira e afundando o rosto entre as mãos. — Não! — desesperou-se.

Houve um grande alvoroço no tribunal.

O rapaz condenado, então, levantou-se e protestou:

— Isso é uma injustiça.

— Silêncio. Silêncio no tribunal — exigia o juiz, usando de sua autoridade. Assim que foi atendido, falou: — Fádrique Lê Blanc, o senhor pagará por sua barbárie na prisão de Écharde até o último dia de sua vida.

Fádrique já ouvira falar do lugar. Quem não o ouvira? Era um lugar abominável, onde os presos eram obrigados a trabalhar nas pedreiras e devido ao trabalho pesado e os maus tratos que recebiam, a maioria morria em poucos anos.

O sentenciado tornou a bradar por sua inocência:

— Isso é uma injustiça, meritíssimo. É uma injustiça o que estão fazendo comigo. Os senhores estão errados. Eu não matei aquela mulher.

— Assassino! Assassino! — gritavam os presentes, até mesmo as mulheres deslumbradas com a beleza do rapaz acusado e condenado.

Fádrique deixou o tribunal escoltado por quatro policiais,

repetindo, incansavelmente:

— Isso é uma injustiça, uma injustiça...

A jovem Camille Kuerten, filha do juiz Manfred Kuerten, que assistira ao julgamento todo estava surpresa com a reação do rapaz. Surpresa e penalizada. Havia uma pergunta ecoando em sua mente que não queria se calar:

"Como pode um jovem abençoado por Deus com tanta beleza chegar ao ponto de cometer um assassinato? Como?!".

Camille aguardou ali até que seu pai deixasse o local de trabalho.

— Papai! — chamou a moça assim que avistou o juiz.

— Camille! — espantou-se o pai por encontrar a filha ainda ali. — Querida, pensei que já tivesse ido embora.

— Quis esperar pelo senhor.

— Por mim? Quanta gentileza.

O pai beijou-a na testa e perguntou:

— O que achou deste julgamento? Um caso muito simples e evidente, não? O júri só levou 20 minutos para chegar ao veredicto.

— É mesmo, papai?

— Sim. O réu até que tinha um bom advogado de defesa. Ele foi muito consciencioso e fez o melhor que pôde. Mas eu sabia, de antemão de que nada adiantaria para ele apresentar uma apelação, as evidências eram muito consistentes. O réu não tinha nenhuma chance de ser absolvido.

Camille olhou durante algum tempo em silêncio para o rosto vermelho e agitado do pai. O juiz Manfred Kuerten achou graça do jeito que a filha olhava para ele.

— O que foi? — perguntou. — O que está se passando por essa cabecinha?

— O réu, papai, nunca vi um tão desesperado, bradando por sua inocência como o que foi julgado e condenado há pouco. Será que, desculpe me intrometer, que ele não é realmente inocente como alega?

As sobrancelhas do velho Kuerten arquearam-se drasticamente.

— Eu, alguma vez, já julguei alguém errado?

— Não, papai, mas é que... O senhor sabe, ninguém é perfeito... Às vezes, nos enganamos...

— Minha querida Camille, ouça bem o que o seu velho pai tem a lhe dizer, aquele moço, bonito, que você viu há pouco no banco dos réus, é verdadeiramente um assassino. Não se deixe iludir por suas lágrimas, por sua voz entrevada de dor e desespero, por seu porte de bom moço e, principalmente, por sua beleza. Ele matou aquela pobre moça a sangue frio e se o deixarmos solto por aí, ele há de matar outras mais.

Todos os indícios encontrados sobre o caso foram apurados cuidadosamente pelas autoridades e, inclusive, por mim. Todos apontam numa só direção, para uma só pessoa: Fádrique Lê Blanc.

Não podíamos ter feito outra coisa, pelo menos com aquelas provas e evidências. E são as evidências que um júri deve levar em conta.

Manfred Kuerten suspirou. Esfregou o queixo com sua mão grande e forte, sentindo-se repentinamente incomodado com a suspeita da filha.

Camille surpreendeu o pai mais uma vez com suas palavras:

— O senhor, certa vez, ensinou-me a reconhecer um assassino, lembra-se?

— Foi mesmo?

— Sim. Explicou-me que os assassinos são geralmente pessoas muito orgulhosas de si mesmas. Procuram aparentar normalidade, mas se olharmos bem para a sua face veremos que sua naturalidade é forçada, no fundo dos olhos há um quê de insegurança agitando-se ali. Quem mente não consegue ser encarado por um interlocutor por muito tempo sem desviar, ou ficar constrangido.

— É isso mesmo, filha. Você tem uma boa memória.

— Pois bem, papai. Aquele jovem sentado no banco dos réus não se enquadra nesse perfil. Ele estava na verdade em pânico. Seus olhos brilhavam de indignação. Por estar sendo acusado de um crime que não cometeu.

A impressão que tive é de que ele não só chorava por fora, mas por dentro. Parece absurdo o que digo, mas é isso que me ocorreu. As lágrimas dele vazavam tanto para fora quanto para dentro do seu interior. Muitos choram para dentro. Eu mesma já fiz isso muitas vezes durante a vida.

Manfred Kuerten considerou por um momento.

Camille ponderou antes de opinar:

— Só gostaria de saber, papai, o que acontece com aqueles que, por acaso, foram julgados indevidamente?

— Erros fazem parte da vida, minha filha. A justiça procura fazer o melhor, se erra uma vez ou outra, o que se há de fazer?

— Só fico pensando...

— No que?

— No que acontece àqueles que fazem um julgamento errado, que condenam à prisão perpétua um homem inocente. Como eu acho que aconteceu com esse rapaz.

— Você quer dizer em termos "espirituais"?

— Sim, papai.

— Você sabe muito bem, filha, que eu não creio que haja algo além da vida.

— Eu sei. No entanto... Penso que deve haver, a vida não

pode ser só isso.

— Por que não?

— Porque a vida vem se mostrando através dos tempos bem mais profunda do que nos parece ser hoje.

O pai achou melhor mudar de assunto, nunca se interessara muito por esse tema, tampouco apreciava a filosofia.

Apesar da eloquência do pai, Camille Kuerten continuou em dúvida quanto a culpa do lindo rapaz condenado. Nunca, em toda vida, duvidara que um réu julgado culpado houvesse sido julgado erroneamente como acontecia agora. Para ela, Fádrique Lê Blanc era inocente, totalmente inocente; não sabia precisar de onde vinha essa certeza, mas algo dentro dela afirmava categoricamente que o rapaz era inocente.

Se houvesse algo que pudesse fazer para provar a sua inocência, mas o que? Por outro lado se quisesse fazer algo, teria de agir com rapidez. Como todos, ela sabia que nenhum prisioneiro sobrevivia por muito tempo na prisão de Écharde.

A voz de Fádrique, bradando por sua inocência, voltou a soar em seus ouvidos:

"Sou inocente. Eu não matei aquela moça apesar das evidências apontarem-me como sendo o assassino. Sou um homem de paz, jamais mataria alguém por qualquer motivo. Os senhores têm de acreditar em mim... Isso é uma injustiça, meritíssimo. É uma injustiça o que estão fazendo comigo! Os senhores todos estão errados. Eu não matei aquela mulher!"

Ela acreditava nele. Nas suas palavras bem articuladas. Não, não podia estar enganada. Ele realmente era inocente e se alguém não fizesse alguma coisa para ajudá-lo e rápido aquele moço lindo morreria pagando por um crime que não cometera.

Ao rever o rosto do rapaz, em pensamento, a jovem murmurou

para si mesma: "Que homem lindo... em toda vida jamais vi um homem tão lindo quanto este. Jamais pensei, sequer, que pudesse existir tamanha beleza..." A visão fez seu peito se apertar.

Numa espécie de camburão da época, Fádrique Lê Blanc foi levado para a prisão de Écharde*. Um lugar pavoroso, de onde ninguém escapava, tampouco sobrevivia por muito tempo. Ou morriam de exaustão pelo trabalho forçado ou de desgosto. Quem já visitara o local o considerava o espelho do inferno.

De seus olhos já não caíam mais lágrimas, ele parecia mais conformado agora com o seu cruel destino. Sua conformidade e tranquilidade não passavam de mera aparência. No íntimo, chorava e eram lágrimas de sangue, o mesmo que escorre quando um dedo é perfurado pelo espinho pontiagudo de uma flor.

---

*Écharde em francês significa: espinho. O lugar fora apelidado de "Solidão do Espinho" porque o espinho, por mais que se tome cuidado, sempre fere as pessoas da mesma forma que fazem os de índole assassina que por ferirem, afastam todos de seu redor e acabam na solidão. (N.A.)

OBS: As palavras do narrador e diálogos dos personagens deste livro foram modernizados para uma compreensão mais rápida e pratica por parte do leitor. (N.A.)

Capítulo 2

Em um cantinho da Europa havia um pequeno povoado erguido junto a um bosque de pinheiros que findava numa colina, era tão pequeno que nunca recebera um nome específico. Era chamado simplesmente de povoado pelas poucas pessoas que moravam ali.

O local deveria ser composto de não mais que trinta casas. Ao todo deveriam morar no local cerca de 100 pessoas. Não mais que isso. Todos se conheciam e se reuniam na igreja nos fins de semana, para louvar a Deus e cantar.

Uma igreja feita de madeira com uma torre alta onde havia um altar belíssimo em cuja parede de fundo estavam representados Jesus cercado de anjos e sua mãe em pinturas feitas a mão por um rapaz que nascera com o dom abençoado para o desenho e a pintura. Seu nome era Evângelo Felician.

No adro, um teixo dignificado pelos anos.

O povoado ficava longe de tudo, especialmente das cidades grandes. Levava-se pelo menos dois dias a cavalo para chegar à mais próxima e de carruagem, quase uma semana.

Os moradores viviam praticamente do que plantavam, da carne extraída da criação de porcos e galinhas, dos ovos das galinhas, do leite tirado das vacas e de alguns animais abatidos em caçadas.

O dinheiro vinha mesmo por intermédio da Prisão de Écharde que ficava a poucas milhas dali e onde os homens mais jovens, os mais fortes e corajosos trabalhavam fazendo a guarda do lugar. Era um local deprimente, para onde eram mandados os piores criminosos, considerados a escória da humanidade.

Tirando este pequeno detalhe, o povoado era um lugar onde todos aparentemente pareciam viver muito felizes, satisfeitos por estarem cercados pelo verde lindo da natureza, respirando o ar puro do campo.

Um dos fundadores do povoado foi Xavier Accetti — Xavier, tal como no francês era pronunciado "Zaviê" — um homem de uma natureza muito amável e trabalhadora. Pequeno na estatura, cerca de um metro e sessenta — mas grande no coração e na garra de vencer. Casou-se com Daura Damascena, uma mulher que se mostrou, com o tempo, totalmente dedicada ao marido e aos filhos. Até mesmo para o povoado. Era o braço direito e o esquerdo do marido a toda hora.

Quando o governo decidiu construir a prisão de Écharde nas imediações do povoado, o senhor Xavier ficou tão desapontado que chegou a ficar doente por isso. Doía em sua alma saber que perto da sua morada havia um lugar guardando o que havia de pior na raça humana: assassinos frios e desalmados.

Ficou também, na época, preocupado com a segurança dos filhos. Temia que algum prisioneiro fugisse de Écharde e atacasse o povoado. Por vingança matasse os filhos e esposas dos homens que faziam a guarda do local. Que chegassem até mesmo a matar todos que moravam ali.

Xavier teve de aprender a ser confiante com relação a isso, rogando a Deus para que nunca um assassino fugisse de Écharde e causasse uma barbárie daquele tipo.

Por sorte, desde que a prisão havia sido construída nenhum criminoso havia conseguido escapar de lá.

Daura também ficou triste quando o governo construiu a prisão nas proximidades do povoado, pensou em protestar, mas de que adiantaria seu protesto? O jeito era procurar viver sem se lembrar de que aquele lugar cheio de pessoas torpes existia e o que era pior, ficava a poucas milhas de distância de sua morada.

A casa da família Accetti era tipicamente uma casa campesina, muito semelhante às demais casas do povoado. Não havia nada de sofisticado, tudo era simples e prático. Os quartos tinham camas cobertas por colchas de retalhos, decorados com muita simplicidade. O banheiro também era severamente simples, sem nenhum luxo. A cozinha era tão simples quanto o resto da casa, impecavelmente limpa e equipada com um bom fogão à lenha. Viviam todos ali como vive uma família indiana.

O casal Xavier e Daura teve três filhos: Eliéu, Virgínia e Elisa.

Eliéu era o filho mais velho. Casado com Anissa, moça simples respeitável, em todos os sentidos, de boa aparência, com um jeitinho delicado de se expressar. Com ela concebeu um casal de filhos: Duane e Elodie. Duas crianças, lindas física e intelectualmente.

Eliéu tornara-se, por esforço próprio, o chefe da guarda que protegia Écharde. Era respeitado não só no local de trabalho como no povoado, todos ali, tinham-no como se fosse o prefeito do lugar. Apesar de ter um temperamento dócil era severo e extremamente exigente no trabalho. Especialmente com os prisioneiros.

Elisa, a filha mais jovem do casal Xavier e Daura, era uma moça de rosto inteligente e sensível. Seus olhos eram tal e qual os de Virgínia, sua irmã querida: esverdeados, vivos, de uma intensidade penetrante e admirável, sempre atentos ao que se passava a sua volta. Estava de casamento marcado com Thierry Gobel. Rapaz também muito trabalhador, filho de outra típica família do povoado.

Virgínia, a filha do meio do casal Accetti, era uma das jovens mais formosas do lugar. Seus cabelos escuros e anelados brotavam orgulhosamente do teto da testa, os olhos esverdeados, muito vivos estavam sempre prestando atenção a tudo. Não eram só os olhos que eram vivos, seu espírito também era vivo e muito determinado. Era uma jovem com grande reserva de força para o trabalho. Sua voz era calma e bem modulada, raramente variava de tom.

Vestia-se como uma camponesa, com vestidos leves, nas cores claras, do amarelo canário ao rosa, peças bem talhadas, pregueadas abaixo do busto que vestiam bem seu corpo jovem e esguio.

Era uma moça cujo olhar transparecia eterna esperança de alcançar algo maior do que já havia conquistado na vida. Algo que transformasse o seu dia-a-dia totalmente, que a fizesse transbordar de felicidade, uma felicidade jamais sonhada. Por muito tempo ela não vislumbrara esse desejo, agora, sabia muito bem de sua existência.

Tinha olhos também de quem aguardava a chegada de um amor perfeito, que preenchesse todos os seus requisitos, seus desejos de mulher. Secretamente, havia construído a imagem do homem ideal para si. Um homem bonito, extremamente gentil e encantador. Que a levasse para longe do povoado, para uma cidade grande e importante, onde ela pudesse viver tudo o que havia de mais belo e moderno por lá.

Virgínia tinha um pretendente, o talentoso pintor Evângelo Felician. Um excelente pretendente na opinião das mulheres do povoado — tanto as casadas quanto as solteiras. Não só por ser um rapaz bem apessoado, mas por ser extremamente dedicado ao trabalho e um exímio pintor.

Todos pensavam assim de Evângelo, exceto Virgínia. Ela até concordava que ele era bem apessoado, honesto e trabalhador, mas tinha de ser sincera consigo mesma; ele não era, definitivamente, o homem ideal com o qual pretendia se casar.

Quando seu pai insistiu novamente para que aceitasse o pedido de casamento de Evângelo, ela respondeu mais uma vez que "não" e apresentou os seus motivos.

— Que futuro Evângelo pode me dar, papai? Não passa de um pintor, um mero pintor.

— Ele é um grande pintor, minha filha, um dia seu talento será reconhecido pelo mundo. Acredite-me.

— E se não for?

— Se não for, o mundo estará deixando passar incógnito um grande artista.

Elisa que ouvira parte da conversa entre o pai e a irmã, assim que pôde, teve uma palavra a sós com Virgínia.

— Sabe qual é seu problema, Virgínia? É que você vive à espera de um homem ideal. O homem dos seus sonhos pode não passar de uma ilusão.

— Como pode saber que o homem dos meus sonhos é uma ilusão? Por acaso você é vidente, é? Que eu saiba, não.

— Eu, se fosse você, minha irmã, não descartava o certo pelo duvidoso. Você pode acabar só. O certo é, você bem sabe, Evângelo, o duvidoso é o homem que vive apenas nos seus sonhos.

— Prefiro arriscar a trocar o certo pelo duvidoso.

— Evângelo é um homem bonito, Virgínia. Atraente e carinhoso... Talentoso, além de tudo.

Elisa olhou esperançosa para a irmã. Por uma manifestação positiva por parte dela, mas Virgínia foi durona. Disse, com firmeza:

— Se acha isso tudo de Evângelo, por que não se casa com ele?

— Não precisa ser áspera comigo, só estou querendo ajudar. Preocupo-me com você.

— Eu não vejo nada em Evângelo. Nada. Ele é tão sem sal, sem açúcar...

— Que pena, minha irmã, que você não se interesse por ele. Temos tão pouca opção nesse vilarejo, há mais mulheres do que homens por aqui, você bem sabe, por isso muitas acabam só... Se eu fosse você...

— Já sei, casava-me com Evângelo. Você já disse! Não se preocupe comigo, maninha, não, com relação a minha vida afetiva. Um dia, Elisa, o homem da minha vida aparecerá por aqui, entrará, de repente, na minha vida como uma brisa vinda do mar e fará o meu coração palpitar. Vai me olhar fundo nos olhos, sorrir e pedir para me casar com ele. E eu ficarei feliz e realizada nesse dia, feliz para sempre!

— Deus meu, como você é sonhadora, Virgínia.

— O meu sonho haverá de se tornar realidade, maninha, você vai ver.

— Antes todos os sonhos se tornassem reais.

— Os meus, pelo menos, se tornarão.

— Incrível como você confia plenamente no seu sonho de amor.

— Confio porque sei que ele se tornará realidade.

— Espero mesmo que você esteja certa. Que essa sua autoconfiança não a leve para uma vida triste e solitária.

— Pode ficar tranquila, maninha. Tudo correrá bem comigo. Você vai ver. Então, olharemos para o passado e riremos do modo como você ficava preocupada comigo nessa época.

Virgínia sorriu para a irmã, um sorriso bonito, afetuoso e disse:

— Preciso ir, está na hora de eu levar a comida para Écharde.

— Vá, mas antes me dê um beijo.

Virgínia foi até a irmã e a beijou carinhosamente no rosto.

— Oh, Virgínia...

Virgínia pôs o dedo indicador sobre os lábios da irmã, para impedi-la de falar, e disse:

33

— Evângelo não é o único homem da face da Terra para eu me casar, Elisa. Também não sou a única mulher para ele se casar.

Elisa afastou o rosto e disse:

— Evângelo a ama, Virgínia, desde muito tempo... Desde que éramos crianças.

— Eu sei. O que posso fazer se não gosto dele? Tenho culpa agora por ele gostar de mim e eu não? Ele que aceite os fatos e procure outra mulher para se casar. Como eu disse: eu não sou a única do planeta para ele!

Elisa pensou em dizer mais alguma coisa, mas suspendeu o que ia dizer ao perceber que seria totalmente em vão. Virgínia, sorrindo, completou:

— Deixe-me ir, irmãzinha, que o trabalho me espera!

Antes de a irmã partir, Elisa acrescentou:

— Se você se casar com Evângelo poderá ficar livre dessa função.

Virgínia voltou-se para ela, mirou seus olhos e disse com sinceridade:

— Eu não me importo de fazer esse trabalho, Elisa. Nunca me importei.

— Não?!

— Não.

— Mas aquele lugar é horrível, deprimente... Só de lembrar que fica a poucas milhas daqui já sinto o meu estômago embrulhar.

— É um lugar como um outro qualquer, Elisa.

— Como um outro qualquer, você diz?! Ah, tenha dó, Virgínia. Você está sendo irônica. Está me dizendo isso só para me irritar.

Virgínia riu. Elisa fez novo desabafo:

— Com tantos lugares no país para construir uma prisão, o governo tinha de construí-la justamente aqui? Que falta de sorte a nossa.

— A construção de Écharde trouxe muitos empregos para o vilarejo, maninha. Apesar dos pesares, nós prosperamos financeiramente depois que Écharde foi construída nas proximidades.

— Prosperamos, mas pagamos um preço muito caro por isso.

— Para tudo na vida se paga um preço, Elisa.

— Papai ainda teme que um dos prisioneiros fuja de lá, venha para cá e se vingue de nós.

— Como alguém pode fugir daquele lugar tendo as pernas e os punhos algemados constantemente?!

— Esses criminosos são espertos, Virgínia. São ladinos, podem muito bem, um dia, encontrar uma forma.

— Ninguém nunca fugiu de Écharde nos seus 30 anos de existência. Não será agora. Fique tranquila.

Sem mais demora, Virgínia partiu. Foi direto para a edificação construída no vilarejo pelo governo, especialmente para servir de cozinha, preparar a comida a ser servida para a guarda, os carcereiros e os prisioneiros de Écharde. Ali trabalhavam seis mulheres: quatro cozinheiras e duas ajudantes para descascar alimentos como tubérculos e raízes. Assim que a comida ficava pronta, era depositada em grandes tachos, devidamente tampados, para serem levados para a prisão.

Foi Virgínia que abraçara a função de levar os tachos cheios de comida até o local e servi-la aos funcionários. Ficava sob a responsabilidade de dois carcereiros, servir aos prisioneiros. Muita gente perguntava à jovem o porquê de exercer tal função. O porquê era bem simples, na sua opinião. O pouco dinheiro que o governo lhe pagava por aquele trabalho, um dia, ajudá-la-ia para visitar cidades grandes tais como Milão, Paris, das quais sempre ouvira falar, mas nunca tivera a oportunidade de pôr os pés até então.

Após ajeitar os tachos de comida sobre a carroça com a ajuda da cunhada e de outras duas cozinheiras, Virgínia partiu, seguindo pela estrada de terra que levava até a prisão. Ninguém que visitasse o povoado pela primeira vez, faria ideia de que por de trás das belas montanhas, entalhada em pedra havia uma prisão onde estavam encarcerados a escória da humanidade: assassinos, maníacos e sanguinários, enfim, pessoas condenadas por crimes de todos os tipos, contra a sociedade.

Não levou muito tempo para que a lúgubre e sinistra prisão assomasse diante de seus olhos de maneira indistinta, contra um céu azul marinho. Isso porque a lua havia se escondido atrás de uma nuvem naquele instante. Se sob o luar, Écharde já era assustadora, sem luar, era sinistra.

Pouco tempo depois a carroça dirigida por Virgínia atravessava um jardim com canteiros de pedras, um lugar deprimente a qualquer hora do dia.

Eliéu já estava a postos, aguardando pela chegada da irmã. Seu estômago, bem como dos demais guardas e carcereiros, já estava roncando de fome.

Eliéu, moço por volta dos vinte e oito anos, alto, de ombros muito largos, cabelos ruivos, levemente desgrenhados, rosto feio e ao mesmo tempo simpático, chamou pela irmã assim que a viu.

— E aí, maninha? — disse, indo ao seu encontro.

Assim que a carroça parou, ele e um colega de trabalho tiraram os tachos de comida e os levaram para o refeitório do lugar, onde havia uma mesa retangular longa, de madeira e um banco rústico, bastante desconfortável, para se sentar.

Os funcionários do local logo chegaram para fazer a refeição. Virgínia servia a todos com grande presteza.

Jerônimo, homem alto, de rosto vermelho, imponente, com

barba inesperada, o braço direito de Eliéu, após a primeira garfada, soltou um assobio e elogiou:

— A mulherada caprichou hoje, minha gente.

Todos concordaram. Jerônimo engoliu mais uma garfada e, mesmo com a boca cheia, comentou com desagrado:

— Pena que essa corja encarcerada aqui coma dessa mesma comida. Não é justo. Para eles um prato de *lavagem* estava muito bom.

Virgínia chocou-se com a sugestão; apesar de saber que todos os presos em Écharde haviam cometido crimes contra a sociedade, não achou que seria certo eles se sustentarem com um prato de *lavagem*.

O que Jerônimo sugeriu a seguir, a deixou ainda mais chocada.

— Um prato de esterco já estava muito bom para esses imundos.

Eliéu, então, lembrou ao colega de trabalho algo muito importante:

— Se eles não comerem, meu caro Jerônimo, não terão forças para fazer o trabalho forçado.

— Pois que morram. Na minha opinião, assassino tem de ser fuzilado assim que fica provada sua culpa, como acontece em muitos países afora.

— Você não tem compaixão? — perguntou Tibério, um outro carcereiro.

— E essa gente imunda teve compaixão pelas pessoas que mataram a sangue frio? Não, não é mesmo?!

Observando Virgínia, Tibério comentou:

— Morda a língua, Jerônimo, falando assim, você está assustando Virgínia.

O homem olhou bem para a moça, que sem graça fugiu do seu olhar.

— Você não concorda comigo, Virgínia? — perguntou Jerônimo, com seu vozeirão de tenor. — Você acha justo um homem ou uma mulher matar um semelhante, seu irmão, pai, mãe, primo, quem for, alguém que você tanto ama e ficar impune? Não, não é mesmo?

Virgínia mordeu os lábios, incerta quanto ao que responder.

Nisso, ouviu-se um carro aproximando-se. Jerônimo levantou-se no mesmo instante e comentou:

— Devem ser as autoridades trazendo novos prisioneiros. Estranho, não costumam chegar a essa hora. Devem ter se atrasado. Vou recebê-los.

O homem de maneiras abrutalhadas, especialmente quando se dirigia aos encarcerados, que o temiam e acatavam suas ordens, por medo de serem chicoteados com correntes, raspou o prato rapidamente e foi atender os que chegavam ao local.

Eliéu voltou-se para Edson e ordenou:

— Edson, ajude Virgínia a preparar os pratos dos presidiários. Eu e os demais vamos nos juntar ao Jerônimo para receber os policiais que chegaram trazendo os novos prisioneiros.

Ele atendeu a ordem no mesmo instante.

Virgínia, enquanto forrava os pratos fundos que seriam servidos para os prisioneiros com conchas e mais conchas de uma sopa de legumes, um caldo grosso, com pedaços de leguminosas, de repente, sentiu uma curiosidade imensa de ver quem as autoridades haviam mandado para lá dessa vez.

Após trocar cumprimentos e palavras costumeiras com os policiais que haviam escoltado o veículo até Écharde, Jerônimo se preparou para tirar os prisioneiros de dentro do *camburão*.

— Quantos demônios vocês trouxeram para cá desta vez? — perguntou ao guarda responsável.

— Desta vez, apenas um. — respondeu o homem, rapidamente.

— Apenas um?! Deixe-me ver então essa preciosidade.

Assim que Jerônimo avistou Fádrique Lê Blanc, olhos assustados, trêmulo, todo encolhido no fundo do veículo, como se fosse um animal aprisionado, pronto para o abate, mostrou seus dentes ligeiramente cariados num sorriso de escárnio. Com ironia, perguntou:

— Afinal, companheiro, esse aqui é leão ou gazela?

— Esse aí?! — ironizou o guarda condutor do veículo. — Parece-me mais uma gazela!

Todos riram da chacota.

Ao avistar os olhos de Fádrique vertendo-se em lágrimas, Jerônimo avacalhou novamente o rapaz:

— É gazela, mesmo! Vejam só, o pobrezinho está derramando-se em lágrimas.

O comentário tirou risos de todos ali novamente.

Thales, outro carcereiro do local, deu uma espiada em Fádrique e zombou:

— O coitadinho não está apenas chorando, meu bom Jerônimo. Está borrando as calças de medo.

Risos ecoaram por ali novamente.

Num gesto rápido e brutal, Jerônimo agarrou a corrente que ligava as algemas que prendiam as mãos de Fádrique e puxou o rapaz para fora do veículo.

Fádrique, por estar com as mãos e os pés algemados, desequilibrou-se e foi ao chão, caindo de peito contra o chão pedregoso. Se não tivesse erguido o rosto a tempo, o impacto com as pedras pontiagudas teriam ferido seu queixo profundamente.

Jerônimo cravou sua mão direita com toda força na nuca do rapaz e o ergueu com sua força de cinco homens. Aproximou-se do ouvido de Fádrique e disse:

— Olhe bem para o que vê a sua frente, seu assassino imundo.

Este é o seu túmulo. Um túmulo com conexão direta para o inferno. Seja muito bem-vindo.

Fádrique cravava os dentes, arrepiado de pavor. Jerônimo, ao perceber que o rapaz estava distraído, empurrou-o com toda força novamente para que não tivesse tempo, desta vez, de proteger seu rosto diante da queda. O impacto do queixo contra o chão de pedras feriu-o até arder e sangrar estupidamente.

Jerônimo curvou-se sobre o rapaz estirado ao chão e falou:

— É assim que nós aqui tratamos vermes como você!

Fádrique, lagrimejando, tentou se defender:

— Eu sou inocente. Vocês têm de acreditar em mim. Eu sou inocente.

Voltando-se para os colegas a sua volta, Jerônimo, no seu tom mais irônico, perguntou:

— Vocês ouviram, pessoal? O rapazola disse que é inocente.

Todos gargalharam. Cravando novamente a mão na nuca do rapaz, Jerônimo o ergueu, e assim que ficou de pé, de frente para ele, olhando bem dentro dos seus olhos, o impiedoso carcereiro o desafiou:

— Se você é realmente inocente, gazela, vai sobreviver a esse inferno por muitos anos. Se for culpado, morrerá em menos tempo do que a maioria que vem parar aqui.

Fádrique, olhando firme no rosto do carcereiro impiedoso alegou novamente a sua inocência.

— Eu juro por Deus que sou inocente.

Jerônimo, sem pensar duas vezes, deu um soco no rosto do rapaz.

— Não use o nome de Deus em vão, seu filho do capeta.

O soco havia tirado sangue do nariz e da boca de Fádrique. Ainda que sangrando, sua beleza se mantinha intacta, assustadoramente intacta. E isso foi o que mais incomodou

40

Jerônimo.

No minuto seguinte, Fádrique Lê Blanc foi jogado numa cela imunda e mofada com um forte cheiro de carniça, certamente provocado por algum rato morto.

— Seja bem-vindo a sua nova morada! — exclamou Jerônimo, irônico como sempre.

Enquanto o homem passava a chave no trinco da cela, Fádrique levantou-se, foi até ele e suplicou:

— Preciso de água, estou com sede. Preciso também de comida, estou com fome.

Jerônimo riu. Debochado como sempre.

— Por favor. — implorou Fádrique.

— Quer um conselho? Não?! Não importa, vou dá-lo mesmo assim. O lugar está cheio de ratos, mate um e coma. Isso saciará sua fome. Quanto a sede, mate-a com sua própria urina.

— O senhor não pode fazer isso! — bradou Fádrique. — Isso é desumano. Preciso comer e beber.

O protesto irritou profundamente, Jerônimo. Ele tornou a abrir a cela, apanhou o chicote que carregava sempre consigo para exigir dos prisioneiros melhor empenho no trabalho nas pedreiras, foi para cima do rapaz e começou a chicoteá-lo sem dó nem piedade. Fádrique tentava se defender, principalmente seu rosto; quando não havia mais forças para enfrentar tudo aquilo, desmaiou. Jerônimo, cuspiu no rapaz e abandonou o local.

Mesmo com os cabelos desgrenhados e pegajosos de suor, a beleza de Fádrique Lê Blanc permanecia intacta.

Capítulo 3

O comentário da noite em Écharde foi o novo prisioneiro.

— Ele me parece um nobre. — opinou Edson. — Nunca tivemos antes aqui um condenado com a aparência desse rapaz.

— Achou bonitinho o rapaz, é, Edson? — zombou Jerônimo, olhando de soslaio para o amigo.

— Ah, Jerônimo, vai me dizer que você também não achou o rapaz bem apessoado.

— Bem apessoado é uma coisa...

— O rosto dele é bonito, sim. Um rosto raro de homem.

— Quer que eu vá buscar uma sainha para você usar, Edson, quer?

— Pare de zombar de mim, Jerônimo.

Eliéu deu seu parecer:

— Edson tem razão, Jerônimo, o rapaz tem mesmo pinta de nobre.

— E de intelectual — acrescentou Edson.

— Inte... O que?! — indagou Jerônimo, com dificuldades para pronunciar a palavra cujo significado desconhecia.

— Talvez ele seja realmente inocente. — opinou Edson. — Ele defendeu sua inocência com tanto ardor! — Poucos fizeram isso quando aqui chegaram. A maioria cospe na nossa cara, esperneia, tenta fugir, grita, mas aquele rapaz não fez nada disso. Manteve-se frágil e melancólico.

— E só porque não gritou, esperneou, o homem é inocente, Edson?

— Por que, não?

Jerônimo bufou. Edson continuou:

— Eu já me perguntei várias vezes se as autoridades nunca se enganaram na hora de julgar uma pessoa. Se nunca fizeram um inocente pagar por um crime que não cometeu. Todo mundo erra na vida, as autoridades também podem ter errado, vocês não acham?

— Não cabe a nós reparar os erros das autoridades, Edson! — argumentou Jerônimo, impaciente. — E agora, chega de papo, voltem para os seus postos e não saiam de lá.

O grupo se dispersou. Jerônimo então acompanhou Eliéu até o local onde deixavam os cavalos amarrados. Era hora de ele voltar para a casa. Pelo caminho Jerônimo comentou com o colega.

— Virgínia é uma boa menina, não? Uma criatura encantadora.

— É, não é?

— É uma mulher rara de se encontrar.

— É, sim. Como um diamante raro.

— Eu admiro a coragem dela.

— Coragem?

— É, de ter aceitado a função de trazer a comida para nós. As mulheres da vila abominam esse lugar, muitas nunca sequer puseram os pés aqui. Com Virgínia é diferente, ela não só pisa aqui todos os dias para fazer o seu trabalho com determinação como quis conhecer as celas que abrigam aqueles desgraçados. Ela é uma mulher forte. Admiro mulheres assim.

— Apesar de forte é muito sonhadora. Vive num mundo de fantasias.

Jerônimo não deu atenção ao comentário de Eliéu. Estava, como sempre, naquela noite, mais para falar do que para ouvir.

— Está mais do que na hora de ela se casar, não? — perguntou Jerônimo, a seguir. — Ela já encontrou algum pretendente?

— Evângelo Felician é apaixonado por ela.

— O pintor?! Ele sabe realmente apreciar o que é belo.

Eliéu riu, montou em seu cavalo, disse boa-noite para o amigo e partiu.

Jerônimo voltou os olhos para o presídio à luz do luar. Ainda que no silêncio da noite, sob a luz de uma lua incandescente, Écharde era deprimente de se ver. Deprimente e assustadora.

— O pior de tudo — comentou Jerônimo, consigo mesmo —, é que não são somente os prisioneiros que vivem nesse lugar medonho, nós, guardas e carcereiros também somos obrigados a viver aqui. De certa forma estamos também aprisionados a esse quinto dos infernos.

Depois de escarrar e assoar no chão, o impiedoso carcereiro voltou a ocupar seu posto em Écharde.

Enquanto isso Fádrique Lê Blanc olhava aterrorizado para o lugar onde se encontrava encarcerado. Seu estômago roncava de fome, a boca clamava por água. Juntando as mãos algemadas, ele voltou os olhos para o teto do lugar e se dirigiu a Deus:

— Eu não mereço. Não mereço morrer nesse lugar. Morrer como um verme desprezível. Tenha compaixão de mim. Eu imploro. O que aconteceu comigo foi uma injustiça. Uma tremenda injustiça. Sempre ouvi dizer que o Senhor é justo, então faça justiça por mim. Por favor, eu lhe imploro.

Ele baixou a cabeça e se pôs a rezar. Adormeceu rezando, sucumbido pela fome e pela exaustão da viagem.

⊙⌇⌇⌇∼⌇⌇⌇⊙

No dia seguinte, enquanto tomava o café da manhã na companhia dos pais e da esposa, Eliéu comentou a respeito do prisioneiro que havia chegado na noite anterior e da impressão que ele causara em todos os carcereiros.

Assim que Virgínia encontrou a cunhada aquela manhã, Anissa comentou:

— Eliéu comentou a respeito de um novo prisioneiro. Diz que jamais viu um homem como aquele, jovem, refinado, bem apessoado. Parece da realeza. Não crê que suporte o peso do trabalho forçado por muito tempo, deve morrer em menos tempo do que a maioria.

— É lógico que deve, vivendo naquelas celas imundas, trabalhando exaustivamente todos os dias, quem consegue sobreviver por muito tempo? Ninguém. Eu acho que para esses desafortunados, a morte é uma bênção, sabe?

Anissa ficou calada. Virgínia foi em frente:

— Eu estava lá quando ele chegou.

— Estava?! E você o viu?

— Só de longe.

— Qual foi a sua impressão?

— Não posso dar meu parecer, como lhe disse, eu o vi de longe e sob a luz do luar.

Anissa refletiu por uns segundos e disse:

— Eliéu comentou também que Edson, ontem, após a chegada do prisioneiro, levantou a hipótese de ele ter sido mandado para Écharde injustamente.

As sobrancelhas de Virgínia se arquearam.

— Injustamente?! Como assim?

— Vai que por uma ironia do destino, o rapaz tenha sido julgado erroneamente e está pagando por um crime que não cometeu?

— As autoridades são muito precisas, Anissa. Jamais cometeriam um deslize desses.

— Ninguém nem nada é perfeito, Virgínia. Tudo e todos têm seus deslizes, volta e meia. Pode observar.

A jovem quedou pensativa. De repente, quis dar uma olhada de perto no rapaz recém-chegado, para tirar suas próprias conclusões.

O novo prisioneiro logo se tornou o comentário principal do povoado. Ainda que fosse um assassino, que fora mandado para lá por ter matado uma mulher a sangue frio, todos queriam espiá-lo. No entanto, ninguém tinha permissão para visitar o interior de Écharde a não ser os guardas e carcereiros.

❦

Virgínia ia preparar a carroça para levar o almoço para Écharde quando foi abordada por Evângelo Felician.

— Olá, Virgínia, como vai?

Ela fingiu-se de alegre por ter encontrado o rapaz.

— Bem e você?

— Melhor agora que a vejo.

Lançando um novo sorriso amarelo para o moço, a jovem disse:

— Desculpe por não poder conversar mais com você, Evângelo, mas tenho de preparar a carroça, está quase na hora de eu levar a comida para Écharde.

— Quer ajuda?

— Muito obrigada. Posso me virar muito bem sozinha.

— Gostaria muito que visse o quadro que estou pintando.

— Outro?! Já?! Mal acabou de pintar um no mês passado.

Havia um certo deboche entrelaçando as palavras que Virgínia usou, mas Evângelo, cego de paixão, não notou.

— Não consigo parar de pintar, a pintura para mim é como um alimento...

— Para que?! Para que todos esses quadros, Evângelo?

— Como assim: para que todos esses quadros, Virgínia?

— É... Não vejo utilidade para eles... Não sei por que pinta tantos assim.

— Não?! Como, não? Os quadros servem para decorar casas...

— Evângelo, desculpe-me a sinceridade, mas as pessoas só pegam os seus quadros para decorar as casas porque você lhes dá. Se fosse para comprarem, não comprariam um sequer. Na verdade, elas aceitam seus quadros, como presente, sem chiar, para não parecerem mal-educadas e mal-agradecidas.

— V-você acha mesmo? — o moço estava surpreso com a hipótese.

— Tenho a certeza. E digo mais. Não é somente para serem educadas que aceitam seus quadros. É também por pena, pena de você por pintá-los com tanto gosto para nada.

Evângelo pigarreou nervoso e explicou:

— Um dia eu os levarei para Paris, Milão, Madrid, Londres lugares onde há pessoas que apreciam a arte e pagam por ela.

— Um dia, Evângelo?! Quando? No dia de São Nunca?! Você não acha que está mais do que na hora de você parar de sonhar? De alimentar esse seu sonho utópico?

— O homem que não tem sonhos, Virgínia, morre.

— Para mim um homem que vive de sonhos já está morto.

Ao sentir seus olhos prestes a se derramar em lágrimas, o rapaz engoliu em seco e tentou secá-las à força do pensamento.

— Você não tem nenhum sonho, Virgínia?

— Nenhum que valha a pena dividir com você. Agora com

licença, senão vou me atrasar.

Ela seguiu caminho, imponente como sempre e, enquanto o moço pensava no quanto ele a amava, Virgínia pensava na repugnância que sentia por ele.

Evângelo voltou para o trabalho refletindo nas palavras que Virgínia havia lhe dito há pouco.

Assim que chegou a casa para almoçar, sua mãe percebeu que estava entristecido e quis saber a razão:

— O que houve, meu querido? Estou achando você um tanto quanto entristecido hoje.

— Estava pensando no meu trabalho, mamãe. No meu trabalho como pintor. Acho melhor encarar a realidade: eu nunca vou ter sucesso na vida fazendo arte. Não vou passar de um pintor medíocre que se vê obrigado a dar seus quadros para seus conhecidos para não ter de amontoá-los num canto qualquer da sua casa.

— Todos amam seus quadros, filho. Têm muito orgulho de ter um deles decorando seus lares. Todos aqui admiram muito o seu trabalho.

— Será mesmo?

— Sim, com certeza.

— Eu queria ter a minha arte reconhecida nas grandes cidades da Europa, mamãe. Queria ganhar dinheiro com ela, sustentar a mim e a mulher com quem eu me casar, os filhos que eu tiver com ela, com o dinheiro da venda dos meus quadros.

— Calma, filho, você ainda chega lá.

— Será mesmo?

— Tenha fé que sim.

Evângelo Felician mordeu os lábios para não chorar de desgosto.

Naquele mesmo dia, à hora do almoço, Virgínia Accetti quis saber do prisioneiro que havia chegado na noite anterior. Escolheu Edson Luqueze para obter informações, por ser de todos o mais acessível e o que sempre terminava as refeições por último.

— No povoado nesta manhã, não se fala noutra coisa senão no prisioneiro que chegou ontem à noite. Eliéu contou que ele parece um nobre, é verdade? — disse como quem não quer nada.

— Sim, Virgínia, é verdade. — respondeu o moço, hábil como sempre.

— Quem diria, não, um nobre, assassino?

Ele concordou com a cabeça enquanto terminava de engolir a última garfada de comida. Virgínia aproveitou então para perguntar:

— Edson, em que ala, exatamente, está encarcerado o novo prisioneiro? Na que você toma conta?! Que ótimo! Assim fica bem mais fácil de atender o pedido que vou lhe fazer. Quero muito ver de perto o prisioneiro com ares de burguês.

— Você endoideceu, Virgínia?!

— Não, Edson, é lógico que não! Vamos lá, por favor, deixe-me vê-lo.

— Peça ao seu irmão.

— Ele não permitirá, você conhece Eliéu...

— Eu não posso ajudá-la, Virgínia, eu sinto muito.

— O que custa atender o meu pedido?

— Não é você que vai receber a bronca se souberem que a levei para dar uma espiada no rapaz.

Sem mais palavras, Edson partiu, deixando Virgínia, emburrada, com um beiço enorme.

Enquanto recolhia os pratos e os talheres da mesa, ela comentou consigo mesma:

— Eu ainda vou vê-lo! Custe o que custar eu ainda vou vê-lo!

Ela só estivera na ala onde ficam as celas, uma vez, e na companhia do irmão, quando quis muito conhecer o interior da prisão. E isso só aconteceu porque todos os prisioneiros estavam na pedreira, extraindo pedras.

Ela ainda se lembrava muito bem de como ficou nauseada com a atmosfera do lugar. Cada passo que dava por lá, sentia-se invadida por uma sensação desagradável, uma energia torpe. Por isso, jurou a si mesma nunca mais pôr os pés ali outra vez, mas estava disposta a descumprir o trato consigo mesma para poder ver o novo prisioneiro, não sossegaria enquanto não desse uma olhada nele.

Nos dias que se seguiram, Fádrique Lê Blanc foi se adequando ao inferno do qual agora fazia parte. Trabalhava das sete da manhã às cinco da tarde na pedreira, destroçando pedras e além do trabalho forçado, tinha de suportar os outros prisioneiros, passando por ele, cuspindo-lhe na cara, zombando da sua pessoa.

Não foi por piedade que Jerônimo decidiu deixar Fádrique na solitária, mas por receio de que ele, frágil como parecia ser, morresse muito rápido devido aos abusos que certamente sofreria estando numa cela com mais prisioneiros. Jerônimo encarava a morte para os presidiários como uma bênção que eles não mereciam receber nunca. Que a morte viesse somente depois de três, cinco anos, bem depois de terem sentido na pele o inferno que era viver ali para pagar pelo crime ou crimes que cometeram.

Havia se passado um mês desde que Fádrique Lê Blanc havia chegado a Écharde e, apesar dos maus-tratos e do trabalho forçado, o rapaz se mantinha inteiro. Para Jerônimo o prisioneiro se mantinha assim devido a sua fé em Deus. Quando vistoriava as celas, certa noite, ouviu o rapaz orando e conversando com Deus. Falava com tanta devoção que amaciou o coração de pedra do impiedoso carcereiro. Nunca, nos seus vinte anos de trabalho ali, ouvira um dos prisioneiros conversando com o Criador daquela forma. Rezando ao acordar e antes do adormecer com tanta devoção.

Se havia algo que conseguia abrandar o coração do velho carcereiro era um homem preso no que mais parecia ser o inferno na Terra, ainda confiante em Deus.

— O danado reza. — comentou Jerônimo, certo dia, com Eliéu.

— Reza? Qual deles?

— O que tem panca de nobre.

— Ah, sim, eu já o ouvi rezando. Todos os demais já ouviram. Dizem que até mesmo enquanto trabalha na pedreira ele reza.

— Curioso, não? Nunca vi um demônio enviado para cá rezar, ao menos que eu me lembre.

— Eu também não. Já ouvi muitos comungando com o diabo, mas com Deus...

— Não é porque se mostra devotado e confiante em Deus que ele vai ser tratado diferente dos demais, você sabe.

— Sim, eu sei. No entanto...

— No entanto?

— Todos se dirigem a ele de forma diferente, você já percebeu?

— Sim. Parece que todos gostam dele.

— É seu carisma. O desgraçado parece ter um carisma inexplicável.

— Essa força só pode vir de Deus.

— Sim, só pode. Mas isso não muda sua condição de assassino.

— Não, não muda. — assentiu Eliéu lançando um olhar penetrante no amigo.

Capítulo 4

Quando Edson deixou escapar que o prisioneiro com ar de nobre estava confinado na solitária, Virgínia se alegrou imensamente. Até então, ela não sabia que Fádrique vivia preso ali, se soubesse já o teria visto. É que a solitária ficava afastada das celas em geral, num local da prisão que ela tinha, de certo modo, permissão para frequentar; mesmo que não a tivesse, poderia pisar lá sem ser descoberta, pois o lugar nem sempre era vigiado.

Assim que se viu sozinha no refeitório, seguiu para a ala onde ficava a solitária. Foi entrando no lugar, dando passos concentrados, como se andasse por sobre ovos. Percebeu-se ligeiramente trêmula, a certa altura. Não era para menos, o lugar de aparência sinistra era de arrepiar. Ainda mais à noite, muito mal iluminado por uma tocha no pequeno corredor. Quanto mais se aproximava da solitária, mais e mais seu coração batia acelerado. Foi preciso respirar fundo, para se acalmar e atingir seu objetivo.

O prisioneiro estava sentado no chão, a cabeça pendia para baixo, o olhar estava preso num ponto qualquer. A luz do luar que entrava pela janela, juntamente com a luz da tocha que iluminava as proximidades, ressaltava-lhe as feições. A beleza do rosto causou-lhe surpresa. Nunca vira tamanha perfeição de traços. O nariz reto, a linha perfeita do queixo, os cabelos dourados, jogados para trás e a testa bem-proporcionada. Um homem com um rosto extraordinariamente belo.

Foi o perfume de Virgínia, o perfume inconfundível da pele de uma mulher, que despertou a atenção de Fádrique. Lentamente voltou a cabeça na sua direção. Os olhos dela logo fugiram dos dele, daquela maneira encabulada que as pessoas tímidas e honestas têm. Todavia, ela não conseguiu ficar por muito tempo sem encará-lo. Aqueles olhos azuis, vivos, lindos pareciam exercer um poder sobre os seus, um poder hipnótico. Segundos depois olhava-o com o fascínio de quem olha para um deus.

Quando ele fez um rápido movimento para frente, ela recuou um passo. Por pouco não deixou cair a vasilha de barro que segurava nas mãos.

— Olá. — disse ele num tom cordial.

Virgínia nada respondeu, tratou apenas de sair dali o quanto antes. Quando chegou à cozinha, estava ofegante. O coração palpitava. A voz do prisioneiro, aquela voz grave, bonita e gentil, ecoava em seu interior incessantemente.

A moça partiu de Écharde, naquele começo de noite, levando consigo, na memória, o rosto daquele moço bonito, incrivelmente bonito. Para onde quer que olhasse via os seus olhos azuis, vivos, lindos que pareciam exercer um poder sobre os seus, um poder hipnótico.

Nos dias que se seguiram, ela se sentia tentada a rever o prisioneiro que tanto impacto lhe causara.

Depois do jantar, quando restou apenas ela no refeitório, Virgínia aproveitou para ir até a solitária ver Fádrique Lê Blanc novamente. Sabia que aquele era o momento ideal, pois os guardas e carcereiros permaneciam fora de seus postos, jogando conversa fora, bebendo e fumando. Isso lhe dava quase uma hora para espionar o rapaz que tanto chamara sua atenção.

Assim que chegou à solitária, ela tomou alguns minutos para observar o moço encarcerado com maior atenção. Chegara ali tão silenciosamente que levou tempo para que ele percebesse sua presença. Quando a viu, não demorou muito para sorrir pela primeira vez. Foi um sorriso lindo, que deixou sua face ainda mais bela. Um sorriso que Virgínia guardou para sempre em sua memória.

— Olá. — disse ele com certa insegurança na voz.

A jovem não respondeu. Mordeu os lábios que haviam se tornado, subitamente, muito secos e deixou o lugar, apressada. Quando voltou ao refeitório, transpirava forte, como se tivesse se exposto, por muito tempo, a um sol escaldante.

Assim que chegou a sua casa, Elisa notou de imediato que a irmã estava estranha.

— O que foi? — perguntou.

— Nada. — respondeu Virgínia, olhando de viés para a moça.

— Você parece distante. Aconteceu alguma coisa?

— Não, nada. É o luar, está tão lindo esta noite que me deixou assim, nas nuvens.

Elisa pareceu acreditar na resposta mentirosa da irmã. Assim que ficou só em seu quarto, Virgínia debruçou-se na janela e ficou olhando para a lua, que pairava sobre as colinas, tornando tudo azul prateado.

Evângelo havia saído para caminhar um pouco. Quando avistou a jovem amada parada na janela com os olhos encantados voltados para o céu, sentiu seu peito se incendiar mais uma vez por sua causa. Quis correr até ela, trocar algumas palavras, mas deteve-se.

"Vou ou não vou?", questionou-se. "E se ela não gostar da minha chegada repentina? Talvez queira ficar só, admirando o céu, em silêncio."

No mesmo instante em que decretou para si mesmo que não iria, a vontade de falar com ela gritou mais forte dentro do seu peito. Quando deu por si, já seguia para lá, como quem não quer nada, como quem chega por acaso.

Virgínia estava com o pensamento tão longe que só percebeu que o rapaz estava parado na rua em frente a sua casa, olhando ternamente na sua direção, com um sorriso bonito nos lábios, cinco minutos depois de sua chegada e isso porque ele deu uma leve tossidinha para revelar sua presença ali. O cenho de Virgínia fechou-se no mesmo instante em que seus olhos se encontraram com os de Evângelo.

— Olá, Virgínia, como vai? A noite está realmente linda, não? Digna de admiração, não acha?

Aquele modo gentil de Evângelo falar com ela, irritava-a, profundamente. Pensando bem, tudo que ele fazia a irritava: o modo de se dirigir a ela, o tom de voz que usava para lhe endereçar palavras, a maneira de se expressar, andar, correr... Às vezes ela sentia vontade de dizer-lhe isso na cara, alto e bom som. Um dia acabaria perdendo a paciência e lhe diria, ainda que o ofendesse, diria tudo para ofendê-lo mesmo, decretou a si mesma.

— Sim, Evângelo. — respondeu a moça, enfim, procurando dar um tom natural à voz, não deixar transparecer o desagrado pela sua presença.

Nem bem ele introduziu um tema para forçar um diálogo, Virgínia fingiu alguns bocejos.

— Ai, Evângelo, desculpe-me, mas estou exausta. Vou me deitar, boa-noite.

E antes que ele retribuísse o "boa-noite", ela fechou a janela do seu quarto.

— Boa noite, Virgínia. — murmurou o rapaz, apaixonado, baixinho, quase num sussurro. — Durma bem.

O moço voltou a casa naquela noite, pensando mais uma vez naquela, por quem era louco, no quanto sua face, ao luar, ficava linda. Ainda mais linda... Depois lembrou-se da época em que brincavam juntos, quando crianças; dos primeiros desenhos, todos, caricaturas dela. Desde essa época, Virgínia já exercia grande fascínio nele. Um fascínio que só a paixão sabe explicar.

Evângelo travou os passos, voltou-se para trás, na direção da casa da família Accetti e afirmou para si mesmo e para a vida, em meio a um grande sorriso:

— Você ainda vai ser minha, Virgínia Accetti. Muito minha.

Assim que chegou a sua casa, sua mãe notou o brilho de felicidade transparecendo nos seus olhos.

— Pensando em Virgínia, filho? — perguntou. — Com esse sorriso na face, com esse brilho nos olhos, só pode estar pensando nela.

— E eu penso em alguém mais senão nela, mamãe?

— Esqueça-se dela, filho. Ela não gosta de você. Para mim, desculpe a franqueza, aquela moça não é muito certa da cabeça.

— Não diga isso, mamãe!

— Digo sim, Evângelo. Só uma pessoa que não é certa da cabeça para trabalhar em um lugar como Écharde. Um lugar onde só tem o que há de pior na raça humana, um lugar extremamente perigoso.

— Virgínia só aceitou trabalhar lá por causa do dinheiro, minha mãe. Foi ela mesma quem me disse. Ela economiza o que ganha para um dia poder viajar, conhecer as grandes cidades da Europa.

— É uma sonhadora mesmo.

— A senhora pode escrever o que digo, agora: sou eu quem vai levá-la para conhecer o mundo. Euzinho aqui!

— Você é outro sonhador...

— Não zombe de mim, mamãe, um homem não é nada sem seus sonhos.

O filho beijou a mãe e foi para o quarto. Dormiu naquela noite pensando mais uma vez em Virgínia Accetti, na paixão que sentia por ela, uma paixão que não o deixava em paz e cego para os encantos de qualquer outra moça. Virgínia, por sua vez, dormiu, pensando mais uma vez, no moço de rosto extremamente bonito aprisionado em Écharde. Por mais que tentasse, não conseguia parar de pensar nele. O desejo de querer revê-lo chegava a explodir no seu peito, provocando-lhe ondas de calor. Quase um incêndio em seu interior.

Capítulo 5

No dia seguinte, à hora do jantar, Virgínia quis, porque quis, ver Fádrique Lê Blanc novamente de pertinho. Não sossegaria se não o fizesse, por isso assim que teve a oportunidade, seguiu até o local onde ficava a solitária.

O rosto do prisioneiro transformou-se ao revê-la. O dela transformou-se quando ele lhe sorriu. Um sorriso lindo que, apesar de lindo, refletia uma certa tristeza, dor e amargura se fosse observado bem no fundo.

— Que bom que veio. — a voz dele soou admirada e assustada. — Queria muito revê-la.

Virgínia, certamente, não esperava por aquelas palavras. Levou quase um minuto até que perguntasse ao rapaz:

— Queria me ver, por quê?

A resposta dele foi rápida, precisa e surpreendente:

— Porque gostei de você.

Ela meneou a cabeça diante do desabafo.

Ele procurou tranquilizá-la com o olhar e com palavras:

— Não tenha medo. Nada de mal lhe farei. Só quero conversar, um pouco, com alguém... Não sabe o quanto é solitário este lugar.

A voz de Fádrique era máscula e bonita, a de uma pessoa determinada a demonstrar a todo o custo o seu autodomínio.

Virgínia, após breve reflexão, perguntou:

— Por que veio parar em Écharde?

— É uma longa história.

— Conte-me, gostaria muito de saber.

Ele meneou a cabeça num gesto desconsolado e disse:

— Vim parar aqui porque estava no lugar errado na hora errada, se é que me entende.

Ela foi sincera ao dizer:

— Não, não entendo.

O prisioneiro mordeu os lábios, com tristeza, disse:

— De que adianta saber a minha triste história? Qualquer um que ouvi-la há de ficar revoltado com a vida. É capaz até de perder a fé, mas eu não, continuou confiante em Deus, crente de que Ele há de me abençoar com a justiça.

A jovem insistiu:

— Ainda que sua história seja triste quero muito conhecê-la. Conte-me, por favor.

O moço respirou fundo, como quem respira coragem, e se pôs a contar tudo que lhe aconteceu, tudo o que o fez ir parar no tribunal e acabar condenado à prisão de Écharde. Durante a narrativa, sua voz oscilava entre o amargor e a tristeza. Seus olhos lacrimejavam, era a própria expressão da dor e do ressentimento.

A voz dele estremeceu ao dizer:

— Foi um horror ouvir o veredicto: culpado! Depois a minha sentença. Ainda mais dolorido para mim foi eu bradar pela minha inocência, berrar no tribunal que era inocente, implorar para que me ouvissem, para que acreditassem em mim mas tudo foi em vão.

As sobrancelhas dele baixaram sobre os olhos entristecidos.

— Uma parte de mim morreu naquela hora, sabe? Diante do juiz, do júri, de todos que estavam ali, assistindo ao meu julgamento. Foi horrível. Um pesadelo do qual não se pode acordar.

— Eu sinto muito. — condoeu-se Virgínia.

O rapaz voltou a falar com sua voz embotada de amargura.

— Eu sempre fui um tipo de pessoa que jamais cometeu um

erro na vida. Que sempre tratou as pessoas com dignidade e respeito. De que adiantou tudo isso? Olha só aonde vim parar.

— Se você não matou a tal moça, quem a matou, então?

— Eu não sei. Alguém muito esperto, alguém que se escondeu na parte escura do beco e fugiu assim que teve oportunidade. Alguém muito cruel que sabe que sou inocente e, mesmo assim, está me deixando pagar por um crime que não cometi.

— Você não tem como provar sua inocência?

— Ainda que eu prove, as autoridades não querem ouvir a verdade. Eles são assim, fazem justiça por meio de injustiças. Há muita podridão no mundo lá fora. Você não faz ideia do que as pessoas são capazes de fazer para subir na vida, pisar nos mais fracos. É um ninho de serpentes.

— Meu sonho é conhecer o mundo lá fora. Sinto-me uma perdedora por viver aqui, longe de tudo.

— Eu, sinceramente, não sei se está perdendo alguma coisa...

— Estou guardando minhas economias para um dia visitar as grandes cidades.

— Há muita beleza por lá, não resta dúvida. Mas há muita podridão também. No entanto, se seu sonho é esse, realize-o, não se deve viver sem alimentar sonhos, não se deve viver se não for para realizar seus sonhos.

Virgínia gostou do que ouviu. Fez uma pausa expressiva até que um súbito pensamento assaltou-a:

— Você não suspeita de ninguém que possa ter cometido o crime?

Fádrique refletiu por uns segundos antes de opinar.

— Havia um casal nas imediações. — explicou parecendo ter muito cuidado com as palavras que usava para se expressar. — Depois de muito refletir, cheguei à conclusão de que a moça deveria estar envolvida no crime. Pois ela teve um ataque histérico, exagerado, teatral demais quando me encontrou junto ao corpo da vítima. Não precisava tanto. Depois, insistiu com todos que chegaram ao local que eu havia matado aquela moça, que eu era um assassino a sangue frio. Foi outro ataque histérico, exagerado, teatral demais. Na minha opinião, fez isso para encobrir o verdadeiro assassino. Se eu ao menos pudesse investigar sua vida, tenho certeza de que descobriria algo que a ligasse ao assassino, que explicasse o porquê de ela querer protegê-lo, jogando a culpa em cima de mim ou algo que a ligasse à vítima que explicaria o porquê de ela querer vê-la morta.

— Você nunca realmente havia visto a vítima.

— Nunca. Juro por tudo que há de mais sagrado.

Ele passou a mão cansada sobre o rosto bonito, depois puxou para trás os cabelos que haviam caído sobre sua testa.

— Que falta de sorte a sua estar passando pelo beco bem no momento em que a pobre moça foi assassinada, não?

— Sim. Uma tremenda falta de sorte.

— Eu gostaria de poder fazer alguma coisa por você.

— Você já faz... Só de se arriscar a estar aqui trocando essas palavras comigo já é uma grande ajuda.

Os olhos de Virgínia brilharam diante daquelas palavras.

— É melhor eu ir.

— Tão cedo?

Pela primeira vez um leve sorriso delineou-se no rosto de Virgínia.

— Gosto da sua companhia. — acrescentou ele com um brilho triste nos claros olhos azuis.

Fez uma pausa e completou:

— Por favor, não se esqueça de mim. Desde que a vi, vivo

aguardando a sua volta. Você é um raio de luz na minha escuridão. No meu destino tão cruel. Obrigado por existir.

Um sorriso fugaz passou pela face de Virgínia. Sem mais, ela se retirou do local tendo o cuidado de sempre para não ser vista pelos carcereiros. Quando chegou à cozinha, respirava ofegante, foi preciso beber dois copos de água para se acalmar.

Naquela noite, repassou na memória tudo o que Fádrique havia lhe contado. Quanto mais visualizava sua linda boca, sob aqueles olhos avermelhados e lacrimejantes, contando sua triste história, mais e mais crescia dentro dela a vontade de fazer algo para ajudá-lo a provar sua inocência. Crescia algo bem mais do que isso. Algo bem dentro do seu coração. Eram os primeiros sintomas da paixão. Mas isso ela ainda estava para descobrir.

Dias depois, lá estava Virgínia conversando novamente com Fádrique.

Ele a fitava com seus olhos claros, lindos e apaixonantes, ligeiramente avermelhados pela tristeza de estar preso, naquele lugar horrível e desesperador.

Ela sorriu, o mesmo sorriso encabulado de sempre assim que o viu.

Retribuindo o sorriso, um sorriso triste, mas apaixonante, ele perguntou:

— Seu nome, você não me disse o seu nome. O meu é Fádrique e o seu?

Ele fizera a pergunta meio sem jeito. Ela corou.

— Se não quer me dizer, tudo bem, eu compreendo.

Ainda que em dúvida se deveria ou não responder, a confiança que sentia no rapaz a fez responder:

— M-meu nome é Virgínia.

— Virgínia... — repetiu ele, parecendo saborear cada silaba. — Era o nome da minha mãe.

Foi visível o esforço que ele fez para não chorar.

— Ela morreu quando eu ainda era um menino. Sinto muita falta dela.

Ele escondeu o rosto entre as mãos como faz uma criança envergonhada que não quer ser vista derramando-se em lágrimas. Depois de secar os olhos com a ponta dos dedos, voltou-se para a moça e perguntou com voz profunda e gutural:

— Você acredita em providência divina, Virgínia?

— Não sei. Nunca parei para pensar nisso.

— Pois eu acredito. Estou certo de que foi ela, junto de minha mãe no céu, que enviou você para cá. Que me fez conhecê-la. Como lhe disse: você é um raio de luz na minha escuridão. No meu destino tão cruel. Obrigado por existir.

O elogio deixou a moça novamente encabulada, com um rubor expressivo na face.

— Você, Virgínia, tem o que mais admiro numa pessoa. Especialmente numa mulher. Você tem bondade e um coração de ouro. Abomino pessoas fingidas, falsas, que são capazes de mentir só para defenderem seus interesses e prejudicar o próximo. O mundo seria um lugar bem melhor se essas pessoas fossem banidas da Terra. Não suporto pessoas egoístas que só conseguem enxergar o seu próprio umbigo ou os problemas à medida que estes as afetam.

Após breve pausa em que seus olhos admiraram os da moça presos aos seus, o rapaz comentou:

— Se quer saber quem sou eu, Virgínia, sou uma dessas pessoas raras que não se sentem atraídas por dinheiro, posses e luxúria. Sempre suspeitei da riqueza. Ela nunca me pareceu ser o que realmente é. Todo aquele glamour, aquela ostentação... O dinheiro muda as pessoas; torna-as falsas e fingidas, capazes de pisarem no próximo, fazerem qualquer coisa por causa dele.

Ele cortou a frase com um riso acanhado.

— Você não deveria estar aqui, ouvindo minhas lamúrias, meus sonhos utópicos.

— Gosto quando divide seus pensamentos comigo, Fádrique. Concordo com eles.

— Concorda?

— Sim.

— Você é uma mulher e tanto, Virgínia. Uma mulher admirável.

A jovem tornou a enrubescer contritamente. Após um momento, como que absorta, ela perguntou:

— Você é um homem estudado, não?

— Sou. Tive a oportunidade de estudar até o *nível superior.* Tudo com muito custo, pois nunca fui rico.

No minuto seguinte, ela perguntava o que muito queria saber:

— Como são as cidades grandes?

— Lindas, são... — Fádrique suspendeu a frase. — Nunca mesmo você visitou uma?

Ela mordeu o lábio superior, constrangida.

— Não sinta vergonha por isso. Acontece... Mas um dia, tenho a certeza absoluta de que você visitará uma delas, não somente uma, mas muitas delas... Com seu marido, certamente.

— Não sou casada.

— Mas já deve estar noiva, não?

— Não, sequer namorando.

— Mas deve ter um homem ou muitos a cortejando, não?

— Há, pelo menos um.

— Ele é um homem de sorte.

Os olhos dela se marejaram. Mirando aqueles olhos molhados,

Fádrique perguntou:

— O que há?

— Eu não gosto dele. — respondeu com voz partida e cansada.

— Não? Ora, por quê?

— Não sei explicar, simplesmente não gosto dele. Ele é bom, tem um porte bonito. É trabalhador, mas... Falta algo nele, entende? Eu sempre sonhei com um homem, lindo, que não fosse daqui, que um dia viria e me levaria para viver ao seu lado num outro lugar, numa cidade grande de preferência, uma cidade linda, mágica e moderna.

— É mesmo?

— Sim.

— E você realmente acredita que seu sonho possa se tornar realidade?

— Sim, acredito muito.

— Esse homem dos seus sonhos, com certeza é um homem de sorte.

— Sorte?

— Sim, porque vai se casar com você. Tê-la para sempre ao seu lado.

Os dois jovens trocaram um longo olhar, silencioso, apaixonante... Virgínia foi a primeira a desviar os olhos. Fez a pergunta:

— E quanto a sua vida afetiva, Fádrique? Havia uma antes de você vir parar aqui, não?

— Por incrível que pareça não havia. Estava só, completamente só quando essa desgraça me aconteceu.

— Como um homem lindo como você pode ficar só?

— Meus amigos e amigas me perguntavam a mesma coisa. Mas eu realmente estava só. É lógico que muitas mulheres se interessavam por mim, mas eu não podia amar nenhuma delas.

65

Meu coração estava fechado.

— Por quê?

— Por causa de um grande amor. Um amor de adolescente. Imaturo e inconsequente. Apaixonei-me por uma moça, prefiro não falar seu nome, que era muito linda, ou melhor, ainda é, pois está muito viva... Eu só tinha olhos para ela, queria me casar, ter filhos, construir com ela a família que todo sujeito de bem sonha ter... Ela, no entanto, só queria me usar, jamais pensei que havia se aproximado por um propósito tão maligno.

— Você disse que ela queria usá-lo, como? Por quê?

— Porque pensou que eu era rico. Por eu ter muitos amigos da nobreza, frequentava a nobreza por isso, ela pensou que eu era um príncipe, ou um filho de algum barão, ou duquesa... Eu lhe disse que não era nem uma coisa nem outra, mas ela pensou que eu estava fingindo ser um mero plebeu para evitar a aproximação de interesseiros. Quando descobriu que realmente eu não tinha um centavo, que não passava de um plebeu, desapareceu da noite para o dia. Foi um baque para mim. Um choque. Quis ir atrás dela, fazer o possível e o impossível para encontrá-la, eu estava obcecado por ela, a paixão e a obsessão andam de mãos dadas, você sabe...

Quando cansei de sofrer por ela, prometi a mim mesmo que só abriria o meu coração para uma mulher que realmente me merecesse. Desde então estou a sua procura.

— Eu nunca me apaixonei assim, como você, mas faço ideia de como seja.

— Não, Virgínia, você não faz. A paixão é linda, mas é também cruel. Ela nos encanta mas nos fere.

Ela voltou a olhá-lo agudamente, algo no tom da sua voz a impressionara.

— Desculpe a pergunta, mas mesmo estando aqui, condenado

à prisão perpétua, você ainda tem esperanças de encontrar uma mulher que realmente o mereça?

— Ainda tenho esperança de muita coisa, Virgínia. Não tinha tanta quando cheguei aqui, mas agora, depois de conhecê-la, tenho muita.

A moça tornou a enrubescer.

— É melhor eu ir, antes que... você sabe...

— Vá, Virgínia, mas volte, por favor. Não se esqueça de mim porque eu não vou me esquecer de você.

Ela já ia se retirando quando ele disse:

— Virgínia, obrigado. Obrigado mais uma vez por ter perdido o seu tempo comigo.

Ela tornou a corar e sorrir encantadoramente para ele.

Elisa e o noivo, Thierry Gobel estavam andando, lado a lado, em frente a casa quando Virgínia passou por eles. Prestando melhor atenção em sua futura cunhada, Thierry comentou:

— Sua irmã está diferente, não acha?

— Virgínia?! Diferente em que?

— Ela me lembra a mim mesmo quando me descobri apaixonado por você, Elisa.

— Mas Virgínia não está apaixonada por ninguém, ao menos que eu saiba.

— Por Evângelo, certamente. Não é segredo para ninguém no povoado a paixão que ele sente por ela.

— É, só pode ser realmente por ele que Virgínia está assim...

Elisa ficou reflexiva, sabia a repugnância que Virgínia sentia de Evângelo, portanto se ela estava apaixonada, só poderia ser por um outro homem na aldeia. O problema é que não havia nenhum outro disponível. Por um homem casado, ela não se interessaria, não era esse tipo de mulher. Por quem então estaria apaixonada?

Elisa preferiu achar que Thierry se enganou na sua dedução. O noivo despertou-a de suas reflexões:

— Falta pouco, agora, meu amor, para o nosso casamento.

— Sim, Thierry, muito pouco. Mal posso esperar.

— Eu quero muito fazê-la feliz, Elisa.

— E você me fará, Thierry, pode estar certo disso.

Um beijou encerrou as observações daquele instante.

Naquela noite, Elisa foi até o quarto da irmã, quarto que outrora dividira com ela e deu três toques na porta. Só entrou quando recebeu permissão.

— Elisa?! — surpreendeu-se Virgínia ao ver a jovem.

— Passei para lhe dar boa-noite. — mentiu Elisa. E para chegar ao seu verdadeiro objetivo de estar ali, falou do noivo e de sua observações sobre as pessoas. — Thierry acha que você está apaixonada.

— E-eu?! — espantou-se Virgínia, arregalando os olhos esverdeados, vivos, de uma intensidade penetrante e admirável. De onde foi que ele tirou essa ideia mais estapafúrdia?

— Do seu semblante. Confesso que notei também que você está diferente. Mais feliz... É verdade, não é?

— Mais feliz, eu? Talvez, não sei. Mas apaixonada, sinceramente, não.

— Foi o que pensei. Não há nenhum homem solteiro no povoado que desperte o seu interesse, disso estou certa. O único que há, você o repudia, portanto...

— Thierry está tão excitado com o casamento de vocês que está vendo coisas.

— Prefiro acreditar que, sim.

Após um beijo de boa-noite, Elisa deixou o quarto da irmã.

Assim que se viu só, Virgínia riu das palavras de Thierry Gobel.

— Apaixonada, eu?! — murmurou. — Quem me dera!

E procurou dormir, antes porém, ficou rememorando o pequeno diálogo com Fádrique Lê Blanc naquele dia. E mais uma vez, repetiu para si mesma:

— Como ele é lindo... Que homem lindo...

E de fato, o rapaz jogado naquela cela imunda, cheirando a mofo e urina era extraordinariamente lindo.

Uma semana depois aconteceu o casamento de Elisa e Thierry Gobel. A igreja do povoado estava lotada de convidados, praticamente todos os moradores do lugar estavam presentes. Foi uma cerimônia religiosa bonita, regada de palavras bonitas pronunciadas pelo padre do vilarejo vizinho que rezava missas e fazia cerimônias de casamento no povoado, quando solicitado.

Virgínia estava linda dentro de um vestido rodado, rendado, os cabelos cacheados, divididos ao meio, presos com dois laços.

Evângelo Felician estava, como sempre, deslumbrado pela moça. Só tinha olhos para ela. Assim que teve oportunidade foi convidá-la para dançar.

— Concede-me essa dança, senhorita?

— Sinto muito. — desculpou-se, Virgínia, com ar de entojo. — Estou indisposta para dançar.

— Quer conversar um pouco?

— Evângelo, hoje eu estou chata. Você merece uma mulher mais alegre e entusiasmada para bater um papo. Seria um desperdício perder seu tempo comigo.

— Nada ao seu lado é um desperdício, Virgínia. Eu gosto de você de todo jeito, alegre, triste, disposta, indisposta.

Ela ergueu os olhos como quem diz "Será que esse chato não se toca?!".

Ela, definitivamente, não queria ocupar sua mente com nada que não fosse o pensamento em Fádrique. De repente, nada mais lhe importava no mundo, senão ele. Aquele rosto lindo com olhos cor do mar.

Evângelo ficou amuado desde então, acabou indo embora da festa bem cedo. Assim que chegou à edificação que construiu próximo à casa dos pais, uma espécie de celeiro em proporções menores, que usava como um ateliê, entregou-se à arte. Era sempre o melhor modo de abrandar o seu coração ferido pelo modo sincero e prático com que Virgínia o tratava.

Enquanto isso, a festa continuava com todos muito alegres, dançando sem parar, embriagando-se de ponche. Elisa e Thierry Gobel eram só sorrisos. A felicidade explodia dentro deles como uma saraivada de fogos de artifício. Virgínia assistia a tudo com a mente longe, bem longe... Então, subitamente, teve uma ideia. Aquele seria o momento ideal para conversar com Fádrique mais à vontade, pois a maioria dos guardas e carcereiros estavam na festa do casamento. Esgueirou-se para fora do salão, onde ocorria a celebração do matrimônio e seguiu para sua casa onde apanhou um cavalo e seguiu rumo a Écharde.

Evângelo, que naquele dia em especial, não conseguira distrair sua mente com a pintura, deixou o ateliê e foi caminhar um pouco. Uma boa caminhada sempre acalmava as incertezas do coração. Por isso pôde ver Virgínia, montada num cavalo, seguindo na direção de Écharde. No mesmo instante uma ruga barrou-lhe a testa e uma pergunta tomou sua mente de assalto:

"O que Virgínia estaria indo fazer em Écharde àquela hora?"

Assim que a jovem chegou às proximidades da prisão, amarrou seu cavalo no tronco de uma árvore e seguiu a pé até lá, caminhando por trás da fileira de pedras que havia no local para não ser vista.

Por outro lado, se um dos guardas a visse, diria que voltou para apanhar algo que esquecera no refeitório.

Entrou em Écharde com a ligeireza e discrição de uma cobra. Logo estava frente a frente com Fádrique Lê Blanc, preso na solitária.

— Virgínia?! — espantou-se o rapaz. — O que está fazendo aqui a uma hora dessas?! Segundo você, hoje é o dia do casamento de sua irmã, não? Deve estar havendo uma grande festa no povoado, não é mesmo?

— Sim.

A seguir Virgínia explicou os motivos que a levaram até lá.

— Virgínia! — exclamou Fádrique em tom de repreensão. — Como pôde abandonar a festa de casamento de sua querida irmã para vir me ver?! Fico até sem palavras... Eu não mereço que faça uma coisa dessas por mim.

— Merece sim, Fádrique. Merece até muito mais. Você é uma pessoa incrível, que veio parar em Écharde, injustamente.

— Então você também acredita na minha inocência?

— Desde o primeiro instante em que o vi. E saiba que não sou só eu quem acredita na sua inocência, muitos carcereiros e guardas daqui também acreditam. Pena que ninguém possa fazer algo por você. Para reparar essa injustiça. Se há algo para se fazer por você, desconhecemos.

— Suas palavras me confortam.

Ele pegou nas mãos dela, entre grades que os separavam e beijou o dorso de suas mãos. O contato de seus lábios quentes sobre a sua pele fez Virgínia suspirar. A paixão estava começando a gritar dentro dela com mais força, ainda que não se desse conta de que estava se apaixonando pelo rapaz.

Durante todo o tempo em que os dois ficaram conversando, falando um pouco de si, Fádrique manteve-se segurando firmemente as mãos da jovem. Antes de ela partir, beijou-as novamente, quente e carinhosamente.

— Obrigado, mais uma vez, por ter estado comigo, Virgínia. Pela companhia, pelas palavras de conforto.

Ela sorriu e partiu. Quando chegou à árvore aonde havia amarrado o cavalo, chocou-se ao avistar Evângelo recostado sobre o tronco de uma outra árvore a poucos metros dali.

— O que você está fazendo aqui, Evângelo?! — zangou-se ela.

— Estava preocupado com você, Virgínia.

— Preocupado comigo, ora, por quê?

— Achei estranho você vir a Écharde a essa hora.

Inventando uma mentira convincente respondeu rapidamente:

— Pois é... Estava na festa quando percebi que não estava usando a minha pulseirinha de ouro. Achei, a princípio, que a havia perdido durante a cerimônia, mas depois lembrei que a havia deixado no refeitório da prisão. Eu sempre a tiro para lavar a louça suja. Antes que alguém em Écharde a encontrasse e ficasse com ela, decidi vir buscá-la. Demorei para encontrá-la, estava tão aérea por causa do casamento de Elisa que me esqueci completamente aonde a guardara, por isso demorei, enfim, foi isso.

Virgínia a fim de não levantar suspeita achou por bem ser mais gentil com o rapaz:

— Obrigada, Evângelo, por ter se preocupado comigo. Você é sempre tão solícito.

— Tudo em torno de você me preocupa, Virgínia.

— Não devia se preocupar tanto.

— Mas eu me preocupo.

— Vamos para casa.

Como o rapaz havia vindo a pé, Virgínia se viu obrigada a oferecer-lhe carona.

— Acho que o velho pangaré aguenta nós dois, não?

— Sim.

Assim que os dois se ajeitaram sobre o cavalo, a moça falou:

— Evângelo, por favor, se alguém nos vir juntos, diga que saímos para dar uma volta, não diga nada sobre a minha vinda a Écharde por causa da pulseira. Eliéu não iria gostar nada do que fiz. Sistemático como é, você sabe...

Evângelo voltou para a sua casa, aquele dia, sentindo-se mais feliz. Tudo porque havia dialogado por uns bons minutos com a mulher que tanto amava. Virgínia, por sua vez, chegou em sua casa, espumando de raiva, xingando Evângelo de todos os nomes pejorativos que havia na época para avacalhar com uma pessoa. Para finalizar, disse:

— Se ele gosta de pôr o nariz onde não é chamado, que ponha na *lavagem* reservada para os porcos! — ralhou ela, enfurecida.

Fádrique terminou o dia pensando em Virgínia.

Capítulo 6

Dias depois, lá estavam Virgínia e Fádrique conversando a sós novamente.

— Eu não vou durar muito tempo aqui, Virgínia — comentou ele, em tom de desabafo, logo de início. — Poucos são os prisioneiros que conseguem sobreviver por muito tempo, vivendo nessas condições. Por isso preciso lhe falar algo muito importante. Antes que seja tarde.

Ela olhou-o com mais interesse. Num tom tímido, ele tentou se explicar:

— Lembra o dia em que você me contou que sempre sonhou com um homem que um dia a levaria para viver em um outro lugar, numa cidade grande, mágica e moderna?

— Lembro.

Os lábios dela tremeram ligeiramente.

— Pois bem, Virgínia, eu gostaria muito de ser esse homem. Seria uma honra para mim sê-lo. É uma pena que a vida tenha sido tão cruel comigo. Apesar de estarmos tão perto um do outro, estamos tão longe... A única coisa boa que me aconteceu vindo para cá foi conhecê-la. Queria muito que soubesse disso e guardasse para sempre em sua memória e em seu coração.

Trêmula de emoção, ela respondeu:

— Seria realmente maravilhoso, Fádrique se você fosse esse homem.

— Pena que estou nestas condições.

— Infelizmente.

Ele, olhos lacrimejantes, tocou o rosto macio dela com seus dedos longos e bonitos. Depois, acariciou seu queixo em movimentos giratórios e disse:

— Não quero que se apaixone por mim, Virgínia, como eu me apaixonei por você. Em breve estarei morto, não quero vê-la sofrer.

— Percebo agora que já estou apaixonada por você, Fádrique, desde o primeiro instante em que o vi. — declarou, rompendo-se em lágrimas.

Ele a silenciou pousando a ponta do seu dedo indicador sobre os finos e delicados lábios da moça.

— Ouça bem, Virgínia, muito bem, as minhas palavras agora. Um dia, virá um homem para cá, o homem lindo com quem tanto sonhou, quem você tanto aguarda e ele realizará todos os seus sonhos. Por isso não permita, em hipótese alguma, que essa paixão que sente por mim continue vibrando em seu coração.

— Esse homem é você, Fádrique.

— Não, minha querida, não sou.

— É você, sim. Eu sei, eu sinto.

— Não sou. O homem que o destino reservou para você, para amá-la até o último dia de sua vida é um homem livre, capaz de levá-la embora daqui, dar-lhe uma vida digna, esplendorosa, com tudo de bom que você merece.

— Se você estivesse livre você poderia me propor tudo isso, não?

— Sim. Até muito mais do que sonhou, Virgínia.

— Então estou mais do que certa de que esse homem é você.

Ele apertou novamente a mão dela, levou-a até seus lábios e a beijou. Entre lágrimas, falou:

— Este mundo é um lugar muito injusto para se viver.

Nisso, ouviram-se passos vindo naquela direção. Virgínia, alarmada, recolheu a mão rapidamente e se afastou do local, ligeira e apavorada. Ia chegando ao refeitório quando foi surpreendida pelo irmão. Ele parecia ter surgido do nada, como uma assombração. Pegando firme no braço dela, a fez encará-lo. Sua voz grave soou a seguir:

— Aonde você estava, Virgínia?

A moça olhou assustada para ele.

— Você me assustou, Eliéu, sabia?

— Eu lhe fiz uma pergunta, Virgínia.

O rosto da moça empalideceu, suas mãos agora agarravam a borda de seu vestido enquanto o olhar contrafeito de Eliéu se acentuava.

— Sabe que não deve transitar por nenhum local da prisão que não seja o refeitório, não sabe?

Sua voz era polida, mas dura como aço.

A voz da jovem sumiu, ela, porém, fez um esforço visível para se explicar.

— Quis dar uma volta, Eliéu, só isso — respondeu, por fim, fingindo uma tranquilidade que não tinha. — Achei que nessa ala da prisão não haveria perigo se eu...

— Tudo aqui é perigoso, Virgínia. Tudo, compreende? Nunca mais faça isso.

Readquirindo a segurança, mais à vontade, ela disse:

— Eu o vi, Eliéu. O tal prisioneiro que parece um nobre. Penso o mesmo que muitos daqui. E se ele estiver pagando por um crime que não cometeu?

A resposta de Eliéu foi instantânea:

— O problema não é nosso. É da justiça. Sabe quantos prisioneiros chegam aqui alegando inocência, minha irmã?! Noventa por cento deles. Falam a verdade? Não! Querem apenas nos tapear, para que tenhamos pena deles e os poupemos dos serviços pesados que lhes competem fazer, para que os tratemos de igual

76

para igual... Todo bandido, assassino, que se faz de bonzinho age assim; é só para ganhar a confiança das autoridades para poderem fugir depois, como já aconteceu muitas vezes. Um assassino não hesitará em matar outra vez, para garantir a sua liberdade e segurança. Pode estar certa disso.

Virgínia mordeu os lábios, reflexiva. Por fim, dividiu com o irmão uma curiosidade que sempre teve sobre a vida:

— Por que será que os homens nascem diferentes uns dos outros, Eliéu? Uns atolados na pobreza, outros na riqueza... Uns que são puro coração, outros cujo coração o demônio parece ter feito sua morada. Uns com sorte no amor, outros sem.

— Esse é um dos muitos mistérios da vida que ninguém sabe responder, Virgínia.

— Eu sei — concordou ela, pensativa. — Mas eu gostaria muito de saber a resposta para essas perguntas, Eliéu. Muito mesmo.

❦

Na manhã do dia seguinte, por volta das dez, Virgínia recebeu a visita da irmã.

— Elisa, você aqui?!

Elisa foi direto ao que vinha:

— Eliéu contou-me que pegou você bisbilhotando o interior do presídio, é verdade?

— É verdade, sim.

— O que você estava fazendo por lá, Virgínia? Você perdeu o juízo, por acaso? Se um dos presidiários escapa, você é uma mulher morta!

— Na ala que visito não há celas, Elisa, só a solitária.

— Ala que visita?! Como assim "visita"?

Virgínia pegou nas mãos da irmã e disse, seriamente:

— Prometa-me que não vai dizer nada a ninguém do que vou lhe contar agora, Elisa, por favor. Nem mesmo para Thierry. Se disser para alguém ficarei muito chateada com você.

— Prometo, agora me diga, não suporto suspense.

— Um dia quis muito dar uma olhada no tal prisioneiro que tem porte de nobre e...

— Você não fez isso?!

— Fiz, sim, e ainda bem que fiz, pois ele é uma pessoa formidável.

Os olhos de Elisa, agora, estavam grandes e assustados.

— V-você falou com ele?!

— Falei sim, Elisa. O nome dele é Fádrique Lê Blanc.

As sobrancelhas de Elisa ergueram-se de espanto.

— Você perdeu o juízo?! — a voz dela vacilou um pouco. — Aonde já se viu ficar conversando com um assassino?!

— Ele não é um assassino!

— Ele é um assassino, sim! Segundo Eliéu, ele matou uma mulher.

— Ele foi preso injustamente. Paga por um crime que não cometeu.

— Aposto que foi ele quem lhe disse isso, não? E você, tonta, acreditou.

— Eu acredito nele. — defendeu-se Virgínia, com um leve tremor na voz. — Acredito piamente na sua inocência.

— Virgínia, você está me deixando preocupada. Muito preocupada, minha irmã. Você me parece tão fora deste mundo. Saiba que as pessoas são capazes de surpresas terríveis. Forma-se uma impressão acerca de alguém, e ela, às vezes, não corresponde em nada a sua real pessoa.

— Nem sempre...

— De qualquer forma, Virgínia, você precisa se precaver. Não entendo o que lhe aconteceu. Sempre foi uma pessoa tão tenaz, tão uniforme. Nós vivemos aqui desde que nascemos, somos descendentes de uma família que mora aqui muito antes de Écharde ter sido erguida para abrigar criminosos. Quando você ouviu falar que as autoridades condenaram um criminoso injustamente?

Virgínia franziu a testa tentando recordar-se. Elisa prosseguiu, afiada:

— Vovô sempre nos aconselhava a escolher as palavras com o mesmo cuidado que devemos escolher os amigos, lembra-se? Prometa-me que vai se afastar desse rapaz. Ou melhor, que nunca mais vai vê-lo!

Virgínia enrubesceu contritamente. Elisa insistiu:

— Prometa-me!

A irmã acabou cedendo diante de tal insistência. Elisa, satisfeita com a promessa, acrescentou:

— Ainda que esse tal Fádrique seja inocente, ele morrerá em Écharde porque não há nada que possamos fazer por ele. Absolutamente nada. Não se esqueça disso.

Elisa virou-se e saiu do quarto, estava exaltada, crispava as mãos nervosamente. Virgínia ficou olhando fixamente para a porta pela qual a irmã deixara o aposento. Depois caminhou até a janela e ficou espiando para fora, para o topo das colinas. A voz de Fádrique então soou novamente em seus ouvidos:

"Pois bem, Virgínia, eu gostaria muito de ser esse homem. Seria uma honra para mim sê-lo. É uma pena que a vida tenha sido tão cruel comigo. Apesar de estarmos tão perto um do outro, estamos tão longe... A única coisa boa que me aconteceu vindo para cá foi conhecê-la. Queria muito que soubesse disso e guardasse para sempre em sua memória e em seu coração."

Virgínia, então, declarou para si mesma:

— Ele é o homem com quem tanto sonhei, por quem tanto esperei.

E mirando fundo nos olhos do lindo rapaz refletidos na memória, acrescentou:

— Eu o amo, você me ama, um grande amor assim não pode terminar desta forma...

Virgínia estava mais do que apaixonada por Fádrique, estava amando o rapaz. Amando perdidamente. E como era bom amar, sentir o peito se incendiar de paixão. Ah, como queria contar para todo mundo o quanto ela estava feliz com tudo aquilo, que o homem dos seus sonhos havia finalmente chegado e era lindo, estupidamente lindo, como ela sempre viu em seus pensamentos.

Um trecho da conversa com a irmã há pouco interpelou seus pensamentos:

"Ainda que esse tal Fádrique seja inocente, ele morrerá em Écharde porque não há nada que possamos fazer por ele. Absolutamente nada. Não se esqueça disso."

A observação de Elisa deixou-a bastante desapontada. Aquela era uma verdade que parecia ser, sem sombra de dúvida, intransponível. Mesmo assim ela teve a audácia e a ousadia de jurar para si mesma:

— Eu hei de provar a sua inocência, meu amor. E assim libertá-lo desse pesadelo que você vive agora.

Não lhe restavam mais dúvidas quanto ao amor que sentia por Fádrique Lê Blanc.

⚜~~⚜

Na mesma manhã, ela seguia para a sede onde era preparada a comida para o presídio quando foi, repentinamente, abordada por Evângelo.

— Bom-dia, Virgínia. Como vai?

A moça recolheu subitamente o sorriso que trazia nos lábios.

— É muito bom revê-la. Queria muito que posasse para mim.

Ela não respondeu, simplesmente afastou-se dele, erguendo a cabeça e olhando fixamente para frente.

Evângelo ficou parado, olhando para ela, querendo muito compreender por que dias antes ela fora tão simpática e agora o tratara como um cão sarnento.

⊙⊰⊱∽⊰⊱⊙

Virgínia mal via a hora de o jantar chegar para poder rever o homem por quem estava perdidamente apaixonada. Os ponteiros do relógio nunca lhe pareceram mover-se com tanta lentidão, uma lentidão de enlouquecer.

Infelizmente, seu irmão estava atento aos seus movimentos o que a obrigou a adiar o reencontro com Fádrique. Para evitar confusão, decidiu esperar um tempo para um novo encontro, tempo suficiente para o irmão se esquecer dela e tudo voltar a ser fácil como antes. Esse dia chegou e lá estava, novamente, diante de Fádrique Lê Blanc. Assim que a viu, ele levantou-se do chão onde estava estirado e correu até a grade.

— Virgínia... Virgínia... Virgínia... Deus meu, que bom revê-la. Pensei que havia se esquecido de mim.

— Eu, me esquecer de você, Fádrique? Nunca! É que...

A seguir, contou ao rapaz os motivos que a afastaram dele por tantos dias. Quase três semanas.

— Ah, meu amor... meu amor... — murmurou ele, rompendo-se em lágrimas, pegando as mãos dela por entre as grades e beijando-as desesperadamente. — Seu desaparecimento, deixou-me desesperado. Que bom que você voltou, que bênção. Pedi tanto a Deus por isso.

81

Lágrimas também corriam agora pela face da moça, lágrimas de emoção, paixão e saudade. Emoções fortes se entrelaçando umas as outras.

Dias depois, a jovem encontrava Fádrique cabisbaixo, sentado no canto da cela onde sempre costumava sentar, parecendo alheio a tudo mais a seu redor.

Estava tão distante que levou um bom tempo para percebê-la ali rente à cela, aguardando pelo seu olhar. Ao vê-la, levantou-se e foi ao seu encontro. Ela notou de imediato que os lábios dele estavam trêmulos. A aparência estava pesada. Parecia aborrecido e enraivecido com alguma coisa.

— O que houve? — perguntou a moça, preocupada.

— Hoje não estou bem, Virgínia. Acordei revoltado. Com vontade de acabar com a minha vida.

— Não faça isso, por favor.

— Faço!

— Eu lhe imploro.

— O que tenho a perder?

— Eu... Eu tenho a perder.

— Você já me perdeu, Virgínia, mesmo antes de me ter.

— Não.

— A vida é revoltante. Eu aqui, preso injustamente, amando você, uma mulher linda, audaciosa, corajosa, a mulher perfeita para eu me casar e, no entanto, não posso fazer de você minha esposa.

Ela olhou para um lado depois para o outro, ao estar realmente certa de que não havia ninguém por ali, seus olhos brilharam. A voz também quando falou:

— Você e eu podemos nos casar sim, meu amor.

Os olhos dele abriram-se revelando grande espanto.

— Como? Se estou condenado?

— Simples. Basta você fugir deste lugar horrível. Aí, sim, podemos fazer-lhe justiça e ficarmos juntos para sempre.

— Fugir?!... Isso já me passou pela cabeça, mas como se Écharde é uma das penitenciárias mais seguras do país?

— Há um jeito sim, meu amor. Se eu ajudá-lo.

— Como?

Fádrique Lê Blanc agora olhava para Virgínia com bastante interesse.

— Estou pensando num modo, dê-me só mais alguns dias para eu encontrar a solução perfeita.

— Oh, Virgínia, não quero que você ponha a sua vida em risco por mim, por favor, eu lhe imploro.

Ela olhou fundo nos seus olhos, apertou seus dedos entrelaçados aos dele e falou com sinceridade:

— Por você, sou capaz de tudo, meu amor. De tudo, entendeu?

— Eu não sei, não quero que nada de mau lhe aconteça.

— Confie em mim.

— Está bem... Confiarei. Confiarei em você e em Deus.

Ela beijou os dedos dele, ele beijou os dedos dela, por uma das frestas da grade que os separava. Então, seus olhos se prenderam um ao outro e os lábios de ambos se juntaram pela primeira vez. Foi um beijo leve, terno e caloroso. Não podia ser mais do que isso, as grades não permitiam. Só então, Virgínia partiu.

A moça passou aquela noite inteira arquitetando um plano para tirar Fádrique Lê Blanc de Écharde. Só sossegou quando encontrou um modo, o melhor de todos, na sua opinião, para libertá-lo de lá, são e salvo.

Ela sorriu para si mesma e disse:

— Você vai escapar desse inferno, meu amor. Justiça será feita. Nos casaremos longe daqui e seremos muito felizes até o fim de nossas vidas.

Finalmente a jovem conseguiu relaxar. Esticou sua cabeça apoiada no travesseiro e dormiu, aliviada de seus tormentos por algumas horas.

Na noite do dia seguinte, após servir o jantar, Virgínia correu ao encontro de Fádrique na solitária.

— Oh, meu amor, que saudade... — desabafou o rapaz. — Estava ansioso por sua chegada.

— Eu consegui, meu amor! — exclamou ela, eufórica. — Consegui encontrar uma forma de tirá-lo daqui são e salvo.

A seguir, explicou-lhe o plano que havia arquitetado:

— Na hora em que os guardas e carcereiros se reunirem para o jantar, será o momento ideal para você fugir. Esta ala da prisão, por ter somente a solitária, fica totalmente desprotegida nessa hora. Eles não se preocupam muito com você porque todos têm de certa forma, confiança na sua pessoa. Pois bem, você destranca a cela nesse momento e se esgueira para fora da prisão...

— Com que chaves?

— As que roubarei de meu irmão. Quando ele der pela falta delas será tarde demais.

O moço pareceu impressionado com a perspicácia e a ousadia de Virgínia.

— Assim que você deixar as dependências de Écharde, você deverá correr até a estrada que leva ao povoado. Deixarei um cavalo amarrado num dos troncos das árvores que há por lá para você fugir. Haverá ali também uma trouxa com roupas limpas para vestir após tomar banho no lago que fica a menos de uma milha dali. Você tem de estar com boa aparência e trajado elegantemente quando pegarmos a estrada, para que ninguém que cruze o nosso caminho suspeite que você é um fugitivo de Écharde. Junto à trouxa de roupa deixarei também pão e água para aguentarmos a viagem e o dinheiro que economizei durante todos esses anos de trabalho para podermos iniciar a nossa vida longe daqui.

— Ainda assim, como sairei desse lugar se é todo vigiado?

— Não na hora do jantar, Fádrique. Todos nesse momento estarão no refeitório, jantando e eu farei o possível e o impossível, caso seja necessário, para manter todos por lá.

— E você, meu amor?

— Eu, assim, que terminar de servir o jantar por aqui, pego a carroça e vou atrás de você.

— Onde nos encontraremos?

— Desenhei um mapa para você, veja. Com ele, você certamente chegará ao lugar que escolhi para nos encontrarmos. Quem chegar primeiro, espera pelo outro.

Fádrique fez um gesto de assentimento. Ficou em silêncio por alguns minutos refletindo sobre o plano e perguntou:

— E se nos desencontrarmos?

— Nós não vamos nos desencontrar, meu amor, acredite.

— Você está tão confiante.

— Tenho de estar.

— Você teria coragem mesmo de fazer tudo isso?

— Olhe aqui. — disse ela sem reticências. — Por você sou capaz de tudo, Fádrique, já lhe disse isso. Sou capaz de tudo, simplesmente, tudo!

— Você tem certeza?

— Absoluta, meu amor. Você finalmente terá justiça. Estará merecidamente livre deste inferno e juntos vamos recomeçar a sua vida. Longe dessa podridão.

— E quanto a sua família, Virgínia? Se você for embora comigo você nunca mais poderá vê-la.

— Nada me importa mais na vida, Fádrique, além de você, acredite-me.

— ... — as palavras fugiram dos lábios dele.

Ela beijou-lhe as mãos, depois os lábios.

— Oh, Virgínia, isso é loucura... — murmurou ele num tom embargado.

— Temos de arriscar, meu amor. É a nossa única chance de ser feliz. Aguardemos só até eu receber o meu próximo pagamento para que tenhamos uma quantia a mais de dinheiro para nos ajudar a recomeçar a vida longe daqui.

— Virgínia, você é formidável. Bendita a hora em que a conheci. Só pode ter sido um anjo mesmo quem a enviou para cá.

Ela suspirou quase em êxtase.

— Estou tão apaixonada por você, Fádrique.

Ela ia dizer mais alguma coisa, mas calou-se. Percebendo sua hesitação, o rapaz com seus olhos azuis lindos e profundos, encorajou-a falar. .

— Se eu não fizer o que meu coração manda, meu amor, eu viverei eternamente infeliz.

Fádrique segurou as mãos dela com firmeza, beijou-lhe o dorso das mãos e os dedos, ardentemente e declarou-se mais uma vez:

— Eu a amo, Virgínia. Amo muito. Às vezes penso que vim para aqui, em Écharde, só para poder conhecê-la, fugir com você, casar-me com você...

Os olhos dela brilharam ainda mais diante daquela declaração de amor.

— O que existe entre nós, Virgínia, tem de ser permanente, vivido plenamente... É assim que encaro a união de duas pessoas que se amam como nós. Acho que você é a única mulher que realmente me amou. Creio que você me aceitaria somente "com a roupa do corpo", como diz o velho ditado. Não é mesmo?

Ela assentiu com a cabeça, com uma encantadora doçura no olhar.

— Felizmente... — continuou ele —, não há dúvida alguma acerca do amor que sentimos um pelo outro. Somos unha e carne.

Ela o fitou por um minuto com um olhar profundo e comovente, como se quisesse explorar sua alma.

Dias depois, quando Virgínia foi preparar a carroça para levar os tachos de comida para Echardé, encontrou sobre o assento do veículo, um lindo buquê. Por estar com o romantismo à flor da pele, pegou as flores do campo, fechou os olhos e inspirou seu perfume. Então, sorriu para si mesma, imaginando-se nos braços de Fádrique, beijando-o, incansavelmente. Uma alegria estranha agitou seu peito, mas rompeu-se assim que ouviu a voz melosa de Evângelo soar atrás dela:

— Gostou? Achei que ia gostar...

Virgínia quis, literalmente, virar-se para trás e arremessar contra a face do moço o buquê que ele tão carinhosamente havia composto com as flores que ele próprio colhera com tanto cuidado nos jardins que cercavam o povoado.

Ela voltou-se para ele e agradeceu, por educação:

— Obrigada.

O rapaz mordeu os lábios, transparecendo mais insegurança do que o normal.

— Eu sei que você já não aguenta mais me ver insistindo em querer me casar com você, Virgínia, mas, estou aqui mais uma vez para pedi-la em casamento. Prometo, que um dia, a levo para conhecer as cidades grandes e importantes que você tanto sonha conhecer. Prometo, do fundo do meu coração.

Ela mal prestava atenção ao que o rapaz dizia com tanta sinceridade e emoção. Continuava mergulhando o nariz entre as flores, deliciando-se com o perfume delas.

— Virgínia? — tornou Evângelo pela terceira vez.

Ela finalmente olhou para ele. O rapaz sorriu e perguntou sem esperar por uma resposta definida, ao que ela respondeu prontamente:

— Está bem, Evângelo, eu aceito me casar com você.

Os olhos do moço brilharam.

— Será que eu ouvi direito?

— Ouviu sim, Evângelo.

— V-você fala sério? — gaguejou o rapaz.

— Sim, Evângelo, seriíssimo. Vou me casar com você!

Os olhos do moço tornaram a brilhar. Os de Virgínia também, mas por um motivo completamente diferente do que fez brilhar os olhos do rapaz.

Evângelo, transbordando de felicidade, afastou-se da moça com um sorriso bonito florindo nos lábios. Mal podia acreditar que Virgínia Accetti havia finalmente aceitado se casar com ele. Era alegria demais explodindo em seu peito. Seus olhos cheios d'água derramaram-se em lágrimas, a seguir. Lágrimas de alegria, não mais de tristeza.

Se Virgínia havia concordado em se casar com ele porque sabia que aquilo seria impossível uma vez que em poucos dias estaria longe dali, fugindo com Fádrique para um mundo que ela tanto ansiava conhecer? Sim, fora exatamente por isso. Foi uma forma de pisar mais um pouco no rapaz por quem ela declaradamente sentia asco.

Capítulo 7

O dia combinado para a fuga finalmente chegou e tudo foi feito exatamente como havia sido planejado.

A tensão se espalhava por todo o corpo de Fádrique, como se fossem ondas devastadoras, quando chegou o momento de ele abrir a cela da solitária com as chaves que Virgínia havia lhe entregado pouco antes de servir o jantar para os guardas e carcereiros de Écharde. Todo cuidado era pouco, bem sabia ele. Um piso em falso e o resultado seria desastroso. De repente, ouviu passos vindo naquela direção. Seriam de fato? Se fosse realmente, de quem seriam? De Virgínia? Teria ela voltado para preveni-lo de algo? Estaria ele tão nervoso a ponto de estar ouvindo coisas? Fádrique Lê Blanc estremeceu ao imaginar a liberdade fugindo de suas mãos novamente. Não, ele não podia deixá-la escapar outra vez. De forma alguma. A determinação lhe deu coragem para prosseguir e enfrentar qualquer obstáculo que por ventura surgisse pelo seu caminho durante a fuga.

Enquanto isso, Virgínia permanecia no refeitório da prisão, com um lado do cérebro rezando para que a fuga do homem amado desse certo e a outra parte entretendo os homens do lugar para impedir que deixassem o local antes do tempo necessário para Fádrique fugir de lá.

Ao se ver fora das dependências da prisão, Fádrique Lê Blanc respirou aliviado e sem delongas correu, com toda força que podia impor às pernas, na direção que Virgínia havia lhe indicado. Logo avistou o cavalo amarrado ao tronco de uma das árvores, exatamente como ela havia dito que faria. A trouxa de roupa, o pão, a água e o dinheiro também estavam ali.

— Virgínia você é realmente maravilhosa. — elogiou ele, sorrindo para a imagem dela em pensamento.

Rapidamente montou o cavalo e partiu exigindo o máximo do animal. Tinha de chegar ao lago, rápido, para se lavar e trocar aqueles trapos que usava como roupa por vestes limpas e decentes, dignas de uma pessoa de bem. Assim que chegou ao local, despiu-se e entrou no lago. Esfregou com tanta força cada região do corpo que parecia que iria arrancar a pele, esfregava daquela forma na intenção de tirar bem mais que a sujeira contida ali, queria tirar também o desgosto e a tortura que passara naquele inferno chamado "Écharde".

Virgínia chegou ao local que havia marcado para encontrar Fádrique cinco minutos antes do que planejou. Estava nervosa e excitada. Ansiosa para saber se tudo havia dado certo com o rapaz como planejara. Fádrique ainda não estava lá, era de se esperar que não estivesse; até que tomasse o banho devidamente, fizesse a barba e se vestisse, demoraria um bocado para aparecer.

Sua demora fez com que ela se perguntasse se não havia ocorrido algum imprevisto, durante sua fuga, que pudesse ter estragado seus planos. Deus quisesse que não. Fádrique já sofrera demais por um crime que não cometeu, precisava se libertar daquela injustiça, reerguer sua vida, esquecer o passado.

O passado...

Seria ele realmente capaz de esquecer o passado? Todo o horror que viveu em Écharde?, perguntou-se Virgínia, pensativa. Seria Fádrique também capaz de seguir em frente, recomeçar a vida sem não mais se preocupar com a pessoa, o verdadeiro assassino que se calou diante da sua prisão e permitiu que ele pagasse por um crime que não cometeu? Deus quisesse que sim, ela o ajudaria a pôr um ponto final naquela história. Não valeria a pena alimentar desejos de vingança.

Virgínia, então, voltou os olhos para a lua brilhando no céu, cercada de estrelas, linda de se ver. De repente estava sorrindo, sorrindo para a lua, para as estrelas, para o universo, para a vida em si. Estava feliz, feliz por ter finalmente encontrado o homem que sempre sonhara conhecer, por estar fugindo com ele para bem longe, para a vida que iria começar ao lado dele, uma vida cheia de amor e filhos lindos, fortes e sadios.

Não muito longe dali, sobre um cavalo veloz, Fádrique Lê Blanc seguia seu destino. Seu rosto estava corado e luminescente, era de alegria, alegria por se ver livre novamente, fugindo para bem longe de Écharde. Aquele lugar medonho e deprimente.

Foi então que o inesperado aconteceu. O impiedoso carcereiro Jerônimo que havia aproveitado sua noite de folga para ir se divertir na casa de sua amante, uma viúva, da mesma idade que a dele, que morava no vilarejo mais próximo do povoado, voltava para a casa pela mesma estrada que Fádrique seguia. Ainda que *alto*, Jerônimo estava atento e estranhou o cavalo que vinha veloz pela estrada de terra na direção contrária a dele.

— O *diacho...* — resmungou. — Quem será numa hora dessas? E por que está com tanta pressa?

A felicidade estava deixando Fádrique alheio a tudo a sua volta, por isso levou alguns segundos para ele avistar o impiedoso carcereiro sobre um cavalo vindo na sua direção. De longe, sob a luz do luar, não podia ver direito quem era, mas fosse quem fosse, pensou Fádrique, não haveria por que temê-lo. Ninguém o conhecia por aquelas bandas a não ser os guardas e carcereiros de Écharde. Caso fosse um deles, não o reconheceria de banho tomado, barba bem feita, trajando roupas decentes como vestia agora. Além do mais, sob a luz do luar e passando por ele naquela velocidade ninguém teria tempo de prestar muita atenção a sua pessoa.

Mas Jerônimo o reconheceu, não de imediato, levou cerca de 5 segundos para que se desse conta de que o cavaleiro que passara por ele sobre um cavalo desembestado era Fádrique Lê Blanc, um dos prisioneiros de Écharde.

Assim que percebeu, sua adrenalina foi ao ápice. Deu meia volta, no mesmo instante, e seguiu ao encalço do rapaz.

— Por sorte eu trouxe a minha arma! — comentou o carcereiro, enquanto exigia o máximo do animal.

Fádrique só havia reconhecido o homem sobre o cavalo, segundos após passar por ele. Estava agora apreensivo, suplicando a Deus para que Jerônimo não o tivesse reconhecido. Mas ao notar que era seguido pelo brutamontes, percebeu que suas súplicas haviam sido em vão, o demônio do carcereiro, como ele o apelidara o havia reconhecido e agora seguia ao seu encalço.

Ele não podia ser preso, não podia voltar para Écharde nunca mais!, dizia Fádrique para si mesmo e para a vida. Por isso, exigiu o máximo do cavalo. Agora dependia totalmente dele, que o animal aguentasse o tranco em nome da liberdade.

Outra situação inesperada aconteceu a seguir, Jerônimo sacou a arma e começou a atirar na direção de Fádrique. O rapaz gelou, era agora o desespero em pessoa. Sabia que se uma bala acertasse o animal, tudo estaria perdido. Seria difícil encontrar outro por aquelas bandas para prosseguir na fuga, ainda que fosse para roubá-lo. Por outro lado, se a bala o acertasse, ainda que não fosse fatal, Jerônimo assim que o alcançasse acabaria de fazer o trabalho ali mesmo, matando-o a sangue frio sem dó nem piedade. Por isso, Fádrique implorou a Deus para que nenhuma das hipóteses acontecesse.

— Eu não posso voltar para Écharde. Não posso! — dizia ele com voz que trepidava por causa dos galopes do cavalo. — Não é justo um homem como eu morrer num lugar como aquele. Não é! Só tinha um pensamento agora: Deus. Que Deus o ajudasse a escapar daquele carcereiro endemoniado. Nada mais.

Houve mais um tiro e mais outro e outro...

Enquanto isso, Virgínia se sentia cada vez mais ansiosa pela chegada de Fádrique.

— Não demore, meu amor. Por favor, não demore — murmurava, com certa aflição. — Quanto mais rápido partimos desse lugar, melhor. Não vejo a hora de começar a vida ao seu lado.

Mal sabia ela o sufoco que ele estava passando naquele momento.

Fádrique corria tão desesperado que já não sabia mais precisar onde estava. Levou alguns minutos para perceber que Jerônimo já não seguia mais em seu encalço. No mínimo, havia seguido para Écharde para buscar reforços. Lá poderiam confirmar se ele realmente havia fugido da solitária ou se tudo não passaria de um delírio. Caso a fuga fosse confirmada, tornar-se-ia mais fácil localizá-lo. Era só perguntar em qualquer vilarejo das proximidades por um moço de corpo e rosto bonitos, com ares de príncipe.

Fádrique achou por bem parar para dar água ao cavalo e deixá-lo descansar um pouco.

Lembrou-se então de Virgínia, havia se esquecido dela diante de todo aquele desespero. Ele pôde até imaginá-la, no local combinado, ansiosa, aguardando por ele. Seus pensamentos foram truncados ao ouvir gravetos se quebrando, como que sob os passos de alguém. Imediatamente ficou alerta, levantou-se num salto e voltou-se para trás.

⚜ Capítulo 8 ⚜

Haviam se passado três horas desde que Virgínia havia chegado ao local combinado para se encontrar com Fádrique. A essas alturas era uma mulher desesperada. Andando de um lado para o outro, crispando as mãos, chorando sem se dar conta.

— Alguma coisa saiu errada. Deus meu, eu pedi tanto para que nada desse errado. Foi tudo tão bem planejado.

Teria Fádrique sido capturado enquanto fugia? Teria um dos guardas, alguém que se atrasara para o jantar, indiretamente obrigado Fádrique a voltar para a cela para fugir em uma hora mais propícia? Como saber? A ansiedade a estava matando de preocupação. De nada adiantava ficar ali, parada, indagando o porquê Fádrique não havia chegado. O melhor a se fazer era voltar para a sua casa e embrenhar-se debaixo do lençol antes que seus pais dessem por sua falta. No dia seguinte, logo pela manhã, ela arranjaria uma desculpa para ir até Écharde e lá procuraria saber o que dera errado na fuga.

Assim, voltou para sua casa, procurou dormir, mas não conseguiu, estava ansiosa demais para saber o porquê seu plano havia dado errado. Cansada de se virar na cama, procurando relaxar, ela se levantou logo após o galo cantar. Foi bem no momento em que um dos guardas chegou a casa para falar com Eliéu. Foi a própria Virgínia quem o atendeu à porta.

— Aconteceu alguma coisa, Edson? — quis saber ela.

O rapaz, muito sério, respondeu:

— Por favor, Virgínia, chame seu irmão o quanto antes.

Assim ela fez. Enquanto o irmão falava com o guarda, a moça ficou próximo à janela para ouvir o que conversavam.

— Houve uma fuga, meu senhor. — explicou Edson, baixinho.

Eliéu exaltou-se no mesmo instante.

— O que?! C-como? Quem fugiu?!

— Aquele prisioneiro com panca de nobre. O bonitão.

— Fugiu?!

— Ontem à noite, deve ter sido por volta da hora do jantar. Enquanto jantávamos...

— Como descobriram?

— Foi Jerônimo quem descobriu a fuga, meu senhor. Ele voltava da casa da amante, que fica no vilarejo vizinho, quando o bandido passou por ele, correndo a toda, sobre um cavalo.

— Cavalo?!

— Deve ter roubado um de alguém. Pois bem, Jerônimo o reconheceu e foi atrás dele.

— Prendeu o demônio?

— Ele fez mais do que isso, meu senhor.

O guarda fez uma pausa antes de completar a frase:

— Jerônimo matou o sujeito.

As sobrancelhas de Eliéu se arquearam enquanto que Virgínia se escorou contra a parede, com a mão direita pressionando a boca, para não gritar de desespero. Com muito custo ela caminhou até seu quarto.

— Não pode ser... — murmurava, entre lágrimas. — Fádrique não pode estar morto. Não pode... Não é justo. Não é justo um inocente acabar assim.

Ela fechou a porta do aposento e se escorou contra ela. Apertava a mão direita contra o peito, na altura do coração,

95

como se quisesse perfurar a pele, agarrar o órgão e acalentá-lo. A realidade tornara-se um mar de espinhos, não havia mais como vivê-la sem se ferir. O pranto desesperado de Virgínia vazava mais na alma do que no físico, era um pranto profundo, de dor junto a uma sensação de perda e abandono pavoroso.

— Minha vida acabou. Estou morta... Morta na alma — murmurou sem perceber.

Ela agora se via revoltada com Jerônimo por ter tirado a vida do homem que tanto amava e também revoltada com Deus por não tê-lo protegido como ela tanto lhe implorara em suas orações.

— Os meus sonhos, os meus e os dele, todos destruídos... — continuou Virgínia num profundo lamento. — Não é justo, não é justo. Nós nos amávamos, queríamos um ao outro para a vida inteira, éramos duas almas boas, honestas, íntegras, dispostas a sermos felizes... Oh, Deus, como pôde deixar que ele fosse apanhado durante a fuga e morto?! Como?!

A notícia sobre a fuga do rapaz e sua execução logo se tornou assunto principal do povoado. Elisa, assim que ficou por dentro dos acontecimentos, correu para a casa da irmã para ver como ela estava. Encontrou Virgínia sentada ao seu leito, recostada na cabeceira da cama, com o olhar perdido no nada. Um olhar triste, como o de uma pessoa que acaba de morrer.

— Virgínia? — chamou Elisa, caminhando devagarinho até a cama.

A irmã continuou na mesma. Alheia ao chamado da moça e à sua presença. A jovem, então, sentou-se a seu lado, olhou-a com pena, muita pena e disse:

— Eu sabia que você deveria estar arrasada, minha irmã. Por isso, vim.

As pupilas de Virgínia voltaram-se para Elisa. A moça arrepiou-

96

se diante da tristeza e da amargura que havia nos olhos da irmã.

— Oh, maninha, querida, não quero vê-la assim...

— Oh, Elisa! — declarou Virgínia com uma voz embotada de tristeza. — Por que uma desgraça dessas foi acontecer com ele, maninha? Por quê?

— Oh, minha irmã...

— Por que, Elisa? Por quê?

Elisa acabou concedendo à irmã a resposta mais lógica que alguém poderia lhe dar naquele caso:

— Porque ele era um fugitivo, Virgínia. Um assassino.

A resposta doeu fundo em Virgínia. No mesmo instante seus olhos endureceram tanto quanto sua voz ao dizer:

— Quantas vezes eu vou ter de lhe dizer, Elisa, que Fádrique não era um assassino? Que era um inocente pagando por um crime que não cometeu?

— Nós nunca teremos certeza, minha querida.

— Eu sempre tive certeza quanto a sua inocência. Muito antes de ele me falar que era inocente.

— Temos a palavra dele contra a das autoridades.

— Pois para mim a palavra dele bastava.

Elisa se viu obrigada a admitir:

— Você realmente acreditava na inocência desse moço...

— Acreditava na sua inocência, no seu caráter, na sua alma.

— Você o amava demais.

— Amava. Vou amá-lo eternamente.

Elisa laçou-lhe um olhar maternal. Então, subitamente, o rosto de Virgínia adquiriu uma coloração vermelha, a raiva explodia dentro dela, agora, mudando até mesmo a tonalidade da sua pele:

— Eu odeio Jerônimo, odeio aquele desgraçado!

— Ele só fez o seu papel. É pago para proteger Écharde. Para não deixar ninguém fugir de lá.

— Ele é um demônio. Tomara que morra e queime no inferno.

— Oh, maninha, não quero ver você tão triste assim. Decepcionada e desiludida com a vida.

— Eu quero morrer, Elisa.

— Não diga isso, Virgínia! Por maior que seja a sua dor, nunca deseje tal coisa, é pecado.

— Digo, sim! Repito quantas vezes for preciso: eu quero morrer!

— Por Deus, minha irmã. Não!

— Deus?! — desdenhou ela. — Se Deus tudo vê, tudo ouve, como dizem, sabia que Fádrique era inocente e mesmo assim não fez nada para ajudá-lo. Pior, permitiu que morresse ao tentar fazer justiça a si próprio com as próprias mãos.

— Deus é bom, minha irmã.

— Deus é um injusto. Se não um injusto, um desatento.

— Que Deus perdoe suas palavras, que perceba que são ditas por estar emocionalmente abalada.

Os olhos de Virgínia se esbugalharam ainda mais de tristeza:

— Eu vivi a vida toda aguardando o homem dos meus sonhos e quando ele vem, é morto brutalmente por um demônio, feio e mal amado.

— Oh, minha irmã, não queria vê-la passando por tudo isso.

— Que Deus me leve para junto de Fádrique.

— Não peça isso a Deus, minha irmã, sua morte seria de grande pesar para os nossos pais. Pense neles, na dor que sentiriam por sua perda. Eles não merecem sofrer.

— Que mundo injusto é esse em que fomos nascer, Elisa! Para que nascer num mundo assim, onde só há injustiça sobre injustiça?...

— Você precisa se acalmar. Chorar, sim, chorar, é muito certo que chore, porque está sentida, mas procure não chorar na frente do papai, da mamãe, de todos em geral senão vão querer saber o porquê de tanto pranto e será um escândalo saberem que você se apaixonou por um... prisioneiro de Écharde.

— Eu não me importo...

— Será uma vergonha para o papai e para a mamãe. Se Eliéu souber de seu amor por aquele prisioneiro, é capaz até de achar que você o ajudou em sua fuga. O povoado pode pensar o mesmo, se tomar conhecimento da sua paixão por aquele moço. As pessoas podem se voltar contra você, Virgínia... Eliéu pode até ser rebaixado por isso, pode até mesmo perder o emprego. Seria muito sofrido para ele, pois batalhou tanto para alcançar o posto que ocupa hoje.

— Eu tenho de pensar em todos?! E em mim, quem vai pensar?

— Deus, minha querida. No seu caso, agora, somente Deus e eu, que a amo do fundo do meu coração.

Os olhos sem expressão de Virgínia fixaram-se nos de Elisa diante da nova declaração:

— Eu o amava, Elisa. Amava-o profundamente, ele era o homem da minha vida. O homem que sempre sonhei encontrar. Por que tive um destino tão cruel?

— Eu não sei, meu anjo. Só Deus sabe.

O silêncio caiu no aposento como uma coroa de espinhos sobre suas cabeças.

Foi muito difícil para Virgínia Accetti chorar a sua desgraça em silêncio. Mas era preciso, se descobrissem sua paixão por Fádrique poderiam desconfiar que ela o ajudou a fugir. Isso complicaria a vida do irmão, de toda a sua família e isso ela não queria. De jeito algum.

Só quando se fechava em seu quarto é que punha todo o seu sofrimento para fora, transformado-o em lágrimas sentidas.

Chorava baixinho para ninguém a ouvisse.

Chegou a pensar em desistir do trabalho que fazia em Écharde. Mas se já estava sendo difícil lidar com tudo aquilo trabalhando, como ficaria sem ter uma ocupação? O trabalho, ao menos, mantinha sua mente ocupada.

Seus pais perceberam que ela não estava bem. Os próprios carcereiros também notaram. Ela tornara-se uma moça de rosto triste e de pouca prosa. Seus lindos olhos esverdeados passavam a maior parte do tempo, modestamente, voltados para o chão, entristecidos e sem vida. Para todos, Virgínia dizia que ficara assim depois da fuga do prisioneiro: se um havia fugido, outros também poderiam e só de pensar no que poderiam fazer contra todos que trabalhavam ali e seus familiares, quando livres, era apavorante. Jerônimo a tranquilizou, todos ali agora estavam muito alertas, de arma em punho, prontos para disparar a qualquer sinal de fuga. No íntimo, o único disparo que Virgínia queria dar, era contra o próprio Jerônimo por ter matado o homem considerado a maior paixão da sua vida.

◦⟨⟨⟨∼⟩⟩⟩◦

Haviam se passado apenas duas semanas desde a tragédia envolvendo Fádrique e Virgínia quando ela teve uma nova surpresa.

Eram aproximadamente três da tarde, voltava para casa do trabalho, quando se surpreendeu ao avistar Evângelo aguardando por ela em frente ao portão de sua casa. Ver o rapaz ali não lhe agradou nada.

— Boa tarde, Virgínia. — cumprimentou Evângelo, polido como sempre.

— Boa tarde, Evângelo. — respondeu ela, por educação.

— Vim ver se está melhor, soube que anda deprimida. É

verdade?

— É verdade, sim.

— Esse trabalho não é para você, Virgínia. Deveria ser feito por um homem. Não fica bem uma moça como você pisando todos os dias num lugar pavoroso como Écharde.

Ela olhava-o com a mente longe. Via seus lábios se movendo, mas estava surda ao que diziam, até que as palavras seguintes, a despertaram do transe:

— Depois de nos casarmos, não vou querer mais que continue trabalhando lá.

— Depois do que? — espantou-se, franzindo a testa, assustada com a segurança com que o rapaz havia dito aquelas palavras.

— Depois de nos casarmos, Virgínia. — repetiu ele com empolgação.

— Quem disse que eu vou me casar com você, Evângelo? — ralhou ela, olhando agora para o pintor com repugnância.

— Ora, Virgínia, você mesma, um mês atrás.

Era verdade, lembrou-se. Ela havia realmente dito a Evângelo que se casaria com ele diante da insistência do pedido de casamento. No entanto, só lhe dissera aquilo para zombar dele, porque sabia que jamais poderia se casar, uma vez que estava prestes a fugir com Fádrique para bem longe.

— Você ainda quer se casar comigo, não quer, Virgínia? — tornou o moço, olhando com certa insegurança para a jovem que tanto amava.

— E-eu?

— Você não mudou de ideia, mudou? Espero que não, pois eu e minha família já estamos preparando tudo para o nosso casamento.

— Eu sinto muito, Evângelo, mas não me sinto disposta, no

momento, para me casar com você. — respondeu com a maior naturalidade.

As pupilas do pintor se dilataram, atônitas. Virgínia continuou:

— Um dia, quem sabe, nos casamos. Isso, se você continuar tendo a paciência de esperar por mim. Agora, dê-me licença, preciso entrar, estou exausta, quero descansar um pouco.

— Eu espero, Virgínia. Eu espero o tempo que for para ficar com você, meu amor. O tempo que for.

A moça não disse, mas pensou: "Como você me cansa, Evângelo... Pois espere o quanto quiser sua *mula*. Tomara que já esteja um velho capenga quando perceber que sua espera foi totalmente em vão. Para que entenda de uma vez por todas que você não é homem para mim. Para mim só existiu um homem: Fádrique e eu serei eternamente dele.

Evângelo voltou para casa um pouco aborrecido, mas esperançoso. Se havia aguardado pela decisão de Virgínia até aquele momento, teria fôlego para um pouquinho mais.

Naquele dia, assim que se fechou em seu quarto, Virgínia deitou-se na cama e fechou os olhos. Tornou a projetar a imagem nítida de Fádrique em sua mente. Lá estava ele, lindo, sorrindo-lhe com os olhos azuis brilhantes e luminescentes. Ela retribuiu o sorriso ao perceber sua imagem refletida no fundo daqueles olhos, sinal de que ele estava pensando nela:

— *Virgínia...* — murmurou ele com sua voz bem articulada —, *a única coisa boa que me aconteceu vindo para cá foi conhecê-la. Queria muito que soubesse disso e guardasse para sempre em sua memória e em seu coração.*

Virgínia... Era o nome da minha mãe. Ela morreu quando eu ainda era um menino. Sinto muita falta dela. Você acredita em providência divina, Virgínia?... Pois eu acredito. Estou certo de que foi ela, junto de minha mãe no céu, que enviou você para cá. Que me fez conhecê-la. Como lhe disse: você é um raio de luz na minha escuridão. No meu destino tão cruel. Obrigado por existir.

Eu ainda tenho esperança de muita coisa, Virgínia. Não tinha tanta quando cheguei aqui, mas agora, depois de conhecê-la, tenho muita.

A lembrança daquelas palavras fez Virgínia perguntar mais uma vez:

— Oh, Deus por que ele morreu tão cedo? Era tão jovem, tão lindo... Foi preso injustamente e morreu injustamente. É certo? Onde está a justiça divina que a religião tanto fala? Onde, Deus? Mostre-me.

Uma brisa agradável atravessou a janela e a envolveu. Ela não percebeu, porém um vulto de mulher aproximou-se e disse ao seu ouvido:

— Liberte-se dessa paixão, Virgínia. Case-se com Evângelo. Ele é o homem que a fará feliz.

Virgínia não se ateve ao conselho, estava longe demais para prestar atenção a ele. Por isso a entidade repetiu o que dissera, chegou a repetir três vezes. Quando a moça finalmente tomou ciência dele, repudiou-o no mesmo instante e disse com todas as letras e um laivo de revolta e indignação:

— Para mim só existiu um homem: Fádrique e eu serei eternamente dele.

Capítulo 9

Nove meses depois nascia o bebê de Elisa e Thierry Gobel. Sempre que nascia uma nova criança ali, o povoado se reunia em festa. Elisa recebeu a filha nos braços com lágrimas nascendo nos olhos.

A única pessoa que não se deixou contagiar por tamanha alegria foi Virgínia. O ressentimento pela morte de Fádrique ainda doía fundo em sua alma. Desde o acontecimento ela se tornara uma moça triste, sempre calada, com os olhos voltados para o passado. Vivia literalmente da saudade dos pequenos e inesquecíveis diálogos mantidos com o rapaz e dos sonhos de uma vida ao seu lado, num futuro que não se concretizou.

Diante de sua depressão, Elisa decidiu ter uma palavra muito séria com a irmã. Foi até a casa dos pais, entrou no quarto de Virgínia sem pedir licença, puxou as cortinas, escancarou as janelas, até que o sol pudesse entrar no aposento com maior intensidade. Voltou-se para ela e disse:

— Virgínia, precisamos conversar.

A jovem permaneceu na cama, totalmente imóvel. Visto que a irmã nem piscara, Elisa insistiu:

— Virgínia!

Só então, a moça acamada prestou atenção à irmã. Seus olhos não transpareciam só tristeza, transpareciam também total falta de vontade e interesse por qualquer coisa que Elisa pudesse lhe dizer.

A voz de Elisa elevou-se, determinada:

— Chega, Virgínia! Chega de ficar nessa cama, entregue à tristeza. Nada disso vai trazer, você sabe quem, de volta para você. Você tem de encarar a realidade, por mais que seja dolorosa. Você precisa buscar forças dentro de si para superar tudo isso. E o mais rápido possível. A vida está passando, e passa rápido, viu? Daqui a pouco você será uma velha, solteirona e infeliz. E nada, absolutamente nada, nenhuma centelha do seu sofrimento vai ressuscitar o rapaz por quem você se apaixonou tão perdidamente. Ele está morto. Morto, ouviu? Se houver vida além da morte, ele se encontra lá agora, ao lado de Deus pai.

— A vida foi muito injusta comigo e com ele, Elisa...

— Até quando você vai ficar repetindo que a vida foi muito injusta, muito injusta, muito injusta com vocês, Virgínia?! Isso não muda nada! Nada, ouviu? Eu não quero mais ver você entrevada nessa cama, chorando por dentro e por fora. Quero você cheia de vida como sempre foi.

Sentando-se ao lado da irmã, à cama, Elisa entrelaçou suas mãos às dela, olhou bem para os seus olhos, abrandou a voz e aconselhou:

— Case-se com Evângelo, Virgínia.

— Quantas vezes vou ter de lhe dizer que não gosto dele? Ele pode ser o homem ideal para você ou para qualquer outra mulher. Para mim, não é! — protestou, violentamente.

— Nenhum homem é perfeito, maninha, ninguém é. Por isso, pare de exigir tanto do rapaz. Case-se com ele, que pode fazê-la muito feliz... ou menos infeliz, como queira. Quem avisa, amigo é.

Elisa soltou as mãos da irmã, dirigiu-se a uma cadeira de espaldar alto, mudou-a ligeiramente de posição, olhou-se no espelho e, pegando uma pequena caixa esmaltada de cima de uma mesa, pôs-se a abri-la e fechá-la, pensativa. Então, resolveu dar a sua última cartada:

— Você amava Fádrique. Sim, amava..., ou melhor, ama! Porém, com Evângelo você pode ser feliz. Aceite os fatos.

Virgínia nada respondeu. Passou a língua pelos lábios, muito secos e olhou para a irmã como se a avaliasse com grande interesse.

— Preciso ir — continuou Elisa —, o bebê me espera. Pense no que lhe disse, irmãzinha, para o seu próprio bem.

$$\text{\textcolor{gray}{◦⟨⟨⟨∼ ⌣ ⟩⟩⟩◦}}$$

Semanas depois, por volta das três e meia da tarde, Virgínia deixava sua casa para fazer uma caminhada pelos arredores do povoado. Assim sempre conseguia aliviar, ao menos por algumas horas, seu peito dilacerado de saudade e revolta pela morte de Fádrique.

De passo em passo ela chegou ao topo de uma das colinas que cercavam o povoado. Ali, bem longe de todos, podia chorar em paz a sua desgraça.

Já haviam se passado um ano e dois meses desde que Fádrique havia sido morto e, mesmo assim, ela ainda não havia se acostumado à ideia, se libertado do choque. Talvez nunca o conseguiria, morreria de tanto sofrer.

Ao atingir o cume do elevado, Virgínia voltou-se para o céu e disse:

— Estou aqui, novamente, meu amor.

Ela se dirigia a Fádrique. Por estar num ponto mais elevado da Terra, acreditava estar mais perto do céu e por estar mais perto, podia ser ouvida melhor por aqueles que habitassem o local.

— Você não sabe a falta que me faz... — continuou ela, entre lágrimas. — Sei que está no céu, porque só o céu pode abrigar uma alma tão boa quanto a sua. Espero que possa me ouvir, que possa até mesmo me ver. Ah, como gostaria de poder ouvi-lo e até mesmo vê-lo, meu amor. Se eu fosse abençoada por uma graça como essa, certamente me sentiria menos infeliz. Porque sua aparição mataria um pouco a saudade que sinto e que dilacera o meu coração.

Ela tomou ar antes de prosseguir:

— Você sabe, já lhe disse, que quis morrer depois de saber da sua morte. Ainda quero, para poder me juntar a você, entende? No entanto, procuro me controlar, sei o quanto se magoaria comigo se eu atentasse contra a minha própria vida. Como você mesmo disse, certa vez, numa das visitas que lhe fiz em Écharde:

"Écharde nos instiga a acabar com a própria vida, mas não me mato porque Deus, o bondoso Deus, não aprova o suicídio... Não me mato também porque tenho a esperança em Deus de que justiça será feita a minha pessoa."

Virgínia respirou fundo e continuou:

— Não me mato também, porque o meu suicídio machucaria demais meus pais e toda a minha família. Ainda que Deus não aprove, ainda que a minha morte fira a minha família, a minha vontade ainda é de morrer, o quanto antes, para poder me juntar a você. Para que me serve a vida sem você ao meu lado? Para que?

Um pranto repentino calou-lhe a voz.

— Ah, meu amor, se um dia eu pudesse ir embora deste lugar, para a cidade grande onde você foi julgado pelas autoridades, iria com o maior prazer, só para poder investigar a morte daquela mulher, descobrir o verdadeiro assassino e fazer-lhe justiça.

Subitamente, seus olhos, brilharam e um leve sorriso curvou seus lábios.

— É isso mesmo que eu deveria fazer, Fádrique! Descobrir

107

quem matou aquela moça e fez com que você pagasse pelo crime que ele, ou ela, cometeu; pôr definitivamente o assassino na cadeia para acertar, finalmente, a dívida com a sociedade!

Após uma pausa expressiva, ela reafirmou:

— Vou lutar por isso, Fádrique. Vou descobrir o verdadeiro assassino daquela moça e pô-lo atrás das grades. Vou sim, um dia, não sei como, mas vou! Você vai ver! A justiça finalmente será feita!

Virgínia enxugou o rosto molhado de lágrimas com um lenço, jogou um beijo com as mãos na direção do céu e se pôs a descer a colina. Levava consigo, agora, uma sensação de alívio se sobrepondo à sensação oprimente que abatia o seu coração.

— Justiça será feita! — repetia ela, com voracidade. — Será, sim!

Entretanto, seu entusiasmo caiu por terra, ao perceber que as economias dos últimos meses eram ainda muito pouco para levá-la a uma cidade grande onde pudesse investigar o assassinato de Fida Moulin. O choque com aquela realidade a deixou emburrada por diversos dias. Paciência, precisava ter paciência, mas isso era o que ela menos tinha.

Capítulo 10

Dias depois, Virgínia soube que Evângelo havia ido a Paris para apresentar alguns dos seus trabalhos. Caçoou dele assim que tomou conhecimento do fato.

— É um bobo, mesmo. Um sonhador nato.

— Evângelo tem talento, Virgínia! — a cunhada defendeu o rapaz.

— Como é que você, Anissa, ou qualquer outro morador do povoado pode saber que Evângelo tem talento? O que vocês entendem sobre arte? Deixa que eu mesma respondo: Nada! Absolutamente nada!

— Eu acredito no trabalho dele. Acredito piamente. Seu pai também, sua mãe... Até seu irmão que não sabe apreciar quadros reconhece seu talento.

— Evângelo vai gastar todas as economias dele numa viagem frustrante. Mas é bom que ele se decepcione logo, assim enterra de uma vez por todas os sonhos de ser um pintor reconhecido nas grandes cidades da Europa. Sempre fui da opinião que quanto mais cedo os sonhos de uma pessoa são enterrados, melhor é para ela.

— Vai me dizer que você não teve sonhos, Virgínia?

— Somente sonhos possíveis, minha cara.

Naquela noite, Virgínia recebeu a visita daquela entidade que sempre aparecia e lhe dava conselhos, ratificando o mesmo: "Liberte-se da paixão que sente por Fádrique Lê Blanc. Case-se com Evângelo, Virgínia. Ele é um homem e tanto. Pode surpreendê-la.".

Um mês depois, Evângelo voltou para o povoado, bastante entusiasmado com sua visita a Paris. Havia deixado suas obras em algumas galerias para serem avaliadas... Recebera de imediato alguns elogios. Assim que os quadros fossem avaliados pelos entendidos em arte, os curadores, como eram chamados, enviar-lhe-iam uma resposta por carta. Em sua opinião, aquilo já era um bom começo.

Foi então que Virgínia refletiu um pouco mais sobre o artista e sua obra. Se todos no povoado acreditavam que Evângelo tinha talento e que um dia seria reconhecido, é porque assim seria, um dia... Se não tivesse talento algum, todos pensariam como ela. Não seria a única no povoado a não pôr fé no sucesso do rapaz. A única!

Evângelo seguia para o trabalho quando foi abordado por Virgínia. O rapaz surpreendeu-se, ao vê-la sorrindo para ele.

— Olá, Evângelo, como vai?

Os dentes do rapaz brilharam à luz do sol.

— Soube que esteve em Paris.

— S-sim, eu...

— Soube também que seus quadros receberam elogios.

— S-sim, eu...

Ela o interrompeu novamente:

— Vim parabenizá-lo por isso e, também, por sua coragem. De ir para uma cidade grande com a cara e a coragem.

— Obrigado. — agradeceu sem perder a humildade.

Um silêncio inesperado tomou conta dos dois a seguir. De repente, nenhum deles sabia mais o que dizer. Na verdade sabiam sim, mas estavam acanhados.

— Bem... — murmurou Virgínia a contragosto. — Já vou indo.

Ele sorriu novamente, desta vez transparecendo ainda mais timidez e disse:

— Até mais.

— Até mais, Evângelo.

Ela havia acabado de dar seu segundo passo quando o rapaz a chamou:

— Virgínia.

O chamado despertou um sorriso na face delicada da moça. Finalmente ele faria o que esperava que fizesse, pensou. Por isso, lentamente voltou-se para trás e perguntou, suavizando a voz:

— Sim?

— Sobre o pedido, Virgínia.

Ela fingiu não compreendê-lo:

— Pedido?

— O pedido de casamento. O meu pedido de casamento para você. Só quero que saiba que ele ainda está de pé.

Ela ficou em silêncio, temporariamente, com o rosto inexpressivo, apenas os olhos a ir e vir dos de Evângelo, como se estivesse acanhada. Então, reassumindo sua postura autoconfiante, perguntou:

— Promete mesmo me levar para conhecer as grandes cidades da Europa se nós nos...

— Eu já lhe prometi isso, Virgínia, e hei de cumprir.

A voz melindrada de Evângelo revelava agora uma alegria sem fim.

A moça então falou-lhe, em voz alta, num tom agradável e objetivo o que há anos ele queria ouvir:

— Está bem, Evângelo, aceito me casar com você. Sei que já lhe prometi isso antes e que, na última hora, voltei atrás, mas desta vez é para valer. E quero me casar o mais rápido possível, acho que já esperamos tempo demais para isso.

Evângelo sentia uma alegria interior, um bem-estar, explodindo dentro do seu peito que mal cabia em si.

— Se é assim que você quer, assim será, Virgínia. Faremos tudo como você desejar.

— Espero você essa noite, às oito, em minha casa, para pedir ao meu pai, a minha mão em casamento.

— Estarei lá, Virgínia. Às oito em ponto.

Os olhos do rapaz encheram-se de água. Ele despediu-se, deu-lhe as costas e partiu, apertando o passo para que ela não o visse chorando, chorando de alegria.

Sendo puro coração, jamais passou pela cabeça do moço apaixonado questionar o porquê Virgínia Accetti aceitara se casar somente agora. Mal sabia que ela encontrara, no casamento, a oportunidade de chegar à cidade, onde Fida Moulin foi assassinada e Fádrique injustamente declarado culpado, para descobrir o verdadeiro assassino e pô-lo atrás das grades como deveria ser.

Depois do encontro, Virgínia tomou a direção da cadeia dos pinheiros. Seguiu até o topo da colina, correu os olhos pela ampla e magnífica vista que se tinha dali; então, fechou os olhos, lembrou-se novamente dos poucos e curtos diálogos com Fádrique em Écharde, e, quando tornou a abri-los, visualizou o rapaz em pé, parado a poucos metros de onde se encontrava. Ainda que fosse somente uma imagem projetada em sua mente, ela podia vê-lo por inteiro, nos mínimos detalhes, usando a velha calça surrada, rasgada e esgarçada, com a barba mal-feita, os cabelos oleosos. Ela, então, voltou os olhos para o céu e comentou em tom de desabafo:

— Ainda não sei se tomei a decisão certa, aceitando me casar com Evângelo, meu amor. Mas só aceitei por sua causa. Porque casada com ele, tenho mais chances de sair desse fim de mundo e chegar à civilização onde eu possa fazer-lhe justiça, finalmente.

Não pense, meu amor, que me esqueci de você, ou que o esteja traindo com esse casamento. Eu ainda o amo e sempre vou amá-lo. Nunca ninguém haverá de ser amado como eu o amo. Ninguém! Só Deus sabe o sacrifício que está sendo para mim casar-me com Evângelo. Não vejo nada nele, absolutamente nada que me atraia. Nada do que as mulheres veem nele.

Estou certo de que todas as mulheres do vilarejo só veem alguma coisa em Evângelo e em seus maridos porque nunca o viram, meu amor. Nem de longe, nem de perto, como eu o via quando o visitava na solitária. Se o tivessem visto, saberiam que aquilo que elas chamam de homem não passa de um molde muito mal feito da sua espécie. Homem que é homem, realmente, era você, só você. Fui uma privilegiada por tê-lo conhecido, sentindo seus lábios quentes beijando as minhas mãos, o meu punho e meus lábios.

Eu o amo, Fádrique. Onde estiver, nunca se esqueça de que o meu amor é só seu, ouviu? Só seu.

Depois de enxugar as lágrimas no lenço, Virgínia tomou o caminho que conduzia aos pés da colina.

Naquela noite, às oito, como haviam combinado, Evângelo estava na casa da família Accetti para pedir ao pai, a mão da jovem em casamento. Foi um dia de grande comemoração. Mas no íntimo, Virgínia ainda se perguntava se havia, de fato, feito a coisa certa, aceitando se casar com Evângelo Felician.

O tempo encarregar-se-ia de lhe mostrar a resposta.

Capítulo 11

Um mês após o pedido de casamento, Virgínia entrava na pequena igreja do povoado, vestindo um vestido branco, simples, carregando um lindo buquê de flores do campo. Todos os moradores estavam presentes à cerimônia, exceto, certamente, aqueles que trabalhavam em Écharde.

Ela caminhava para o altar, chorando, pensando em Fádrique, no casamento que ela teria tido se as circunstâncias não os tivessem separado.

Evângelo sorria ternamente para ela, com olhos apaixonados e apaixonantes, lacrimejando devido a forte emoção.

Virgínia, no entanto, não o via, projetava sobre ele a imagem de Fádrique, olhando atentamente para ela, emocionado, com seus lindos e penetrantes olhos azuis. Lindos de enlouquecer. Seus lábios levemente carnudos, sorriam, ligeiramente.

Era com ele, Fádrique, que havia planejado casar e ser feliz. Não com Evângelo. Como era difícil aceitar as mudanças que o destino lhe impunha. Era quase uma tortura.

Despertou de seus pensamentos quando Evângelo tomou suas mãos para conduzi-la ao altar. A cerimônia teve início. O padre, residente na cidade mais próxima ao povoado, visitava o lugar somente aos sábados para realizar a missa e casamentos, quando havia, era um homem bastante jovem, com um timbre de voz bonito, e dicção perfeita.

Ainda que a voz do padre tivesse o poder de prender a atenção de todos, Virgínia se mantinha com a mente longe, vagando nas lembranças do que teria vivido ao lado de Fádrique se ele não tivesse sido morto durante a fuga.

Chegara o momento de o padre perguntar aos noivos se aceitavam se casar de livre e espontânea vontade:

— Virgínia Accetti, você aceita se casar com Evângelo Felician, de livre espontânea vontade, para viverem na alegria e na tristeza, na saúde e na doença...?

Por um instante ela hesitou, baixou a cabeça, transparecendo um pesar tamanho, mas depois voltou-se e disse:

— Aceito.

— Eu vos declaro: marido e mulher. O que Deus uniu, o homem não deve separar.

Virgínia estremeceu ligeiramente e contorceu as mãos.

O padre notou seu desespero. Evângelo, por estar tão feliz com tudo aquilo, não.

Após a cerimônia houve uma grande festa, com muitas guloseimas, muito vinho e muita dança. As crianças corriam de um lado para o outro, fazendo suas proezas. Todos estavam muito felizes, imensamente felizes, exceto a noiva. Sob a maquiagem, a tristeza continuava a empalidecer seu rosto e a saudade de Fádrique Lê Blanc calejava seu coração.

Naquela noite, depois da grande comemoração, Evângelo quis muito carregá-la até o quarto, mas ela se recusou, terminantemente. Ele acatou. Assim que entraram no aposento, ele acendeu uma vela, pôs sobre o criado mudo, trancou a porta e começou a se despir.

Ela olhava-o enojada, mas, transbordando de tanta alegria, ele não desconfiava do que se passava pela mente da esposa.

— Espere. — disse ela.

115

Ele, que no momento, se preparava para tirar a camisa, obedeceu.

Ela então pegou um lençol de dentro de uma cômoda, o que havia deixado ali, previamente. Amarrou uma ponta numa das pontas das varetas que formavam a cabeceira da cama e a outra no espaldar dos pés da cama. O lençol amarrado daquele jeito formava uma cortina bem no meio do leito.

Evângelo compreendeu muito bem o que ela queria com aquilo. Pensou em questionar, mas achou melhor não, o melhor mesmo a se fazer era acatar, como sempre, os desejos de sua jovem e amada esposa.

<hr/>

Naquela mesma noite, logo após a festa, Jerônimo Vardin, foi passar a noite na casa da amante. Estava tão bêbado, que a mulher não conseguiu entender como ele havia conseguido chegar ali naquele estado. O próprio Jerônimo sabia que bebera além do limite e estava surpreso também por ter cavalgado até lá, sem perder a consciência durante o trajeto.

O brutamontes estava esparramado na cama da amante, falando mole, mas sem parar. A bebida havia destravado sua língua.

— Aquele demônio...

— Demônio — espantou-se a amante —, que demônio?

— O que fugiu de Écharde.

— O que você matou durante a fuga?

— O próprio.

— O que tem ele?

O homem emudeceu.

— Diga, homem — insistiu a mulher. — O que tem ele?

— Ele... bem... eu menti, sabe? O desgraçado não morreu. Tive de dizer que havia morrido, com um tiro da minha pistola, enquanto ele se embrenhava pelo rio, para poupar a todos nós de uma vergonha.

— Poupá-los de uma vergonha? Não estou compreendendo... Explique-se melhor, homem.

— Seria uma vergonha para a nossa equipe ter deixado escapar um prisioneiro. Nunca isso acontecera antes. Eu perderia o meu posto, Eliéu perderia o dele, enfim... seria uma catástrofe para todos nós. Por isso menti, disse que havia acertado o sujeito e que seu corpo afundara no rio...

— Por isso, mesmo depois da busca ninguém o encontrou.

— Exato.

— Não se culpe por isso, homem. Uma mentirinha, às vezes...

— Uma mentirona, você quer dizer.

— Não importa. Mentiras, às vezes, são necessárias.

Ela meditou por um momento a respeito da surpreendente revelação que o amante havia lhe feito. Depois, voltou a encará-lo com seu olhar penetrante e preocupado e desabafou:

— O que me preocupa, homem, é que um criminoso está solto por aí, pondo em risco a vida de muita gente.

Jerônimo defendeu-se no mesmo instante:

— O que me alivia nessa história toda, mulher, é que eu, sinceramente, não acreditava que ele fosse um assassino.

— Não?! Como, não?

— Não só por ele repetir incansavelmente que era inocente, mas por seu porte de nobre, seus modos refinados, nada nele lembrava um criminoso. Sem contar o fato de que ele orava e chegava até mesmo a conversar com Deus todos os dias.

— Para pedir perdão pelo que fez, certamente! — arriscou ela.

— Não, mulher, para pedir justiça.

A mulher ergueu uma das sobrancelhas. Jerônimo prosseguiu:

117

— O que alivia a minha consciência nisso tudo é acreditar que o sujeito que escapou de Écharde era inocente. Que fugiu de Écharde por justiça, justiça divina. Deus o ajudou na fuga.

— Ou o diabo! — arriscou ela, deixando uma expressão de incredulidade estampada no rosto de Jerônimo.

— Pode ter sido, homem, por que não?!

— Não, não pode! — respondeu ele, balançando a cabeça, negando com veemência. — Um homem daquele, crente em Deus, devotado como poucos só pode ter sido ajudado pelo próprio Deus.

Ela refletiu novamente sobre a opinião do amante e observou:

— Só me pergunto, aonde esse sujeito deve estar agora? Deve ter certamente seguido para um outro país, para uma cidade onde não possa ser reconhecido.

— Se é que conseguiu chegar a algum lugar. — opinou Jerônimo.

— Pode ter morrido pelo caminho. De fome. Onde conseguiria algo para comer, ainda mais estando sem dinheiro? O cavalo também teria de ser alimentado, como ele faria? Duvido muito que tenha ido muito longe. Para mim ele deve estar escondido em algum vilarejo nas proximidades.

— Se vocês fizerem uma busca, podem encontrá-lo.

— Nenhuma busca pode ser feita, mulher! Jamais vou contar a alguém que o desgraçado com porte de nobre fugiu. E se você contar, direi que está delirando ou que eu disse o que disse quando estava alcoolizado. O que de fato é verdade, há mais álcool do que sangue correndo em minhas veias agora.

Por um momento, a amante de Jerônimo se perguntou se toda aquela história não era fantasia criada por sua mente embriagada. Seria?

Capítulo 12

Um ano depois...
(2 anos e 4 meses após a fuga)
Evângelo voltou para casa, levando consigo, um buquê de flores. Ele próprio havia colhido e formado o buquê. Assim que avistou Virgínia sentada numa cadeira, bordando, imediatamente se posicionou ao seu lado.

— Sabe que dia é hoje, meu amor? — perguntou externando todo o seu afeto pela esposa.

— Hoje? — voltou-se, estranhando a pergunta.

— Sim, meu amor, hoje!

— Não faço a menor ideia... — respondeu, sem muito interesse, concentrando-se no bordado outra vez.

— Hoje faz um ano que nos casamos!

— Só? Para mim parece que faz tanto tempo, quase uma vida...

Estendendo o buquê para a esposa, o marido completou com aquela voz vinda diretamente do coração:

— Trouxe para você. Em homenagem ao nosso primeiro ano de casados. Um ano juntos, quem diria...

"Quem diria...", repetiu Virgínia, em silêncio, com profundo desagrado.

Todavia, procurou sorrir, por educação e disse:

— Obrigada, ponha ali em cima da mesa que depois eu coloco num vaso.

Ele obedeceu, como sempre, de forma submissa. Então,

voltou-se para ela e confessou:

— Sou tão feliz ao seu lado, Virgínia, que não tenho palavras para expressar o tamanho da minha felicidade. E você, é feliz ao meu lado? Tenho tudo o que você sonhou encontrar num homem?

Pela primeira vez Virgínia sentiu pena de Evângelo. Do seu carinho imensurável por ela, por sua lealdade como marido. Devotando-lhe todo aquele amor que ela jamais poderia retribuir. Foi por pena que ela afirmou que "sim", que era feliz com ele, meneando a cabeça, com um pequeno sorriso triste em seus lábios.

— É mesmo?! — alegrou-se o rapaz.

Outra vez o leve meneio positivo da cabeça e o mesmo sorriso apareceu no rosto de Virgínia. Incomodada com a dedicação do marido, levantou-se e quando ia deixando a sala, Evângelo a segurou. Enrolou um cacho de cabelo atrás da sua orelha direita, olhando meditativo para ela e sorriu. Ela retribuiu o sorriso e se esgueirou dos braços dele feito uma cobra.

— As flores... — lembrou ele.

— Já disse, ponha em cima da mesa.

— Você sentiu o perfume delas?

— Senti, sim. Muito bom. Com licença.

❦

Dias depois chegou uma carta de Paris para Evângelo Felician.

— O que diz a carta? — indagou Virgínia, curiosa.

— Diz que é para eu ir até Paris, querem conversar comigo.

— Jura?!

Os olhos de Virgínia brilharam. Os olhos de Evângelo também, cada qual por um motivo completamente diferente. No minuto seguinte, uma sombra de tristeza cobriu a face do pintor. Algo que a deixou alarmada.

— O que foi? — perguntou, apreensiva.

— Eu gostaria muito de levá-la, comigo Virgínia, mas o dinheiro que possuo mal dá para me sustentar durante a viagem, você sabe. Mas é somente por enquanto. Eu logo vou receber um bocado pela venda das minhas obras e então haverá dinheiro de sobra para nos mudarmos para...

— Paris?

— Ou Milão!

— Fala sério?!

— Sim, meu amor, seriíssimo. Teremos então nossa casa por lá, poderemos ter finalmente os nossos filhos. Vai ser formidável, um mundo de realizações sem fim.

Naquele momento, só naquele momento foi que Virgínia achou realmente que havia feito a coisa certa casando-se com Evângelo. Estava tão feliz que fez questão, ela mesma, de arrumar as malas.

Quando o marido partiu com a carroça cheia de obras, Virgínia permaneceu em frente a humilde casa do casal, de três cômodos apenas, acenando para ele. A alegria que Evângelo viu no rosto da esposa deu-lhe força suficiente para enfrentar aquela viagem tão longa. Durante boa parte do trajeto fez planos, para o futuro do casal.

⚜~⚜

Três semanas depois, Evângelo estava de volta ao povoado. Assim que Virgínia o viu entrando na casa correu até ele, ansiosa para saber as novidades.

— E então, o que disseram eles? Conte-me, por favor, estou ansiosa para saber.

O moço, abatido, deixou-se cair pesadamente numa cadeira. Virgínia colocou-se imediatamente a seu lado. Levou quase um minuto até que ele dissesse:

— Eles fizeram alguns elogios, mas consideraram meus quadros sem expressão, muito comuns. Não há nada neles que se destaque, que os diferencie de outros pintores.

— Eles o que?!

Virgínia estava indignada. Evângelo endireitou o corpo e readquiriu a determinação de sempre:

— É isso mesmo o que você ouviu, Virgínia. Meus quadros, por enquanto, não são dignos de serem expostos nas galerias de Paris. Mas, só por enquanto. De agora em diante, vou mudar meu estilo de pintar, vou criar um novo estilo, só meu...

A voz da mulher se sobrepôs a dele:

— Quer dizer que você gastou todas as suas economias para nada?

— Não para nada, Virgínia...

— Perdeu o seu tempo todo...

— Não, meu amor, eu...

A voz dura e irritante de Virgínia estourou com indignação:

— E você ainda pretende gastar mais um centavo nessa porcaria que você chama de arte?

Evângelo espantou-se com a dor repentina e aguda que aquelas simples palavras lhe causaram. Isso fez com que o brilho de seus olhos se apagasse enquanto que os olhos dela tornavam-se duros e frios.

— Virgínia...

— Você é um tolo mesmo, Evângelo! Sempre foi! Tola também fui eu em acreditar...

Ela não completou a frase, voltou-se para a parede, respirando ofegante. Pensou em dizer-lhe a verdade. O sacrifício que era viver ao seu lado, tendo de se entregar para ele, ainda que com um lençol pendurado no meio da cama, feito uma cortina, com um pequeno buraco, feito a tesoura, no meio, para viabilizar o intercurso e durante ele impedi-lo de tocá-la, sequer beijá-la.

O marido foi até a esposa, mas assim que a tocou, ela encolheu-se toda.

— Não me toque! — pediu, entredentes.

— Virgínia, por favor, não torne esse momento mais difícil do que já está sendo para mim.

Ela virou-se para ele, olhos lacrimejantes e furiosos. Queria ofendê-lo, humilhá-lo mais ainda do que ele se humilhava diante dela.

E o tempo seguiu seu curso, semanas viraram meses e meses viraram anos e durante esses anos, Virgínia se tornou uma mulher ainda mais áspera para com Evângelo. Mal respondia a suas perguntas e quando o fazia, era sempre num tom verrinoso. Sentia asco por ele e fazia de tudo para espezinhá-lo. Ele, por sua vez, aguentava tudo calado por amor, pelo amor imenso que sentia por ela.

Capítulo 13

Cinco anos depois...
(7 anos e meio após a fuga de Fádrique)

Nesses cinco anos, Evângelo nunca mais se dedicou a sua arte como no passado. Após exaustivas tentativas, todas frustradas, de tornar-se um pintor reconhecido por quem entendia de arte, ou dizia ser, ele foi perdendo o estímulo e o interesse pela pintura.

A difícil relação que mantinha com a esposa foi também um dos motivos que o levaram a deixar seu talento de lado. O convívio dos dois tornara-se péssimo nos últimos anos. Evângelo aguentava tudo calado por amor e respeito a ela. Sim, apesar de tudo, ele ainda amava Virgínia, perdidamente. E por amá-la, aceitava seus caprichos e seu coração genioso.

No dia em que o casal completou seis anos de casamento, Evângelo voltou mais cedo para casa, levando consigo um buquê para presentear a esposa e comemorar a tão importante data, ao menos, para ele. Ao chegar em frente à porta da sua casa, percebeu que Elisa estava visitando a irmã; a janela estava aberta e, por isso, pôde ouvir sua voz com nitidez:

— Sabe quando a relação entre vocês vai melhorar, minha irmã? Quando vocês tiverem um filho. — dizia ela, com bastante segurança.

— Então não vai melhorar nunca! — explodiu Virgínia. — Pois eu nunca terei um filho com ele.

— Virgínia, por que tanto ressentimento?

— Você se esqueceu, minha irmã, que só me casei com

Evângelo porque você insistiu muito?

— Porque acreditei que você seria muito feliz ao lado dele. O homem que a ama.

— O único homem que me amou, de verdade, foi Fádrique e você sabe disso.

— Fádrique pode tê-la amado, mas Evângelo a ama tanto quanto. É um homem apaixonado por você, perdidamente apaixonado, se não fosse, não suportaria o seu modo brusco de tratá-lo.

— Eu não gosto dele, nunca gostei!

— Você nunca vai poder vê-lo de verdade, enquanto não esquecer aquele assassino.

— Quantas vezes vou ter de lhe dizer que Fádrique foi parar em Écharde, injustamente? Que estava pagando por um crime que não cometeu?

— Ainda que fosse inocente, está morto; morto, Virgínia.

— Infelizmente.

— Evângelo está vivo, Virgínia, só com ele você pode ser feliz.

Virgínia interrompeu a irmã com um desabafo carregado de fúria e indignação:

— Eu não me conformo, Elisa. Até hoje não me conformo. Planejei a fuga de Fádrique nos mínimos detalhes, era para estarmos longe daqui, muito longe, com filhos, felizes, vivendo em uma casa linda... E, no entanto, tudo tomou outro rumo por causa daquele horrendo do Jerônimo. Se ele não o tivesse matado...

A essas alturas Virgínia já havia posto a irmã a par do plano que traçara para libertar Fádrique para poder fugir com ele e se casarem.

— Não se pode chorar sobre o leite derramado, minha irmã. — replicou Elisa. — Aceite sua realidade, você será mais feliz se aceitá-la.

Virgínia dirigiu-lhe um olhar penetrante e irônico e fez uma nova revelação bombástica à irmã:

— Não foi só porque você insistiu muito para eu me casar com Evângelo que eu me casei com ele, Elisa.

— Não?!

— Casei me com ele, pois cheguei a acreditar que ele pudesse realmente alcançar algum sucesso com aqueles malditos quadros que pintava e, com isso, pudesse me levar para um lugar onde eu pudesse ter a chance de investigar o assassinato pelo qual Fádrique foi condenado injustamente.

— Você, investigando um crime, Virgínia? Ah, por favor...

— Meu sonho, meu maior sonho, hoje, é encontrar o verdadeiro assassino e pô-lo atrás das grades, num lugar bem imundo e desumano como Écharde. Não vou sossegar enquanto não fizer isso. Não vou... Eu prometi isso à alma de Fádrique. E cumprirei o prometido nem que seja a última coisa que eu faça neste mundo.

— Oh, minha irmã, tire isso da cabeça.

— Não, Elisa, não tiro. É o mínimo que posso fazer por Fádrique. Fazer-lhe justiça mesmo estando morto.

— Tenho pena de você, minha irmã. Não queria vê-la sofrendo dessa maneira. Não mesmo.

Elisa foi até a irmã, despediu-se, beijando-lhe a testa e partiu. Evângelo abriu a porta no exato momento que ela tocou a maçaneta.

— Evângelo?! — assustou-se Elisa.

— Olá, Elisa. — cumprimentou ele com certa frieza.

— Eu já estava de saída.

— Volte sempre. — respondeu ele, dando espaço para ela passar.

Alguns passos adiante, Elisa voltou-se para trás. Evângelo ainda estava à porta, olhava para um ponto qualquer do chão, profunda ruga barrava-lhe a testa. Elisa preocupou-se: teria ele ouvido a conversa dela com a irmã?

Virgínia, como sempre, fingiu não notar a chegada do marido que agora mantinha seus olhos muito abertos, fitando recriminadoramente a esposa. Seu silêncio começou a incomodá-la. Levou quase três minutos para que se voltasse para ele, para descobrir o motivo de seu silêncio. Ao avistar o buquê numa das mãos do marido, Virgínia soltou um risinho de escárnio.

— Outro buquê? — desdenhou ela, mas não foi além disso, a voz grave e ressonante de Evângelo se sobrepôs à dela:

— Quer dizer, então, que você se envolveu com um dos prisioneiros de Écharde?

O comentário pegou-a desprevenida.

— Ouvi sem querer parte da conversa que estava tendo com sua irmã. A janela estava aberta e, bem...

Ela fez ar de mofa, voltou a atenção para o bordado sem dizer uma palavra sequer.

— Eu lhe fiz uma pergunta, Virgínia. Responda-me, por favor.

— Qual foi mesmo a pergunta? — falou ela, em tom displicente.

— Você a ouviu muito bem.

Ela bufou, largou o bordado sobre o colo, voltou seus olhos grandes para ele, lançando-lhe um olhar desafiador e respondeu com petulância:

— O que eu e Fádrique Lê Blanc tivemos foi bem mais do que um envolvimento, Evângelo, foi amor, foi paixão... Eu me apaixonei por ele. Ele por mim. Vivemos uma grande história de amor, ainda que uma cela dividisse os nossos corpos.

Contou resumidamente como conheceu Fádrique e como se apaixonara por ele.

A voz de Evângelo subiu de tom:

— Você me tratou como um cachorro durante todos esses anos por causa de um assassino?

Virgínia meneou a cabeça, com os olhos desmanchando-se em lágrimas.

— Ele não era um assassino.

— Como sabe?!

— Porque ele próprio me disse!

— E você acreditou?!

— Eu sabia que ele falava a verdade. Era uma certeza, uma certeza que gritava fundo em minh'alma! — assegurou ela, em tom grave.

Evângelo, incrédulo, tornou a explodir:

— Que tola foi você!

Virgínia revidou no mesmo instante:

— Tolo foi você, Evângelo, em acreditar que poderia ser feliz ao meu lado!

— Fui tolo, sim. Tão tolo quanto você.

O moço respirou profundamente após proferir as últimas palavras. Seu rosto empalideceu. Arremessou o buquê que segurava na mão contra um canto da sala enquanto seus olhos pensativos detinham-se em Virgínia. A expressão de espanto no rosto da moça havia se convertido numa máscara de ódio. Retomando o tom habitual, Evângelo voltou a demonstrar sua indignação com tudo aquilo.

— Ainda não consigo acreditar que você ajudou um criminoso a fugir de Écharde.

— Acredite.

Os olhos da moça não se alteraram, continuaram graves e firmes.

— Como pôde?

— Por amor, Evângelo. Um amor sem limites, sem fim, que me levou às alturas, tornou-me a mulher mais feliz do mundo na época.

Evângelo, olhando para a esposa com uma expressão ainda mais escandalizada, deu sua mais sincera opinião:

— Ainda bem que ele foi morto ao fugir, senão... estaria por aí, solto, matando outras pessoas. E por sua culpa. Como pôde libertar um assassino?!

— Quantas vezes vou ter de dizer para todos que Fádrique Lê Blanc não era um assassino?!

O silêncio caiu pesado entre os dois. O clima de tensão durou por pelo menos cinco minutos. Virgínia, então, baixou a cabeça, respirou fundo e num tom entristecido se abriu com o marido pela primeira vez:

— Eu nunca gostei de você, Evângelo. Nunca. Sonhei com um homem que viesse de longe, que me fizesse suspirar de paixão, que despertasse em mim um desejo louco de me casar com ele, ter filhos e, principalmente, que me levasse para longe daqui.

E esse homem não era você, nunca foi nem nunca será, desculpe a minha franqueza. Mas Elisa insistiu para que eu lhe desse uma chance, acabei cedendo. Arrependi-me do que fiz na nossa noite de núpcias. Quando uma mulher ama um homem, de verdade, é muito difícil para ela substituí-lo por outro. Ainda que o homem que ela tanto ame esteja morto.

Sei que deve estar decepcionado comigo, sentindo-se traído, apunhalado na alma, não é fácil, eu sei, já me senti assim, em relação à vida, quando ela deixou que o homem, que eu tanto amava, morresse sem que justiça tivesse sido feita em seu nome.

Evângelo Felician sentia-se agora ferido na alma. Seus olhos, vermelhos, cheios d'água pareciam que iam saltar das órbitas. Fez grande esforço para não chorar. Quando percebeu que não conseguiria, deixou o aposento e procurou urgentemente por um canto onde não pudesse ser visto chorando a sua desgraça. Quando conseguiu se recompor é que ele procurou a esposa e a libertou do que para ela parecia ser massacrante:

— Não precisa mais estender a cortina no meio da cama, Virgínia. Dessa obrigação você está dispensada. Não vou procurá-la mais, nunca mais. Já não tínhamos mesmo uma relação sexual satisfatória há muito tempo, portanto, o rompimento definitivo dela não vai causar espanto nem a você nem a mim. Para você, estou certo, será encarado com grande alívio.

— Não vou negar, Evângelo, que é com muito alívio que recebo essa informação.

Ela pensou em dizer-lhe a verdade novamente. O sacrifício que era viver ao seu lado, ter se entregado para ele. Fazer as obrigações de esposa. Mas, por um momento, hesitou. Sentiu medo, um medo repentino do que ele poderia fazer-lhe, diante de tal verdade.

Sem mais palavras, ele deixou a casa, com os músculos da face se retraindo de tristeza e decepção.

Virgínia permaneceu sentada, olhando para o buquê caído ao chão. De seus olhos escorreu uma lágrima, somente uma. E foi por amor e saudade que ainda sentia de Fádrique Lê Blanc.

Quando Evângelo ganhou a rua, andou apressado até a estribaria; quando lá, montou seu cavalo e saiu desembestado sem rumo certo. As lágrimas escorriam ao vento, o choro, mais uma vez, fora inevitável.

Quando retornou a casa à noite, seus olhos ainda vertiam lágrimas. Antes, porém, de adentrar a casa, esfregou os olhos para secar o pranto. Não deixar indício algum de que havia chorado. Não queria que a esposa soubesse, era humilhante demais para ele.

Encontrou-a de banho tomado, sentada no lugar habitual da sala, bordando. Ao ouvi-lo entrando, ainda que incerta, olhou para ele. Os olhos de ambos se congelaram um no outro por alguns segundos. Foi Evângelo quem rompeu o silêncio, abrindo o seu coração, novamente, para a esposa:

— Você me feriu muito, Virgínia. Muito mesmo. Não faz ideia o quanto.

Ela usou de sinceridade mais uma vez:

— Não me responsabilize pelo seu desencanto comigo, quem escolheu me amar foi você, não pedi por isso, na verdade o repudiei de todas as formas, mas você insistiu e insistiu...

— Eu sempre fui tão bom para você...

— E só porque é bom, fino e educado para comigo tenho de amá-lo? Ora, Evângelo se você pensa assim, está completamente equivocado.

— Acho que estou mesmo. Estive o tempo todo equivocado com tudo na vida, desde sempre. Não foi só com você que eu errei, com minha arte aconteceu o mesmo, fiz tudo por ela e não obtive nada em troca. Só desgosto, frustração, decepção, uma sensação horrível de perda. As mesmas sensações que sinto com você, agora.

— Evângelo, entenda-me, você não é má pessoa, é um homem honesto e trabalhador, um batalhador, corajoso até, eu diria, por ter acreditado que sua arte poderia ser reconhecida pelos grandes críticos de arte das grandes cidades. É preciso muita coragem para pegar suas obras, pôr em cima de uma carroça e passar dias viajando para poder mostrá-las a quem pudesse se interessar por elas. Eu admiro sua ousadia, estaria mentindo se dissesse o contrário.

Quanto a sua arte, bem, reconheço que ela impressiona.

Impressiona sim, muito até, eu diria. Você é realmente um artista. Só há um detalhe que você precisa entender, deixar bem claro na sua mente: eu, Virgínia, não o amo, não como você gostaria que o amasse, como sonhou ser amado, com aquele amor sincero que nos dá vontade de viver para sempre ao lado de uma pessoa. Eu não o amo, o que posso fazer, se não o amo? Amar não é algo que você decide e pronto, acontece! Vou amar fulano, vou amar sicrano e *bum*, está amando! Não é assim. O amor simplesmente acontece. Aconteceu comigo em relação a Fádrique e aconteceu com Fádrique em relação a mim. Foi algo recíproco. Desde o primeiro momento em que nos vimos, algo se acendeu em nossos corações.

— Algo se acendeu dentro do meu coração também quando eu a conheci, Virgínia.

— Eu sei, você já me disse. Só que algo nunca se acendeu dentro de mim com relação a você, Evângelo. No dia do nosso casamento eu entrei chorando não porque estivesse emocionada por estar me casando com você, mas porque não era Fádrique quem estava no altar, esperando por mim. Como eu tanto quis que acontecesse. Foi por isso que me derramava em lágrimas, por saber que ele estava morto, o homem da minha vida, o grande amor da minha vida estava morto!

Evângelo alisou o seu pomo de adão, enquanto seus olhos expressavam ainda mais tristeza e decepção.

— Eu sinto muito, Evângelo, por tudo. — continuou ela, direta. — Mas entenda, por favor, que não há nada errado na sua pessoa, o único erro, se é que podemos chamar de erro, é você querer que eu o ame da mesma forma que amei Fádrique. Da forma que eu ainda o amo, porque acredito, mesmo ele estando morto, que esteja vivo em algum lugar do universo.

— Aquela vez, a primeira vez, em que você aceitou se casar comigo, pediu apenas que eu esperasse alguns dias para oficializar o casamento, você estava zombando de mim, não é? Disse aquilo porque sabia que em questão de dias estaria longe do povoado, bem longe, ao lado daquele homem, não foi?

— Foi. Você sempre me irritou com seu jeito romântico, lisonjeador, quis lhe dar uma lição, uma desforra.

Evângelo ficou ainda mais chocado com a frieza com que Virgínia alegava o fato.

— Sou maldosa, às vezes, não é mesmo? Acho que com você tenho sido um bocado... Talvez seja por isso que a vida tenha deixado de sorrir para mim faz tempo.

Fazendo uso da sinceridade, mais uma vez, desejou ao marido o que agora ia realmente fundo em seu coração:

— Você merece ser feliz, Evângelo. Merece, sim. Ao menos você ainda tem chance de ser feliz... Quanto a mim...

Ela não conseguiu completar a frase, seus olhos tristes e profundos voltaram-se para o nada e silenciou-se. Então, ela respirou fundo, desejou ao marido "boa noite" e se retirou do aposento.

Assim que Evângelo se viu a sós na sala, preparando-se para dormir no sofá, surpreendeu-se ao perceber que estava sentindo pena da esposa. Apesar de tudo, de tudo que ela fizera e dissera, que o ferira tanto, seu desejo ainda era o de confortá-la em seus braços. Foi preciso muita força de vontade para aceitar o silêncio que ficara no ar assim que apagou a vela e se deitou.

Um dos espíritos de luz que acompanhava o casal, perguntou ao outro:

— Por que, ó, mestre, um rapaz como Evângelo sofreu tamanha

desilusão?

— Porque toda ilusão, meu filho, leva à desilusão.

— A esposa foi tão drástica com ele, não deveria ter exposto a verdade daquela forma.

— Ela usou, finalmente, de sinceridade para com ele, o que é muito positivo, ainda que sua sinceridade o tenha ferido, depois ela será apreciada, porque a alma de todos, busca a verdade e a sinceridade.

— Se não era para eles serem felizes juntos, por que a vida os uniu?

— A vida une tudo e a todos por motivos que vão muito além da nossa percepção. Cada ser encarnado descobrirá as razões no momento certo.

— O que vai acontecer com eles, mestre?

— O tempo dirá, com amor, com paixão, o tempo lhes dirá.

Capítulo 12

Na semana seguinte, o povoado recebeu a visita de um dos arcebispos, um homem simpático, que estava de passagem pela região e em cada vilarejo rezava uma missa. Ele ficou impressionado com a pintura feita por Evângelo na igrejinha do povoado, quis imediatamente saber o nome do artista. Padre Kim, não só lhe disse o nome como o apresentou a Evângelo.

O religioso ajeitou o *pince-nez*, olhou bem para Evângelo e o parabenizou:

— Meu caro, a pintura da capela do mosteiro onde vivo está danificada. Você seria capaz de restaurá-la?

Evângelo não tinha experiência com restauração de pintura, mas acreditou ser capaz, levando em conta a habilidade que tinha com o pincel.

— Seria bem capaz, sim. — respondeu, sorridente.

— Não podemos pagar-lhe muito. Mas não terá de gastar com moradia ou comida. Ficará hospedado no mosteiro, terá comida e roupa lavada. Que tal?

— Para mim, está ótimo.

— Temos também uma parte da capela que gostaríamos que fosse ilustrada. Você poderia nos dar uma ideia? Se aprovada terá esse trabalho também para fazer.

— Será uma grande honra trabalhar para os senhores.

— Quando pode começar?

— Eu, particularmente, vivo da agricultura. Posso deixar algum membro da minha família encarregado da minha parte.

— Ótimo. Por sua aliança, percebo que é casado; pode levar também sua esposa e filhos, se tiver para...

— Não tenho filhos. E quanto a minha esposa, ela ficará por aqui mesmo, para cuidar de suas obrigações. Ficaremos separados por algumas semanas, mas, são ossos do ofício.

— Se quiser, pode partir comigo na carruagem que me trouxe.

— Partirei.

Evângelo ficou, sem dúvida, excitado com o convite. Era a primeira vez que faria um trabalho fora do povoado, mas a alegria se deu também porque assim se distanciaria de Virgínia. Quem sabe, longe, ele conseguiria abrandar o amor que sentia por ela, recolhê-lo ao nada, de onde nunca deveria ter saído.

Virgínia recebeu a notícia da contratação com expressão de espanto.

— Vá mesmo, Evângelo. Você não pode perder uma oportunidade dessas.

— Você não irá comigo. Eles disseram que poderia levá-la, mas não quero...

— Eu sei, eu entendo. Fique tranquilo, cuidarei de tudo, enquanto estiver fora.

Ele sorriu, agradecido, fez menção de dar um beijo de despedida, mas mudou de ideia. Seria melhor, menos humilhante.

Os espíritos de luz que acompanhavam Evângelo comentaram um com o outro:

— Levou um bocado de tempo para que ele ganhasse algum dinheiro com a sua arte.

— Levou anos, meu amigo. Mas sua conquista e vitória se dão por sua persistência. Ainda que tenha passado os últimos tempos sem se dedicar à arte como fazia outrora, agora começa a colher seus frutos por seu trabalho e empenho no passado.

— Quer dizer então que nem sempre colhemos os frutos do que plantamos, entre aspas, em seguida?

— Nem sempre. Mas as sementes, entre aspas, estão lá, crescendo, logo darão os frutos, e muitas vezes, quando as pessoas já se esqueceram deles, não esperam colher mais nada.

— Podemos dizer então que tudo que se planta, se colhe?

— Tudo. Da mesma forma que tudo que se faz, volta. Tanto o bem quanto o mal.

Às vezes escolhemos tomar atitudes ruins sem perceber que são ruins. Fazemos escolhas que na nossa opinião são boas, mas que na verdade nos são prejudiciais. Quando recebemos as consequências negativas disso nos espantamos, até mesmo nos indignamos com a vida e conosco, mas se você soubesse que aquela escolha não lhe traria bons frutos, certamente, teria seguido por outro caminho. Teria feito outra escolha. Podemos dizer então que por trás de uma decisão errada acontece um aprimoramento pessoal e espiritual. A criança resolveu pegar no cabo quente da panela porque não viu mal naquilo; para ela, era uma escolha boa. Ao queimar a mão, aprende a ter mais cuidado, o que preservará a sua integridade física e espiritual. Em outras palavras: de tudo se tira um proveito, é preciso viver de tudo: alegrias e tristezas, na saúde e na doença, amando e em solidão para que a integridade do ser floresça.

— Ainda sinto muita pena de Evângelo, ele é tão bom para a esposa.

— Virgínia não é tão má quanto parece. Sua sinceridade está ensinando-o, da mesma forma que ela está aprendendo muito, vivendo ao lado dele. Todo aprendizado é abençoado.

— Gostaria tanto de interferir, de amolecer o coração dela, de fazê-la esquecer-se de Fádrique para que pudesse enxergar Evângelo com toda sua graça e compaixão.

— Você não pode fazer isso, porque as pessoas não são fantoches na nossa mão. Se fossem, seriam tal como bonecos de madeira, sem vida e sem personalidade própria. Não seriam donos de seus narizes. Ter domínio sobre a sua vida é que faz do espírito, indivíduo. É o que ensina a ter responsabilidade por seus atos, por sua evolução.

— Tenho muito ainda a aprender.

— Todos nós, meu caro. Por isso, estamos aqui.

⚜ ⚜

A restauração que Evângelo fez na capela do mosteiro ficou perfeita. Recebeu tantos elogios dos padres e seminaristas que pessoas de longe vieram para ver a obra restaurada. A pintura feita na parte da capela onde os padres achavam que deveria ter uma ilustração deixou todos boquiabertos. As figuras eram de um impressionismo chocante e, sem dúvida alguma, mais bonita que a pintura restaurada.

— Além de restaurador e pintor, você é um grande desenhista — elogiou o arcebispo. — Parabéns!

— Se soubéssemos que era tão talentoso, teríamos lhe pedido para fazer uma nova ilustração por cima da antiga ao invés de restaurá-la.

O talento de Evângelo começou a circular de boca em boca, logo começaram a chover pedidos de quadros a óleo para as casas dos ricaços e igrejas de outras comunidades começaram a contratá-lo para fazer restaurações e ilustrações. Era trabalho que não acabava mais. Evângelo se entregava de corpo e alma a tudo aquilo, sentia se envaidecido por finalmente, sua arte, seu talento estar sendo reconhecido. Não era pelo dinheiro nem pelo prazer de pintar e desenhar que ele se dedicava tanto, mas porque tudo aquilo o fazia se esquecer de Virgínia.

Ao cair da noite, Evângelo saía para beber um pouco e se envolver com mulheres, sentia-se necessitado de calor humano; os abraços, os beijos e os carinhos eram mais apreciados que o sexo em si. Era de carinho que ele precisava, de beijos românticos, de um ombro amigo, tudo que pensou que teria e daria para Virgínia, mas nunca recebera.

Quando Virgínia soube que a carreira de pintor e ilustrador de Evângelo havia deslanchado, ela ficou feliz por ele. Que ao menos encontrasse felicidade naquilo, a felicidade que ela nunca lhe dera, nem jamais lhe daria.

Os espíritos de luz, que acompanhavam Evângelo se encantavam com suas obras. Os espíritos em fase de evolução perguntavam ao mestre:

— Por que, mestre, algumas pessoas nascem com talento para a arte?

— A resposta é muito simples, meu amigo. Porque desenvolveram essa habilidade em outra vida. Por isso que um membro de uma família nasce com talento para a arte desde pequenino sem ter ninguém mais na família que tenha esse dom. Os dons, habilidades e facilidades para aprender algo na vida revelam claramente que houve um período de vida anterior ao nascimento no qual esse indivíduo pudesse desenvolver talentos. Caso não houvesse, como poderia ter nascido com tais habilidades?

— É tudo tão evidente, mas poucos prestam atenção às evidências, não?

— Sem dúvida.

Os meses foram passando e o talento de Evângelo sendo cada vez mais reconhecido. Ele próprio nunca pensou que haveria de ter tanto reconhecimento. Um dia, em confissão, relatou ao padre sua triste história com Virgínia. Foi na verdade um desabafo, algo de que estava precisando e muito.

Em meio a todas essas conquistas, houve certamente um imprevisto. Uma das mulheres com quem ele saía, engravidou dele. Ele pediu perdão a Deus durante outra confissão. E voltou para sua casa para contar a esposa sobre o acontecido. Virgínia foi curta e grossa:

— Você achou, sinceramente que eu me importaria com o fato de você ter um filho com uma outra mulher, achou?

O rapaz surpreendeu-se mais uma vez com a reação da esposa.

— Eu lhe devo respeito, sou seu marido...

— Você não me deve nada, Evângelo, acredite-me: nada!

Ele mordeu os lábios, transparecendo insegurança, por fim disse:

— Vim também para lhe dizer que...

Ela o interrompeu:

— Essa mulher, que está esperando um filho seu, você gosta dela?

Ele engoliu em seco, a resposta foi dada com muita dificuldade:

— Ela é carinhosa comigo, muito carinhosa... Eu gosto de carinho, preciso de carinho...

— Onde você a conheceu?

— Numa das cidades onde trabalhei.

— Sei.

Houve uma breve pausa até que ela perguntasse:

— Você ia me contar uma outra coisa, o que é?

— Ah, sim... Recebi um convite para restaurar a pintura de

uma igreja em Milão.

— É mesmo? Que bom...

— Pois é, eu decidi levá-la comigo.

Os olhos de Virgínia dilataram-se de espanto.

— Você se casou comigo para ter a chance de um dia chegar numa cidade grande e poder investigar a morte...

— Você ainda se lembra disso...

— Sim. Por isso vou levá-la comigo para Milão. Se você quiser ir, é claro.

— Ir? É tudo que mais quero. Eu sonho com isso desde menina. Deus, mal posso acreditar que esse dia chegou.

Os olhos dela brilhavam quando voltaram a encarar os dele.

— Obrigada, Evângelo. Obrigada por ter se lembrado de mim.

Sorrindo timidamente, ele respondeu:

— O que prometo, eu sempre cumpro. Prometi levá-la para visitar as cidades grandes quando nos casamos. Estou cumprindo a minha promessa.

Dias depois, o casal partiu para Milão.

Quando a carruagem passou pelo lago onde Jerônimo afirmou ter abatido Fádrique, lágrimas brotaram dos olhos de Virgínia. Ela mal podia acreditar que Fádrique estava morto há dez anos. Dez longos anos... em pensamento lembrou a si mesma: ainda que tenha se passado tanto tempo, meu amor, você obterá justiça. Eu lhe prometi um dia que eu faria justiça em seu nome e você a terá.

141

Segunda Parte

Os olhos do céu nunca piscam...

Capítulo 1

Dez anos depois... 1827

Em Milão, Virgínia não conseguia parar de elogiar a cidade:

— Deus meu, como isso aqui tudo é tão lindo. Eu sabia que iria gostar, mas não pensei que fosse tanto. Viver no campo é como se só existisse o campo, nada mais. Sempre ouviamos falar que havia um mundo lá fora, moderno e fascinante, mas tudo não passava de um lugar cujos sonhos eram inatigínveis. Uma galáxia, como dizem, feita de muitas estrelas e planetas mas na qual nunca alguém chegou para comprovar se é verdade de fato ou apenas uma pintura posta ali para preencher o céu.

Evângelo alegrou-se novamente por ver a mulher que tanto amava feliz por estar onde tanto sonhora. Sentia-se também realizado por ser ele, como jurara um dia para ela e para si mesmo, quem realizaria o seu maior sonho.

— Quem diria, hein, Evângelo? Que acabaria sendo você quem realizaria o meu maior sonho.

O homem enrubesceu. Com olhos bondosos voltados para ele, Virginia fez o que jamais pensou que seria capaz, agradeceu-lhe por aquilo com sinceridade:

— Obrigada.

Os lábios dele moveram-se, mas não conseguiu articular as palavras.

— Obrigada mesmo.

— Eu... eu disse que a traria para cá, um dia, que promessa era dívida, pois bem, estou cumprindo a minha promessa.

Um sorriso bonito se abriu no rosto dela:

— Sim, você disse. Muito obrigada.

Por um momento ele teve a impressão de que ela olhava-o com outros olhos, por um halo de fascínio que até então nunca existira. Seria mesmo? Poderia Virgínia Accetti chegar mesmo a vê-lo por outro prisma, partindo do coração? Não, certamente, que não, aquilo seria esperar demais da sua pessoa.

A casa que Evângelo alugou, enquanto estivessem na Itália, era modesta, mas aconchegante. Cada um tinha seu quarto, e Virgínia, que nunca tivera preguiça para trabalhar, mantinha tudo limpo e bem arrumado, bem como cuidava da roupa do marido com esmero e preparava as refeições com pratos que sabia que ele gostava muito. Era, de certa forma, um modo de agradecer-lhe por estar realizando seu sonho mais antigo, o maior deles.

Depois que se acertaram na cidade, chegou a vez de ele conversar com ela a respeito do seu maior objetivo de vida: vingar a injustiça que fizeram a Fádrique Lê Blanc.

— Por onde você pretende começar as suas investigações? — quis saber ele, olhando atentamente para a esposa.

— Pelo *cartório,* deve haver arquivos sobre o caso. Tendo tanto o nome dele quanto o dela não será difícil.

— Tomará tempo…

— Eu sei, estou preparada para isso.

— Pode até mesmo ser perigoso.

— Nada pode ser mais perigoso do que Écharde. Um lugar que abriga somente o que há de pior na raça humana.

— Lá pelo menos eles estão presos e vigiados. Aqui…

— A vida é cheia de perigos, Evângelo. Se não nos arriscarmos nada conseguimos.

— É que…

Ele pensou em dizer: "É que eu não queria que nada

acontecesse de ruim a você", mas mudou de ideia, não queria que ela o olhasse, novamente, com olhos de pena, como sempre fazia quando deixava, sem querer, transparecer seus sentimentos por ela. Apesar de tudo o que ela lhe fizera, eles ainda eram os mesmos, intensos e profundos, como sempre.

Para disfarçar a frase inacabada, Evângelo perguntou:

— Como era mesmo o nome do prisioneiro?

— Fádrique... Fádrique Lê Blanc.

— Talvez você devesse procurar a família dele, quem sabe podem ajudá-la.

— É uma boa ideia, Evângelo. O nome da mãe, segundo ele, era Virgínia. Coincidência, não? Para ele, fora ela quem me enviara até sua pessoa para salvá-lo de toda aquela injustiça. Ela morreu quando ele ainda era uma criança, mas o pai ou se tiver irmãos, alguém pode estar vivo.

— Ele não lhe disse se tinha irmãos?

Virgínia fez uma pausa, para visitar o passado em memória, antes de responder:

— Não me lembro sinceramente de ele ter dito que tinha irmãos. Na verdade, só mencionou a mãe durante nossas conversas. Pouco falou da família.

— Compreendo...

— Você chegou a vê-lo?

— O assassino?!

— Evângelo, ele não era um...

— Desculpe-me, é força do hábito. Não, nunca o vi. Se estivesse vivo e passasse por mim ou se tornasse meu amigo nos dias de hoje eu jamais suspeitaria que seria ele, pois realmente nunca vi seu rosto, não faço ideia de como seria. Só sei que tinha porte de nobre e, segundo você, era um homem muito bonito...

— Sim, lindo... O mais lindo...

Ela achou melhor não completar a frase.

De repente, Evângelo sentiu novamente vontade de ter sido Fádrique Lê Blanc só para poder despertar aquela paixão avassaladora em Virgínia, para que ela o amasse como ele a amava, de forma louca e infinita. Após breve pausa, ele desprendeu sua curiosidade:

— Como era mesmo o nome da mulher que Fádrique foi acusado de ter assassinado?

— Fida... Moulin ou Moulan, algo assim...

— Você pode procurar a família dela, conversar a respeito...

— Não havia pensado nisso. É uma ótima ideia, Evângelo. A segunda ótima ideia do dia. Obrigada.

Ele sorriu feliz por poder ajudá-la no que parecia ser, desde que perdera o homem amado, o segundo objetivo mais importante da sua vida.

Um mês após a chegada do casal a Milão, enquanto os dois caminhavam por um dos pontos mais lindos e bem frequentados da cidade, na época, Virgínia confessou:

— Estou amando tudo isso, Evângelo, simplesmente amando. Esse último mês tem sido para mim, um mês de vitória.

— Não sabe o quanto me alegra vê-la assim, Virgínia. Realizada e entusiasmada novamente com a vida.

Ela sorriu para ele e para si mesma.

— Esse também tem sido um mês de vitória para mim, Virgínia. — declarou Evângelo, a seguir. — Meu trabalho tem sido cada vez mais reconhecido pelos entendidos em arte, estou ganhando dinheiro com meu talento, tudo, enfim, que eu sempre quis na vida. Valeu a pena sonhar... Hoje, estou mais do que certo, de que os sonhos podem realmente se realizar se você se esforçar para isso.

Naquela noite, quando o casal voltou para a casa, Virgínia, transbordando de felicidade, quis também se servir de uma taça do vinho que o marido abrira para se aquecer na noite.

— A nós! — exclamou ele, erguendo a taça de vinho para o alto, convidando-a para fazer um brinde.

— A nós! — repetiu ela, levando sua taça até à dele. Tim tim!

— Pela realização dos nossos sonhos! — sugeriu Evângelo.

— Pela realização dos nossos sonhos. — enfatizou Virgínia, confiante.

Os dois sorveram a deliciosa bebida sem tirar os olhos um do outro.

Entre uma palavra e outra, a conversa foi parar nos velhos tempos de criança em que ambos brincavam juntos no vilarejo, época em que ele começou a fazer seus primeiros desenhos, caricaturas dela. As lembranças provocaram boas risadas nos dois. As memórias os distraíram tanto que secaram a garrafa de vinho sem perceber.

Então, subitamente, Evângelo parou de falar e ficou a admirar a moça que tanto mexia com ele desde os tempos de criança.

— Evângelo, por favor... — acanhou-se Virgínia diante do seu olhar apaixonado sobre ela.

— Você continua linda, Virgínia. Como nos velhos tempos de adolescente... — declarou, com toda sinceridade. — Acho que está até mais bonita, agora, do que naquela época.

Um leve rubor se espalhou pelo rosto fino e delicado da moça. Ao levantar-se, por estar alta, cambaleou. Evângelo, atento aos seus movimentos foi rápido em ampará-la em seus braços.

— Opa! — exclamou ela, rindo. — Acho que bebi demais... Não estou acostumada.

Ele sorriu-lhe, ela também. Quando ambos notaram que estavam face a face, olhos nos olhos, um calor percorreu seus corpos. Ela agora olhava para os lábios dele, bonitos e cheios de desejo. Ele olhava para os dela, finos e sensuais, querendo desesperadamente beijá-los.

A volúpia parecia dominar os dois por inteiro.

— Evângelo... — murmurou ela, querendo se afastar dele, mas ao mesmo tempo, não.

Diante da fraqueza da esposa, ele se declarou mais uma vez:

— Eu ainda a amo, Virgínia.

— Evângelo, por favor...

— Sou mesmo louco por você. É um defeito, eu sei. De todos, o meu maior, mas o que posso fazer se não sei como evitá-lo?

Ela tentou protestar, mas ele a impediu beijando-lhe os lábios.

Ela ainda queria protestar, mas a embriaguez acabou derrubando suas defesas, e assim ela se entregou como há tanto tempo ele queria, sem cortina separando os dois, da forma mais linda e sensual, inteira e verdadeira em que dois corpos podem se unir para fazerem amor.

As carícias e as palavras de afeto ditas por ele enquanto a amava, deixaram-na em êxtase. Nada mais era pensado, apenas sentido, sem reflexões, sem censuras.

Ela se entregava ao ato de amor, pela primeira vez, com intensa alegria, de corpo e alma. Quando atingiu o orgasmo, jogou a cabeça para trás, estirou os braços para os lados, as palmas para cima, suspirando com plenitude.

Quando as ondas de prazer provocadas pelo êxtase cessaram dentro dele, Evângelo voltou a beijar-lhe a boca, as bochechas, o nariz, a testa, o pescoço, os ombros da mulher por quem tinha tanto desejo. O ato de amor com ela parecia ter o poder de libertá-lo de tudo, dar-lhe a certeza de que o mundo começava e terminava mesmo, em Virgínia Accetti, como acreditava há muito tempo.

Mais uma vez o sorriso se fez presente no rosto do homem já com trinta e um anos nessa época. Um sorriso que continuou a manter seu rosto corado, mais bonito e sensual, enquanto em seu interior sensações mágicas aqueciam todos os orgãos.

Foi "olhos nos olhos", admirando um ao outro, envoltos de paixão, que ambos adormeceram aquela noite.

Ao despertar na madrugada com sede, (o vinho sempre deixava Evângelo com sede), o moço foi rápido em se levantar para beber um copo de água para poder voltar à cama, junto à quentura gostosa da esposa amada que dormia tranquilamente, como um anjo.

O desejo intenso de curvar-se sobre ela e beijar seus lábios foi sublimado para não despertá-la de seu sono sereno. Logo, ele também era novamente levado para o mundo dos sonhos.

Na manhã do dia seguinte, quando Evângelo despertou, Virgínia já não se encontrava mais na cama. Ao perceber que passara da hora de se levantar, pulou do leito, vestiu-se rapidamente e foi para a cozinha. A esposa estava lá, tomando o café da manhã.

Ele, sem conseguir olhar direito nos olhos dela, disse:

— Bom dia, Virgínia.

Ela respondeu com um simples aceno de cabeça. Seu rosto estava sério como nos velhos tempos em que ela o repudiara mais do que tudo na vida.

Ele engoliu em seco e falou:

— Acho que estou bastante atrasado, não? Vou comer algo rapidinho e...

Ela o interrompeu, secamente:

— Não precisa correr, Evângelo. Tome seu café da manhã com a mesma calma de sempre, afinal, você não tem hora certa para entrar no trabalho, esqueceu-se? Você é o seu próprio patrão.

Ele riu, sem graça diante da verdade que ele muitas vezes esquecia. Os dois permaneceram em silêncio durante todo desjejum. A garganta dele coçava, querendo falar com ela a respeito do que havia acontecido entre eles na noite anterior, mas segurou-se, não queria criar caso, tinha medo de estragar aquele momento de paz tão bom entre os dois.

Já estava de saída, quando ela pôs para fora o que estava engasgado:

— Você não deveria ter feito aquilo, Evângelo.

Ele parou, voltou-se, mirou seu olhar e perguntou com simplicidade:

— Por que não, Virgínia?

— Porque não é certo.

— Ainda somos marido e mulher, ao menos pela lei.

A voz dela se elevou:

— Eu só me entreguei a você porque estava alta, alta, entende? Na minha cabeça, era Fádrique que eu via, não você.

— Sua sinceridade sempre me espanta.

— Eu sinto muito.

Ele mordeu os lábios, tentando conter as palavras que afloraram dentro dele, mas elas foram mais fortes, saltaram-lhe à boca com força sobrenatural:

— Já que você foi sincera comigo, serei também sincero com você.

— Sim.

— Nós nunca havíamos feito amor como ontem e eu, sinceramente, amei fazer amor como desta vez, sem barreiras se interpondo ente nós.

O olhar dela entristeceu. Com certa dificuldade, declarou:

— Eu gostaria de poder dizer o mesmo, Evângelo, mas...

O olhar dele também entristeceu. Com voz lacrimosa expôs, mais uma vez, o que ia fundo em seu coração:

— Dizem, Virgínia, que na vida nunca é tudo... Que para termos algo temos de abrir mão de outro algo. Pois bem, se eu tivesse de escolher entre baús e mais baús lotados de moedas de ouro e você, eu escolheria você sem pensar duas vezes.

— Você é muito sentimental, Evângelo.

— Só eu?

— O que quer dizer?

— Você é tão sentimental como eu. Você sente e pensa o mesmo a respeito do homem por quem se apaixonou, da mesma forma que eu sinto e penso a seu respeito. Isso é coisa do ser humano. Todavia, uns são agraciados pela reciprocidade, amam quem os ama da mesma forma... Pena que isso não aconteceu conosco...

— Eu sinto muito.

— Eu também, Virgínia. Não sabe o quanto. Bem, eu já vou indo. Até à noite.

— Até à noite, Evângelo.

Ele já atravessava a porta quando ela correu atrás dele e perguntou:

— Você janta em casa, não?

— Sim, se não for incômodo para você preparar o jantar...

— Não é incômodo algum. Não, mesmo, pode estar certo.

— Até à noite, então.

— Até à noite.

Capítulo 2

Após mais um dia exaustivo de investigações sem sucesso, Virgínia foi se encontrar com o marido no seu local de trabalho, para que voltassem para a casa na companhia um do outro.

A capela onde o moço estava ilustrando as paredes com seus desenhos e pintura, sua arte, enfim, talentosa, era uma das mais lindas de Milão. Um primor e uma relíquia da arquitetura italiana.

Evângelo dava os últimos retoques num trecho da pintura quando a moça chegou ao local. Entrou tão discretamente que o artista nem notou sua aproximação. Para não atrapalhar sua concentração, ficou ali, em pé, prestando atenção nele em cima de andaime, de costas para ela, concentrado na sua arte. Minucioso em cada detalhe, cada traço... Sua dedicação e concentração eram tão admiráveis quanto o seu talento, percebeu ela.

Naquele instante, Evângelo dava as últimas pinceladas no retrato de uma moça, jovem e linda, de penetrante olhos escuros, onde se via um quê de saudade ou tristeza profunda. A pintura era tão bem feita que a moça do retrato parecia ter vida, especialmente os olhos, entristecidos, mareados de saudade.

Seria a moça retratada realmente assim, ou o pintor havia tomado a liberdade de acrescentar aquele detalhe inspirado na mulher que tanto amava?...

Evângelo levou quase quinze minutos para que se desse conta de que era observado pelos olhos atentos, vivos e esverdeados da esposa.

— Há quanto tempo você está aí? — quis saber ele, olhando-a com bom humor.

— Há quase meia hora.

— Jura?

— Hum hum. Você estava tão concentrado no que fazia que nem percebeu a minha chegada. Eu também não quis atrapalhá-lo.

— Que é isso, Virgínia? Você nunca me atrapalha.

Os dois ficaram por alguns segundos se encarando, com os olhos indo e vindo de um ao outro.

— E então, teve algum progresso nas suas investigações? — perguntou ele, então.

— Ainda não, mas vou ter.

Ele assentiu com a cabeça e disse:

— Eu vou terminar só mais alguns detalhes dessa figura, é rápido. Você me espera?

Ela fez que sim com a cabeça e se sentou no longo banco da capela para aguardá-lo.

O silêncio voltou a reinar no local assim que Evângelo voltou a se concentrar na pintura. Virgínia ficou ali acompanhando com os olhos cada movimento da mão do artista. Evângelo tinha uma mão firme, reparava ela pela primeira vez, seus dedos longos eram bonitos, a mão como um todo era bonita, tão bonita quanto sua arte, reconhecia ela agora.

No minuto seguinte ela decidiu ocupar seu tempo com algo mais proveitoso para o marido: foi ajeitar seus apetrechos de pintura que estavam um tanto quanto bagunçados e espalhados por ali.

Despertou de seus pensamentos ao ouvir uma voz feminina ecoar no hall da entrada da capela:

— Oliver, Luigi!

Era uma voz delicada e ponderada. Virgínia não voltou a cabeça para ver quem era, continuou concentrada no que fazia.

Ouviram-se a seguir passos agitados no interior da capela e

um *zum zum zum* de crianças.

— Aí, estão vocês! — ecoou a voz delicada de mulher novamente pelo local. — Não façam mais isso. Por favor.

— Mas, mamãe... — ecoou a voz de um menino.

— Nem mais nem menos, Oliver. — respondeu a mãe. — Vocês poderiam ter se perdido de mim. Enfiado o nariz onde não deveriam.

— Ora, mamãe...

— Oliver...

A seguir ecoou uma outra voz de menino pelo local:

— Mamãe, venha ver a pintura na parede, é linda!

— Agora não, Luigi, já é tarde.

— Por favor. — insistiu a criança.

— Está bem, mas sejamos rápidos. Seu pai não gosta de voltar para casa e não nos encontrar por lá.

O diálogo entre os filhos e a mãe fez Virgínia recordar os seus tempos de infância.

"Luigi... Oliver...", murmurou, nunca encontrara alguém com esses nomes.

Pelo canto do olho direito, Virgínia observou a mulher e as duas crianças com os olhos voltados para Evângelo no alto do andaime concentrado na sua arte.

A mulher tinha por volta dos trinta anos. Tinha o ar de uma grande dama. Usava um chapéu lindamente forrado, na tonalidade rosa, com lindas flores de tecido no mesmo tom. Os cabelos eram tão escuros quanto os olhos, presos no alto da cabeça num penteado de estilo. O vestido era de seda lilás, um lilás muito claro, delicadamente bordado e rendado.

Seus filhos eram duas crianças lindíssimas. O mais velho tinha olhos azuis, penetrantes, olhos de uma beleza rara de se ver. Os cabelos eram castanho-claros, o corpo era esguio e bem torneado. Seria certamente um homem lindo quando crescesse.

154

O menino mais novo era também uma criança muito bonita, pela cor do cabelo e dos olhos puxara a mãe, o corpo assemelhava-se muito ao do irmão, e seria também um indivíduo belíssimo quando adulto.

Virgínia terminou de ajeitar as tintas sobre uma espécie de cavalete e, só então, voltou-se na direção dos visitantes. Assim que se aproximou dos três, a mulher a cumprimentou:

— Boa tarde.

E voltando-se para os filhos, completou:

— Oliver, Luigi...

Os meninos voltaram-se para Virgínia e disseram em uníssono:

— Boa tarde.

— Boa tarde. — respondeu, admirando os garotos. Olhando para a mãe, elogiou: — Eles são adoráveis.

— Quando querem. — respondeu ela, com bom humor.

As duas sorriram.

Luigi voltou-se para a mãe e, puxando de leve seu vestido, perguntou:

— Quero ver o pintor mais de perto, mamãe.

— Não é permitido, Luigi, aquiete-se.

O menino fez bico.

— Nunca podemos nada! — protestou Oliver.

— Também vocês só querem fazer o que não devem. — respondeu a mãe, dando uma piscadela para Virgínia.

O menino emburrou, o outro fez beicinho.

Virgínia, que se simpatizara muito com as duas crianças, procurou remediar a situação:

— Vocês podem ir até ali para ver o pintor mais de perto. — apontou ela com o dedo indicador. — Mas se passarem de lá, correm o risco de voltarem para casa de vocês pintados da cabeça aos pés.

Os dois meninos arregalaram os olhos.

— Pintados?! Como assim?

— Pode cair tinta do pincel do artista, sem querer, na cabeça de vocês. Pode cair até mesmo na ponta de seus narizes.

— Mesmo assim, eu quero ir. — redarguiu Luigi, decidido.

— Vá por sua conta e risco, Luigi. — observou a mãe.

Os moleques se empolgaram. E assim que obtiveram o consentimento da mãe, dito só pelo olhar, seguiram até o local indicado por Virgínia para poderem ver mais de perto o trabalho que Evângelo realizava no teto da capela.

— Eles são adoráveis... — repetiu Virgínia, acompanhando as duas crianças com o olhar.

— Adoráveis terríveis... — completou a mãe, denotando simpatia e voltando-se para Virgínia, apresentou-se:

— Desculpe-me, nem me apresentei, sou Michelle Marsan.

A voz de Michelle era bela, baixa e ponderada, a de uma pessoa determinada a demonstrar a todo o custo o seu autodomínio. Era uma daquelas almas femininas cuja doçura é o ponto central de sua personalidade. Um tipo de mulher que jamais cometeu um erro na vida.

— Olá, chamo-me Virgínia. Virgínia Felician.

— Você foi muito gentil para com meus filhos, Virgínia.

— Que nada.

— Luigi e Oliver são duas crianças interessadas por tudo que veem a sua volta. Nunca vi interesse igual.

— Luigi e Oliver são nomes muito bonitos. Nunca havia ouvido antes.

— É mesmo?

— Sim. Venho de um povoado muito distante, onde residem não mais que cem pessoas...

— Jura?! Mudou-se para cá faz pouco tempo?

— Não nos mudamos exatamente. Eu e meu marido estamos morando aqui temporariamente. Só até ele terminar seu trabalho.

Ao voltar os olhos na direção de Evângelo, Michelle perguntou denotando grande surpresa e fascínio:

— Ele é seu marido?! Digo, o pintor?

— Sim, o tenho acompanhado ultimamente quando é chamado para fazer saus pinturas e restaurações em grandes centros.

Michelle Marsan, passeou os olhos por alguns segundos pelas ilustrações de Evângelo e afirmou, inesperadamente:

— Posso ver que seu marido é um grande artista.

— É, não é?

Virgínia tinha de concordar porque agora realmente considerava Evângelo um grande artista.

— O trabalho dele é primoroso. — observou Michelle, olhando atentamente para a mão de Evângelo que segurava o pincel e, com precisão, dava os últimos retoques no retrato de uma moça. — Se daqui onde estou a pintura já é linda de se ver, imagino de perto. Você é realmente uma mulher privilegiada.

— Eu, privilegiada, por quê?

— Por ter se casado com um homem tão capacitado como ele.

Virgínia corou até a raiz do cabelo.

— Não quis deixá-la sem graça, desculpe-me.

— Que nada...

Virgínia enrubesceu mais ainda.

— Há quantos anos vocês estão casados?

— Há quase dez anos.

— Tiveram filhos?

— Não, eu não quis.

— Não?! Por quê?

A resposta, que Virgínia teria de pensar para dá-la, foi

interrompida pelo chamado de Luigi:

— Mamãe, venha até aqui!

Michelle, sorrindo, atendeu prontamente o pedido do filho.

— Veja a pintura, mamãe, daqui fica mais bonita.

Ao voltar os olhos para o teto, os olhos de Michelle colidiram com os de Evângelo que aproveitou para dar uma pausa no trabalho.

— Como vai? — cumprimentou ele, com polidez gaulesa, assim que se aproximou dela. — Não estendo a mão por estar suja de tinta. — desculpou-se.

— Não se preocupe. — respondeu Michelle, no mesmo tom polido. — Aproveito para cumprimentá-lo, o seu trabalho é lindíssimo. Meus sinceros parabéns.

— Obrigado.

Após responder a mais uma pergunta do filho mais novo, Michelle Marsan voltou-se para Evângelo e dirimiu uma curiosidade:

— O senhor também pinta retratos?

— Sim.

— Ah, que maravilha... Gostaria muito que pintasse o nosso, digo. Da minha família. Eu, meu marido e meus dois filhos, juntinhos, seria possível?

— Tudo é possível, minha senhora. Resta saber se vocês terão paciência de posar para mim. Para um bom quadro pintado a óleo é preciso horas de trabalho.

— Quantas horas? — indagou Oliver, intrometendo-se na conversa sem pudor algum.

— Algumas, pequenino.

Os meninos se entreolharam, cismados.

— Acho que eles não teriam paciência. — argumentou Michelle com uma ponta de desapontamento.

— Talvez. Mas não custa tentar.

— Vou falar com meu marido, para ver o que ele acha e volto

a procurar o senhor.

— Estou a sua disposição.

Michelle fez mais alguns elogios à obra que estava sendo realizada ali e se despediu:

— Mais uma vez, meus sinceros parabéns pelo seu trabalho.

Evângelo agradeceu o elogio com um novo sorriso. Luigi, então, puxou sua camisa.

— Ô moço, será que o senhor não deixa eu subir no andaime para ajudá-lo a pintar um pouco?

Evângelo riu, bem humorado. Virgínia também.

— Deixe-me ir. Não quero atrapalhar mais o seu trabalho. — acudiu Michelle, pegando nas mãos dos filhos. — Eu voltarei, assim que tiver uma resposta do meu marido. Até lá.

Virgínia ficou observando Michelle partir na companhia dos dois garotos. A mulher entrara ali com a elegância de uma dama, e saía com a mesma elegância que, na sua opinião, era admirável.

Um dos padres, que havia chegado há pouco para observar o andamento das obras, aproximou-se do casal assim que Michelle deixou a capela e disse:

— Sabem quem é ela, meus filhos? — Havia grande imponência na voz quando o homem lhes fez a pergunta. — É madame Michelle Marsan. Uma das mulheres mais ricas e elegantes de Milão. Se ela gostou do seu trabalho, meu senhor, as portas mais importantes da cidade e até do país vão se abrir para o senhor. O senhor logo se tornará um pintor aclamado por todos pelos quatro cantos da Itália.

Evângelo Felician não se deixou envaidecer por aquilo. Virgínia sim, seria muito interessante, sem saber ao certo o porquê, que Evângelo atingisse aquele patamar.

Dias depois, Michelle Marsan estava de volta à capela onde

Evângelo Felician estava fazendo seu trabalho primoroso como artista. Virgínia, assim que a viu entrando, largou o que fazia e foi ao seu encontro.

— Boa tarde — cumprimentou.

— Boa tarde, Virgínia. Como vai?

As duas trocaram cumprimentos.

— Posso falar com Evângelo?

— Sim. Agora mesmo.

No mesmo instante, Virgínia caminhou até o altar e chamou pelo marido. Assim que ele se posicionou em frente à visitante, a elegante dama falou:

— Meu marido permitiu que eu o contrate para pintar o retrato de que lhe falei. Entretanto, se meus filhos não tiverem paciência de posar para o senhor, o quadro só terá a minha presença.

— E a de seu marido, suponho.

— Ele, como se diz, já tirou o corpo fora. Duvida que consiga ficar, cinco minutos, parado, imóvel, diante de um artista. Desistiu antes mesmo de tentar, o que é uma pena.

Evângelo fez sinal de compreensão e a lembrou:

— Como lhe disse, só poderei fazer o retrato após terminar o meu trabalho aqui na capela.

— Não tem problema, espero. Aguardarei com muito gosto.

Voltando-se para Virgínia, a dama lhe fez um convite:

— Gostaria muito de tê-la para um chá em minha casa.

O convite pegou Virgínia de surpresa.

— Não precisa se incomodar. — respondeu, gaguejando.

— Será um prazer recebê-la.

Voltando-se para Evângelo que se preparava para subir novamente no andaime, Michelle Marsan acrescentou:

— Haverá uma recepção em minha casa daqui a alguns dias, adoro bailes, estarão presentes as pessoas mais importantes de

Milão. Gostaria muito de tê-los entre os meus convidados.

— Fico lisonjeado pelo convite — agradeceu o moço —, mas, somos pessoas muito simples, não temos nem roupa para uma ocasião como essa.

— Por favor, aceitem.

Evângelo e Virgínia se entreolharam, foi Virgínia quem respondeu pelos dois:

— Iremos sim, com muito prazer.

— Ficou muito honrada.

Um sorriso singelo aflorou no rosto elegante da mulher.

— Quanto ao nosso chá. — prosseguiu ela. — Que tal amanhã?

— Para mim... tudo bem... — gaguejou Virgínia, preocupada se haveria tempo de comprar um vestido mais adequado para a ocasião.

— Ótimo. Mandarei um de meus cocheiros vir apanhá-la aqui ou, em sua casa, se preferir.

— Pode ser aqui.

— Que tal às quatro?

— Estarei esperando.

Michelle sorriu, fez uma reverência para os dois e tomou o rumo da porta da frente da capela.

— Eu a acompanho. — prontificou-se Virgínia indo atrás dela.

As duas foram conversando amenidades até chegarem à escadaria em frente ao local. O cocheiro ao ver a dama, tratou imediatamente de abrir a porta da carruagem e adquirir uma postura ereta e de respeito.

— Michelle, só mais uma coisa. — falou Virgínia quando a dama já se preparava para entrar no veículo.

— Sim, querida, o que é?

— Eu, sinceramente, nunca participei de uma festa da alta sociedade antes... Como lhe disse provenho de um vilarejo muito

161

humilde, portanto... não sei bem o que vestir para a ocasião. Poderia você me ajudar a escolher um vestido adequado para o evento? Se não for incômodo, é claro.

— Não será incômodo, algum, minha querida. Farei isso com muito gosto. Farei mais do que isso, emprestarei um de meus vestidos para você usar na noite em questão.

— Não é preciso, posso comprar um.

— Que nada, tenho tantos... muitos deles só usei uma vez. Ficarei muito feliz se aceitar um deles ou quantos quiser de presente.

— Poxa, nem sei o que dizer... É muito gentil da sua parte. Muito obrigada. Mesmo.

— Até amanhã, às quatro. — despediu-se, então, Michelle Marsan.

— Até amanhã. — respondeu Virgínia Accetti Felician, fazendo um aceno com a mão.

A camponesa ficou ali admirando a carruagem partir. Nunca havia visto uma tão luxuosa quanto aquela. Os cavalos que a conduziam, eram todos pretos, com pele e crina brilhantes, lindos de se ver. Ela também nunca vira um cocheiro tão elegantemente vestido.

Quem diria que, um dia, participaria de um baile da alta sociedade. Ainda mais ao lado de Evângelo, a quem sempre desprezou. Como o mundo dá voltas... Já ouvira o ditado, só não pensou que fosse tão verdadeiro.

Virgínia ficou desde então ansiosa para interagir com a alta sociedade, por acreditar que nela encontraria alguém que pudesse ajudá-la a descobrir alguma coisa sobre a morte de Fida Moulin, para provar a todos, definitivamente, que Fádrique Lê Blanc sempre foi inocente e morreu pagando por um crime que não cometera.

☙ Capítulo 3 ❧

O relógio já marcava três e meia da tarde quando Virgínia, bem arrumada, chegou à frente da capela onde o marido estava trabalhando para aguardar pelo cocheiro que a levaria à casa de Michelle. A carruagem, para a sua surpresa, já estava ali, aguardando por ela.

O auxiliar do cocheiro assim que a viu, desceu da parte fronteira do veículo onde estava sentado e lhe fez uma reverência.

Virgínia agradeceu a gentileza, com um meio sorriso nos lábios.

— Madame. — disse o elegante serviçal, extremamente polido, estendendo-lhe a mão para que tivesse um apoio para entrar na cabine do veículo. Com uma outra reverência, o criado pediu licença para poder fechar a porta da carruagem.

A seguir, partiram.

Ela não conseguia parar de admirar o interior do veículo. O forro aveludado que cobria as paredes e o assento eram de um bom gosto inigualável. Um luxo estonteante; estava pasma com tanta beleza. De repente sentia-se uma princesa sendo conduzida a um palácio encantado.

Quando a carruagem parou em frente a um portão alto e magnificamente trabalhado, Virgínia espiou pela janela a casa onde Michelle vivia com o marido e os filhos. Não era propriamente uma casa, aquilo era mais um palacete. Tinha dois andares, fora o porão, inúmeras janelas oitavadas, lindas, tanto no andar de cima como no de baixo. O que mais a impressionou, foi o lago, retangular que ficava entre a rua e a frente da casa onde cisnes e mais cisnes

163

ziguezagueavam por ele. A certa altura havia uma ponte de concreto com a amurada feita de colunas com desenhos esculpidos.

Nem em seus sonhos ela vira uma casa assim. Se lhe perguntassem se existia uma morada como aquela, antes de tê-la visto, ela diria que não. Só em sonho.

Estava surpresa com o que a cidade grande podia oferecer a todos e o luxo que o dinheiro podia comprar. Jamais fizera ideia que haveria tanto luxo a se conquistar. Jamais.

Os portões foram devidamente abertos e a carruagem adentrou o caminho que margeava o lago e que levava até a frente da mansão. Assim que estacionou em frente a casa, o auxiliar de cocheiro foi abrir a porta para a passageira. Virgínia desceu e imediatamente foi conduzida ao interior da casa por uma criada lindamente uniformizada, passando pela porta principal. Avistou então um vestíbulo surpreendentemente espaçoso, mobiliado com móveis de carvalho escuro e ornamentos de um metal reluzente.

A sala era de um tamanho fenomenal. Como as salas de um grande palácio. Os estofados eram de veludo bordô e as cortinas também, num tom mais claro. Sobre a lareira acesa havia dois castiçais banhados a ouro, admiráveis, que imediatamente chamaram a atenção de Virgínia. O fogo dava a grande sala de estar o ar harmonioso e irreal dos contos de fadas. Grandes vasos de crisântemos brônzeos sobre as mesas e lustres de cristal que deveriam comportar mais de 50 velas eram também dignos de nota. Havia lindos quadros pintados a óleo também por ali, dando um toque a mais às paredes. Eram não só admiráveis pela mão do mestre que os pintara, mas também pela notável expressão dos modelos.

Virgínia, nunca estivera numa sala tão finamente decorada com o que o dinheiro pode comprar de melhor.

Michelle Marsan logo apareceu para saudar a convidada:

— Virgínia querida, que prazer tê-la em minha casa. —

cumprimentou-a, afetuosamente.

— É uma honra para mim estar aqui. Sua casa é de um bom gosto sem igual. — retribuiu-lhe com sinceridade.

— Obrigada. Sinta-se em casa.

Incomodada com a pouca luz, Michelle pediu à copeira que estava ali, para qualquer eventualidade, abrir um pouco mais as cortinas.

Girando o pescoço ao redor, Virgínia tornou a fazer o elogio:

— Sua casa é realmente muito linda.

— Quero lhe mostrar onde pretendo pôr o quadro que seu marido vai pintar para mim. Quero que ele faça outros também para que eu possa decorar as paredes da casa que ainda estão vazias. Não gosto de paredes cobertas apenas com papel de parede ou tinta, o ambiente fica muito sem vida, nos dando uma sensação de vazio, não acha?

Pegando pela mão direita da convidada, Michelle a levou para conhecer o restante da casa. Uma camareira acompanhou as duas. Quando chegaram a um aposento, uma espécie de *closet*, onde Michelle guardava seus vestidos, ela pediu a criada que fosse tirando do guarda-roupa aqueles que indicava.

— Estou certa que esse e aquele, e aquele outro ficarão muito bem em você. — afirmou Michelle para Virgínia.

— Nossa, Michelle, nem sei o que dizer, são todos tão lindos; jamais usei um vestido assim antes.

Por insistência de Michelle, Virgínia experimentou todos que ela indicou.

— Todos ficaram bem em você, minha querida.

— Ficaram sim. Tão bem que nem sei qual devo escolher.

— Não é preciso escolher, meu anjo. Todos são seus. De presente.

— Todos? De presente?! Não...

— Morando agora em Milão, tendo seu marido reconhecido como um grande artista, você vai precisar de vestidos como estes para frequentar os saraus, bailes, jantares e festas para os quais certamente serão convidados.

— Não tenho palavras para agradecer sua generosidade.

Nisso ouviram-se os meninos correndo pelo corredor, chamando pela mãe.

— Esses garotos... — desculpou-se Michelle, pela balbúrdia dos filhos.

Luigi e Oliver entraram, desembestados, no cômodo, e por pouco não colidiram com Virgínia e a camareira.

— Isso são modos, meninos? — repreendeu a mãe.

— Perdão, mamãe! — desculpou-se Luigi, fazendo beicinho. — Queria saber se podemos...

— Primeiro cumprimentem a senhora Virgínia Felician. Lembram-se dela, não?

Prestando melhor atenção em Virgínia, os dois garotos exclamaram:

— Sim, a esposa do pintor. Como vai a senhora?

Somente após os cumprimentos Michelle permitiu que os filhos dissessem ao que vinham. Ainda que insistissem, ela não lhes permitiu que deixassem o banho para mais tarde para poderem continuar brincando um pouco mais.

— Mas, mamãe... — ralharam os dois em uníssono.

— Nem mais nem menos, para o banho já. Agorinha, vamos lá! Daqui a pouco seu pai está em casa e não gostará nem um pouco de encontrá-los sem banho tomado.

— Mas mamãe... — chiaram as crianças, mas ao olhar da mãe, um olhar que conheciam bem, fizera os dois pedirem licença e se retirarem do aposento direto para o banho.

Michelle voltou-se para Virgínia e pediu mil desculpas pelo

inconveniente.

— Não há criança nessa idade que não seja peralta. — comentou, sem se importar com o acontecido.

— Vamos descer, agora, para tomarmos o chá.

Virgínia estava tão encantada com tudo que até havia se esquecido dele.

Ao ver a mesa, preparada para o chá, ficou mais uma vez certa de que havia ainda muito para conhecer na vida, principalmente com relação ao mundo dos ricos e poderosos. A mesa era espetacular, em madeira maciça, com desenhos entalhados nos pés e no espaldar das cadeiras que ficavam ao seu redor. Sobre ela uma toalha branca, linda, com rosas bordadas com linha branca, um capricho, e a louça de porcelana finíssima. A seu lado, duas copeiras uniformizadas, prontas para servir o que fosse preciso. Virgínia nunca havia visto algo tão elegante.

Assim que se sentaram, a conversa entre Virgínia Accetti e Michelle Marsan desenrolou ainda com maior desenvoltura. Pareciam duas grandes amigas que não se viam há tempos, pondo o assunto em dia. Foi uma das tardes mais agradáveis que Virgínia passou em toda a sua vida.

Antes de ela entrar na carruagem para ser levada de volta para casa, Michelle reforçou o convite:

— Conto com você e seu marido para o baile aqui em casa, querida. Se precisarem de condução, mando um de meus cocheiros buscá-los.

— Pegaremos uma carruagem de aluguel para vir, não se preocupe. Vocês estarão bastante apurados no dia. Mais uma vez obrigada pelos vestidos e pelo chá saboroso em agradabilíssima companhia.

— De nada. Saiba desde já que você ficará linda usando qualquer um dos vestidos. Ainda mais linda.

167

Elas sorriram novamente uma para a outra e carruagem partiu. Virgínia olhava com grande interesse para o embrulho contendo os vestidos que ganhara. Michelle estava certa, ela ficaria linda dentro de qualquer um deles, só queria ver como Evângelo reagiria ao vê-la vestindo-se tão elegantemente. Perderia o chão, certamente, até mesmo o ar, pobre coitado.

❦

Dias depois, o palacete da família Marsan recebia inúmeros convidados para um de seus bailes anuais. As mulheres da alta sociedade, lindamente vestidas, com penteados primorosamente bem feitos, com os pulsos, pescoço e orelhas ostentando as mais finas joias, desfilavam pelo grande salão, corredores e passarelas da mansão, exibindo elegância e o charme dos nobres e o explícito comportamento fútil da burguesia.

Os homens também estavam elegantemente vestidos. Trajando ternos aveludados impecáveis, com o rosto muitíssimo bem escanhoado, costeletas lindamente aparadas, cabelos devidamente repartidos, um charme, um porte de extrema elegância.

Os empregados que serviam os comes e bebes também estavam impecavelmente bem vestidos em seus uniformes finamente confeccionados para ocasiões especiais como essa.

— Eu não disse que a casa é um sonho? — comentou Virgínia com Evângelo, assim que adentraram a propriedade do casal Marsan.

— É linda sem dúvida. É como se fosse uma obra de arte. — elogiou o moço, admirando cada detalhe da mansão.

Virgínia suspirou e confessou:

— Eu gostei de tudo aqui, de cada parte, mas o que mais me

encantou, veja você, foi o lago em frente a casa. Onde já se viu um lago em frente a uma casa e com cisnes brancos, lindos ziguezagueando de um lado para o outro? Nem nos meus mais delirantes sonhos de grandeza imaginei algo assim.

— O casal deve ser muito rico para manter tudo isso.

— Ela que é muito rica. Tudo que tem é herança de família. Foi a própria Michelle quem me contou no dia em que vim tomar chá aqui. A família do marido, segundo ela, não é tão abastada como a dela. Mas isso pouco importa, confessou-me; o que lhe importa mesmo, admitiu ela, é o amor. Ela ama o marido, ele a ama...

— Ah... o amor... — murmurou Evângelo com uma ponta de cinismo.

Virgínia não o ouviu, ou fingiu não ouvi-lo. Disse apenas:

— Agora venha, quero ir até a pontezinha que fica sobre o lago. Nunca estive lá, antes. A vista dali deve ser magnífica.

Evângelo seguiu a esposa que caminhava apressada, como sempre, sem esperar por ele.

De fato, daquela ponte, o lago e a casa compunham um panorama espetacular.

— Que coisa linda! Meu Deus... — murmurou Virgínia, extasiada.

— Lindo mesmo. — concordou Evângelo debruçando-se sobre a amurada do local.

— Um sonho... — acrescentou Virgínia, delirante.

Os dois ficaram ali, com olhos de admiração ora passeando pela fachada da mansão, ora pelos cisnes a deslizar pela superfície do lago, ora pelos convidados que abrilhantavam a cerimônia.

— Nunca vi pessoas tão elegantemente vestidas. — assumiu Virgínia, minutos depois. — Tampouco usando joias tão exuberantes.

Evângelo teve de concordar com ela. Ele também nunca vira coisa igual. Virgínia ia fazer mais uma observação quando seus olhos avistaram um homem extremamente parecido com Fádrique Lê Blanc caminhando entre os convidados. A visão gelou sua alma e a fez estremecer.

— O que foi?! — assustou-se Evângelo.

— N-nada não, tive apenas a impressão de ter visto um rosto conhecido.

— Conhecido? De quem, se você não conhece ninguém por aqui?

— Você tem razão. Bobagem a minha.

Ela voltou a se concentrar no local em que avistara a figura tão semelhante ao homem que tanta paixão despertara em sua pessoa. Todavia, não mais o viu ali, certamente porque não passara de um delírio seu, uma visão provocada pela saudade, pela vontade de estar com ele, ali, em meio a todo aquele luxo deslumbrante.

Assim que o casal voltou para o salão, Michelle Marsan foi cumprimentar o casal.

— Oh, minha querida, desculpe-nos por não termos ido cumprimentá-la. — explicou Virgínia, ligeiramente constrangida. — Mas é que você estava cercada de tantas pessoas quando aqui chegamos que não quisemos atrapalhar.

— Sejam muito bem-vindos a minha casa. Alegra-me muito tê-los aqui, acreditem-me.

Evângelo agradeceu polidamente as palavras tão simpáticas da anfitriã.

Pegando gentilmente o pulso de Virgínia, a dona da festa, disse:

— Venham, quero lhes apresentar o meu marido.

Virgínia e Evângelo foram guiados por Michelle até a roda de amigos onde se encontrava Marcus Marsan, seu marido.

— Querido — chamou a esposa —, deixe-me apresentar um casal muito especial para você.

Visto que ele não ouvira suas palavras, Michelle levantou a voz e repetiu o que dissera.

Só então o homem voltou-se com um sorriso bonito florindo nos lábios.

A boca de Virgínia subitamente se abriu e fechou enquanto o horror tomava conta da sua face. Pensou estar tendo uma alucinação. Diante dela estava Fádrique Lê Blanc, com seus olhos cor de mar, seu nariz reto, impecável, a linha perfeita do queixo, os cabelos dourados, jogados para trás, e a testa bem-proporcionada.

Era ele próprio em vida, mas aquilo era impossível, totalmente impossível, porque Fádrique Lê Blanc estava morto, morto há mais de dez anos.

Capítulo 4

Virgínia por pouco não gritou. Suas pernas bambearam. O ar lhe faltou. Se Evângelo não tivesse sido rápido, amparado em seus braços, ela teria ido ao chão, quando perdeu os sentidos.

Diante do acontecido, Michelle fez sinal para que Evângelo levasse a esposa até um cômodo ali perto, despido de pessoas, onde ela poderia se recuperar do súbito mal-estar.

— Deite-a no sofá, por favor. — pediu a anfitriã assim que entraram no aposento.

Evângelo imediatamente atendeu seu pedido. Deitou Virgínia inconsciente em um dos sofás que havia ali e começou a abaná-la com um dos leques providenciados pela dona da casa.

Em seguida, Michelle pediu licença para ir providenciar um copo de água para Virgínia. Atravessava a porta, quando encontrou o marido chegando ali.

— Ah, meu bem, achei melhor trazê-la para cá. Vou pedir aos criados que providenciem um copo de água para ela.

— Ah, sim... — concordou Marcus Marsan, atrapalhando-se um pouco com as palavras. — Vá mesmo, querida. E... não demore.

Ela sorriu para ele, beijou-lhe os lábios e seguiu seu destino.

Marcus então respirou fundo e adentrou o recinto. Ao avistar Evângelo abanando a esposa, sua alma gelou.

— Olá... — disse, com voz acuada. — Como ela está?

— Ainda inconsciente. — respondeu Evângelo visivelmente transtornado com aquilo. — Não sei o que deu nela. Estava tão bem e, de repente, isso.

172

— Nós, humanos, somos mesmo imprevisíveis.

— Isso é verdade.

— Você é o marido dela?

— Sim.

— O pintor que minha esposa tanto elogiou?

— Receio que, sim. Desculpe-me, mal pude cumprimentá-lo àquela hora devido ao desmaio de Virgínia.

— Que é isso.

Marcus estendeu a mão para Evângelo e os dois trocaram um forte aperto de mãos.

— Evângelo Felician, a seu dispor.

— Marcus Marsan.

Marcus Marsan havia sido o nome que Fádrique adotou para poder esconder seu passado.

— Percebo que está transpirando um bocado... — comentou a seguir.

— Estou mesmo — confessou Evângelo, afrouxando o colarinho —, acho que é de nervoso.

— Vá, então, buscar uma bebida forte para você, eu fico aqui com sua esposa.

— Eu...

— Vá, por favor.

Evângelo acabou aceitando a sugestão mais pela eloquência do homem a sua frente do que propriamente pela necessidade da bebida.

Assim que ele deixou o aposento, Fádrique ajoelhou-se diante de Virgínia e tentou reanimá-la. Foi como que por mágica, bastou tocar a mão e sussurrar ao pé de seu ouvido: "Virgínia, acorde, por favor." que a moça despertou.

Imóvel, apenas seus olhos pareciam ter vida, concentrados no

173

homem curvado sobre ela, abanando seu rosto e dizendo com aquela voz tão sua:

— Acalme-se, Virgínia, por favor.

A rígida expressão de terror ficou por uns vinte segundos estampado no rosto da moça, que depois se descontraiu, ao ouvir o homem, que tanto amava, insistir:

— Respire fundo, Virgínia e relaxe.

Ela fez o que ele lhe pedia. Respirou fundo, com calma. Só então, todo o terror e o choque desapareceram do rosto da moça, como apagados por uma esponja.

— Fádrique... — suspirou ela, mergulhando seus olhos nos olhos azuis, lindos e profundos do moço.

— Isso mesmo, Virgínia. Acalme-se.

— Fádrique, é mesmo você? — tornou ela, pausadamente.

— Sim, Virgínia. Sou eu.

O rosto da jovem espelhou a ingênua perplexidade de uma criança.

— Eu e todos no povoado pensamos que você havia morrido. Jerônimo contou a todos que havia matado você durante a fuga.

— É uma longa história, Virgínia. Mas, por favor, não diga que me conhece, depois conversaremos a respeito, num lugar apropriado e explicarei tudo o que verdadeiramente aconteceu naquela noite. Você vai me entender, compreender por que nossos destinos se desprenderam um do outro.

— Está bem, meu amor. Faço o que você mandar.

Ele sorriu, levantou-se e afastou-se do sofá onde ela estava deitada, para um canto mais afastado da sala, para que ninguém os visse ali tão próximos e suspeitasse da ligação que os unira no passado.

Nem bem se afastou, Michelle entrou na sala acompanhada de uma criada carregando uma bandeja com uma jarra d'água e uma cestinha com pão, manteiga e geleia. Ao avistar Virgínia de olhos abertos, um sorriso bonito, de alívio floriu em seus lábios.

— Que bom, minha querida, que bom que você recuperou os sentidos. — disse ela, passando de leve a mão pela cabeça da amiga que tratou logo de se sentar.

— Não foi nada, apenas uma indisposição... — respondeu Virgínia, procurando firmar a voz.

— Acontece.

— Perdoe-me. Não queria atrapalhar sua festa.

— Que nada, minha querida. O importante é que você fique bem. Trouxe água e alguma coisinha para você forrar o estômago. O desmaio pode ter sido de fraqueza.

Só então Michelle avistou o marido em pé, parado no canto extremo da sala.

— Marcus?! — espantou-se ela. — Você aqui?!

Ele deixou o cigarro de lado, foi até a esposa e a abraçou.

— Oh, minha querida... — disse, amaciando a voz. — O marido de sua amiga estava suando tanto de nervoso que sugeri a ele que fosse buscar uma bebida forte e que jogasse uma água na face para se reerguer. O coitado ficou bastante abalado com o que aconteceu. Não é para menos... Eu também ficaria se o mesmo tivesse acontecido com a minha esposa. Para que tudo isso fosse possível, prontifiquei-me a ficar com Virgínia até que ele ou você voltasse.

— Você é sempre tão solícito, Marcus. Acho que essa é umas das qualidades em você que mais aprecio.

A esposa beijou o marido, voltou-se para Virgínia e disse com satisfação:

— Como pode perceber, Virgínia querida, eu também fui agraciada por Deus com um marido tão maravilhoso quanto o seu.

Aquelas palavras fizeram Virgínia engolir em seco e emitir um sorrisinho amarelo, trêmulo e inseguro.

A realidade que se descortinava a sua frente era por demais assustadora, percebia Virgínia naquele instante. Ao que tudo indicava, Michelle Marsan amava Fádrique Lê Blanc, vulgo Marcus Marsan, tal como ela o amava.

Quando Virgínia colidiu seu olhar com o de Fádrique, ela avistou o desespero se manifestando em seu interior, como um incêndio, sem ter chances de ser apagado e aquilo a preocupou, imensamente. Que situação! Por aquilo ela não esperava. E agora? De repente, ela se sentia presa dentro de uma casa, pegando fogo cujas portas e janelas estavam trancadas, impossibilitando de todos os modos sua fuga.

Virgínia quebrou o momentâneo silêncio, dizendo:

— É melhor eu ir. Antes que esse mal-estar volte.

Nisso, Evângelo voltou a sala e ao ver a esposa recuperada, alegrou-se:

— Ah, Virgínia, que bom... Que bom que você melhorou.

— Pois é, Evângelo, não sei o que deu em mim...

— Desculpe-me, minha querida. — intrometeu-se Michelle no pequeno diálogo do casal. — Será que esse mal-estar não é sinal de gravidez?

A sugestão deixou-a subitamente alarmada.

— Não! — exclamou, nervosa. — Não pode ser!

— Você tem certeza?

— Oh, sim.

— Absoluta?

Virgínia ficou sem palavras. Michelle continuou seguindo seu raciocínio:

— Mal-estar e desmaios repentinos podem indicar a vinda de um bebê, sim. Por isso... Aconselho-a procurar um médico, o quanto antes para tirar a cisma.

Virgínia corou. De repente, quis muito contar à mulher a sua frente o verdadeiro motivo que a fez desmaiar, mas conteve-se, em nome de Fádrique e do amor imenso que sentia por ele.

— Michelle, se não se importar, gostaria muito de ir embora, agora. Será que você pode pedir...

— Vou mandar o cocheiro levá-los agora mesmo, querida. Mas amanhã quero que procure um médico. Se precisar de uma carruagem para levá-la, cedo-lhe uma das minhas. Se precisar de companhia, vou com você. Se quiser que indique um médico, é só me perguntar.

Virgínia concordou com um meneio de cabeça e disse:

— Você é formidável, Michelle. Obrigada. Se eu precisar...

— Não hesite em me chamar, por favor.

Sem mais delongas, o casal Felician partiu.

Michelle teve a impressão de que assim que o casal se foi, o marido pareceu mais aliviado. Teria sido verdade ou mera impressão?, indagou-se. Uma cisma ficou a lhe cutucar a mente desde então.

Assim que a carruagem levando o casal Felician partiu da mansão do casal Marsan, Evângelo perguntou a esposa se ela estava se sentindo melhor.

— Sim. — mentiu ela. — Sinto-me bem melhor agora, Evângelo.

— Mesmo?

— Pode acreditar.

— O que houve? Por que passou mal?

— Sei lá... achou que foi apenas uma indisposição.

— Seria melhor você aceitar a sugestão de Michelle.

— O que foi mesmo que ela sugeriu?

— Que procurasse um médico. Levantou a hipótese de você estar grávida.

— Eu, grávida? Não. Não mesmo.

— Em todo caso seria melhor consultar um.

— Se eu tiver outro desmaio marcarei uma consulta. Pode ficar tranquilo.

Mas Evângelo não ficou, preocupava-se com ela, só sossegaria quando ouvisse da boca de um médico que ela estava bem de saúde.

As palavras de Michelle voltaram a ecoar em sua mente:

"Será que esse mal-estar não é sinal de gravidez? Mal-estar e desmaios repentinos indicar a vinda de um bebê. Por isso... Aconselho-a procurar um médico, o quanto antes para tirar a cisma."

Estaria Virgínia grávida dele, poderia ser, haviam feito amor naquele dia, um ato de amor do qual ele jamais se esqueceria. Evângelo dormiu aquela noite, torcendo para que Michelle insistisse com Virgínia para que consultasse um médico, acreditava que se ela insistisse, Virgínia acabaria visitando um, com certeza.

Adormeceu pensando também na alegria que seria para ele ter um filho com a mulher amada. Um desejo antigo, muito antigo, desde o tempo em que se percebeu apaixonado por ela.

Virgínia, por sua vez, dormiu pensando no reencontro com Fádrique naquela noite. Nas palavras que ele lhe disse.

Aquilo tudo não fazia sentido, nem um pouco, afinal Jerônimo jurou a todos que havia matado o prisioneiro fugitivo; até onde soubesse nunca fora de mentir. Se mentiu, restava saber o porquê. Não demorou muito que a resposta viesse ao encontro dela.

"Para que não passassem vergonha!", exclamou, em silêncio. "Seria uma vergonha para ele e os demais terem deixado um prisioneiro fugir de Écharde, algo que nunca acontecera desde que fora construída. Por isso ele inventou que havia matado Fádrique para poupar todos da vergonha e até mesmo do rebaixamento de posto."

O fato de Fádrique estar vivo explicava muita coisa: por isso seu corpo nunca foi encontrado no lago, porque nunca houve corpo algum. Por isso Jerônimo nunca mencionou as trouxas de roupa, com pão e água e o dinheiro que ela guardou para ele, deveria ter achado com Fádrique se o tivesse realmente apanhado, não mencionou porque nunca conseguira pôr as mãos nele, tampouco naquilo tudo. Como ela foi estúpida, recriminou-se Virgínia com ódio da sua pessoa. Ela deveria ter percebido tudo aquilo antes, muito antes, assim, teria evitado todos aqueles anos de árduo sofrimento.

Restava saber agora como Fádrique faria para ter uma conversa a sós com ela. Mas ele daria um jeito, que fosse logo, antes que ela morresse de ansiedade.

❦

Naquela mesma noite, ao término do baile, Michelle Marsan comentou com o marido o que há muito formigava sua língua:

— Pobre mulher, ela teve um choque quando o viu.

O comentário espantou o marido.

— Não foi por minha causa, que ela passou mal, Michelle. De onde foi que você tirou essa ideia?!

— Dos olhos dela, esbugalhados, de seu queixo caído.

— Você não pode estar falando sério! Você não acredita mesmo que isso seja verdade, acredita?

Michelle se sentou no braço da poltrona e continuou a examinar o marido com atenção. Ela o encarava com um olhar tão perscrutador, tão estranho, que o deixou, sim, extremamente desconfortável.

179

— Por que me olha assim, Michelle?

— De onde você a conhece, Marcus?

— Do quem está falando?

— Você sabe bem, não se faça de desentendido. Falo de Virgínia Felician.

— De nenhum lugar, Michelle! Por que pensou que eu já a conhecia?

— O modo como se olharam, como se falaram...

— Quis ser simpático com sua amiga, só isso.

— Foi mais do que isso, Marcus.

— O que deu em você, Michelle? Você nunca foi ciumenta assim antes.

— Não é ciúme...

— O que é, então?

— Não sei definir.

Marcus apagou o cigarro no cinzeiro, foi até a esposa e com um único e hábil movimento, afastou os cabelos negros que escondiam o rosto dela e a beijou.

— Eu a amo, Michelle, você sabe, não sabe?

— Sim, Marcus, eu sei.

— Acho bom saber mesmo.

Ele se afastou, ficou calado por um momento e depois começou a gargalhar, uma gargalhada gostosa, solta. Michelle olhava agora muito admirada para o marido. Ele logo lhe explicou por que ria tão espalhafatosamente assim:

— Só você mesma para pensar que eu conheço a esposa do pintor... Como, de onde?

— Eu sei muito pouco sobre o seu passado, Marcus. — respondeu Michelle, inesperadamente.

Marcus Marsan cortou o riso ao meio, encarou a esposa

seriamente por uns segundos e depois riu novamente.

— Você sabe tudo sobre o meu passado, meu bem. Não seja injusta.

Michelle, um pouco embaraçada, respondeu:

— Eu sei, você me disse, mas pouco me contou sobre as mulheres com quem se envolveu. Deve ter havido muitas delas, não?

— Existiram...

Ela o cortou, rispidamente:

— É lógico que houve, lindo como é...

— O passado não importa, Michelle, o que importa é que eu sou seu, somente seu, e de mais ninguém. Todas as mulheres do mundo podem me querer, mas eu sou somente seu. Disso você pode ter certeza. Agora, com licença, vou ver se meus filhos queridos estão dormindo tranquilamente.

— Vou com você.

No quarto dos filhos, olhando para os meninos adormecidos, cada um em uma cama, Marcus repetiu para a esposa o que ele não se cansava de falar:

— Eu amo os meus filhos, Michelle. Amo muito. Por eles sou capaz de qualquer coisa na vida. Qualquer coisa...

— Eu sei, você já me disse.

— Obrigado, muito obrigado mesmo por ter me dado filhos tão lindos e tão perfeitos.

— Eu também tenho de lhe agradecer por isso, Marcus.

Ele virou-se com os olhos cheios d'água e a beijou. Quando recuou o rosto lágrimas e mais lágrimas riscavam a sua face, linda e única.

Capítulo 5

No dia seguinte, por volta das dez da manhã, Virgínia recebeu em sua casa um mensageiro.

— Pois não?

— Trago esta mensagem para a senhora Virgínia Accetti. — respondeu o homem com eficiência e polidez.

— Sou eu.

— Aqui está. Passar bem, senhora...

— De quem é?

O mensageiro não respondeu, já seguia apressado pela calçada. Virgínia abriu o recado, com certo cuidado, sem pensar em momento algum que fosse de Fádrique...

"Querida Virgínia, precisamos nos falar. Vá ao endereço abaixo hoje, por volta das duas da tarde onde terei a oportunidade de esclarecer o porquê nossos caminhos se desencontraram no passado. Aguardo por você, ansiosamente. Com carinho: Fádrique Lê Blanc."

Como ele havia conseguido seu endereço?, indagou-se. Deduziu que bastaria ir até a capela onde Michelle certamente lhe disse que a conhecera com Evângelo e pedir seu endereço. Deve ter pedido a alguém que fizesse isso por ele.

Bem, à hora marcada ela chegaria ao local, sem atraso, para o encontro tão aguardado. Mal podia esperar para se ver frente a frente com o homem por quem morria de paixão. Virgínia mal almoçou direito naquele dia, a ansiedade não lhe permitia. Banhou-

182

se com muito esmero para que ficasse limpa e perfumada para o encontro. Queria surpreender Fádrique, da forma mais bonita.

Já estava de saída quando ouviu um toque na porta. Ao abrir, chocou-se ao ver Michelle Marsan parada ali.

— Virgínia?! — disse ela no seu tom bonito e calmo de se expressar. — Vim ver como está passando.

— E-eu...bem... estou muito bem... — gaguejou Virgínia, sentindo-se encurralada.

— Assustei você? Desculpe-me...

— Não, que nada... Não foi nada...

— Quero levá-la ao meu médico para fazer uma consulta.

— Não é preciso.

— Faço questão.

— Eu estava de saída...

— É mesmo? Então terei prazer em levá-la de carruagem ao seu compromisso. Não é bom que fique andando por aí depois do mal-estar de ontem.

— Pois é... foi exatamente isso que me fez acabar desistindo do meu compromisso. Achei melhor deixar para outro dia até que me sinta totalmente recuperada... mesmo porque não é nada importante.

— Isso mesmo. Importa-se de eu entrar um pouquinho?

— Entrar?! Não... de forma alguma. Fique à vontade.

Michelle entrou, tirou as luvas e se sentou ao sofá.

— É uma casa muito agradável.

— É, não é?

Virgínia estava totalmente aturdida. A fim de se acalmar, pediu licença a amiga para preparar um chá.

— Não é preciso. — agradeceu Michelle.

— É preciso, sim. — respondeu seguindo em direção à cozinha.

Lá, longe dos olhos da mulher, Virgínia escorou-se contra a

parede e respirou fundo. Seu coração estava tão acelerado que teve medo de que explodisse em seu peito. Que situação, murmurou em silêncio. E agora? Fádrique está me esperando... Se eu não aparecer vai pensar que não quis ir ao encontro, que estou evitando-o. Depois vai ser difícil marcar outro encontro com ele...

Cinco minutos depois, voltava à sala levando consigo uma bandeja com um bule e xícaras.

— O aroma do chá está delicioso. — elogiou Michelle.

Virgínia agradeceu. Estava enchendo a xícara da amiga quando avistou a mensagem que Fádrique havia enviado para ela, sobre a mesinha de canto próximo ao sofá. Apesar de estar a um metro e meio de distância de onde Michelle estava sentada, ela, se fosse curiosa, poderia ter muito bem apanhado o bilhete e lido. Não saberia que Fádrique era Marcus Marsan, pois seu nome verdadeiro ela deveria desconhecer, mas poderia reconhecer a letra do marido e com isso complicar ainda mais as coisas para eles.

As duas mulheres saborearam o chá, calmamente. Entre um gole e outro, Virgínia elogiou o baile na casa da amiga.

— Com sinceridade, jamais pensei que acontecesse na face da Terra, um baile tão luxuoso como o que presenciei em sua casa ontem à noite.

— Bondade a sua.

Minutos depois, Michelle dizia:

— Eu já vou indo, querida. Acho melhor deixá-la só, você me parece abatida, seria bom mesmo que descansasse o resto da tarde. Mas amanhã pela manhã mandarei o cocheiro vir apanhá-la aqui, por volta das nove, para ir à consulta que marcarei ainda hoje para você no meu médico. Não aceito não como resposta.

— Não é preciso, Michelle...

— É preciso, sim... você é nova na cidade, não conhece

184

quase ninguém, é justo que alguém a ajude neste momento.

— Eu agradeço muito a sua gentileza, Michelle. Muito mesmo.

Virgínia acompanhou a mulher até fora da sua casa e assim que a carruagem partiu, correu para dentro da casa, ajeitou-se novamente em frente ao espelho, pegou a mensagem com o endereço e partiu. Meia hora depois chegava em frente ao local. Foi recebida à porta, por uma moça, que rebolava intensamente ao andar, percebeu ela, quando fora conduzida através de um corredor estreito até um pátio que dava para uma pequena escadaria.

— É por ali. Suba e procure o quarto de número quatro.

No alto da escadaria, fechando o lado direito do corredor, havia uma porta com uma argola de bronze que a moça fez soar.

A porta abriu-se tão depressa, que Virgínia teve a impressão de que Fádrique estava por detrás à espera.

— Por que demorou? Estou ansioso para lhe falar.

Virgínia abriu a boca e fechou-a novamente. Ele queria fazer tantas perguntas de uma vez que achou difícil saber por onde começar.

Houve um momento de silêncio, enquanto ele dirigia-lhe um olhar penetrante e ela olhava-o com infinita bondade.

Por fim, ele começou a andar pelo quarto, com a testa franzida, as mãos correndo pelos cabelos até a nuca, revelando a profunda inquietação que abatia o seu interior.

Os lábios do homem estupidamente lindo contraíram-se por um instante num sorriso e só, então, falou:

— Meu Deus, como eu sonhei com esse momento, Virgínia. — desabafou. — Você não faz ideia o quanto eu quis reencontrá-la.

De repente, ele parou, escondeu o rosto entre as mãos e rompeu-se em lágrimas. Escorou-se contra a parede enquanto chorava como uma criança desesperada. Parecia tentar conter o pranto, mas por mais que tentasse, não conseguia.

Virgínia assistia à cena, também derramando-se em lágrimas. O nervoso e a emoção por tudo aquilo faziam com que ela torcesse e retorcesse uma prega da fazenda de seu vestido.

— Eu preciso lhe contar tudo o que me aconteceu naquela noite, depois que fugi de Écharde, Virgínia. Tudo! — disse ele, enfim, parecendo ter finalmente assumido o controle sobre sua emoção.

Ele tomou ar, procurou firmar a voz e prosseguiu:

— Foi horrível, meu amor. Horrível. Por pouco não acabei com uma bala na nuca. Naquela noite, como havíamos combinado, abri a cela com a chave que você havia roubado de seu irmão, com o máximo de cuidado para não fazer barulho e me esgueirei para fora das dependências de Écharde.

Posso dizer que caminhei nas pontas dos pés por receio de que algum guarda ou carcereiro tivesse se atrasado para o jantar e com isso pudesse me ver fugindo. Por sorte, não encontrei ninguém pelo caminho que pudesse atrapalhar a fuga. Todos deveriam estar mesmo no refeitório da prisão, jantando.

Quando ganhei o ar, corri, como um louco na direção que você me apontou no mapa. Logo eu cheguei à cadeia de árvores que você havia mencionado e encontrei o cavalo que você havia deixado preso ali para a minha fuga.

Montei o animal e segui na direção do lago para tomar o banho que me aconselhou. Lá, o prendi num tronco de uma das árvores nas imediações, despi-me e entrei na água. Lavei-me com vontade com a bucha e o sabão deixados junto à trouxa de roupa. Eu queria, naquele momento, não só tirar de mim a sujeira, mas também as marcas e as lembranças horríveis, se é que isso seria

186

possível, do que vivi naquele lugar tenebroso. Fiz a barba, com muito tato, então me enxuguei e vesti as roupas que havia na trouxa.

A seguir, dei água para o animal, montei-o e parti para o local que havíamos combinado de nos encontrar. Estava ansioso para fugir dali, com você, o mais rápido possível. Para que pudéssemos nos casar e começar a vida que tanto sonhamos viver lado a lado.

Foi então que o inesperado aconteceu. O demônio do Jerônimo voltava do vilarejo vizinho pela estrada que liga os dois vilarejos. Eu só o reconheci quando passei por ele, a toda. O demônio deve ter achado muito estranho alguém, àquela hora da noite, correndo desembestado a cavalo como se fugisse.

Cheguei a pensar que ele não teria tempo de me reconhecer, primeiro por eu estar de rosto escanhoado e bem vestido; segundo, por eu passar por ele feito um raio, o que o impossibilitaria de se ater a detalhes e terceiro, por estarmos apenas sob a luz do luar.

Infelizmente, o desgraçado me reconheceu e partiu desembestado ao meu encalço. Ao perceber, estremeci. E passei a exigir o máximo do animal, eu só tinha uma coisa em mente, escapar, não podia voltar para Écharde em hipótese alguma.

Meu desespero se agravou quando comecei a ouvir tiros. O demônio havia sacado a arma e agora começava a atirar na minha direção. Temi que uma das balas acertasse o cavalo e me levasse ao chão. Ainda que conseguisse fugir dele, correndo, teria de andar um bocado para conseguir um outro animal.

Temi também que se uma bala me acertasse, minha fuga estaria totalmente fadada ao fracasso. Naquele momento implorei a Deus para que nenhuma das possibilidades acontecesse. Eu não queria voltar para Écharde. Não era justo um inocente como eu morrer naquele lugar por um crime que não cometera. Por isso me prendi

187

a um único pensamento naquele instante: Deus. Nada mais!

Na correria o mapa que você havia me dado escapou da minha mão. Não percebi na hora devido ao meu desespero. Quando dei pela falta já não sabia precisar mais em que lugar havia caído para que eu pudesse localizá-lo.

Levei alguns minutos para perceber que corria em vão, pois Jerônimo já não seguia mais ao meu encalço. No mínimo havia voltado para Écharde para buscar reforços. Quando lá, verificariam a minha cela e confirmariam definitivamente que havia sido eu quem fugira. Tornar-se-ia fácil, então, localizar-me. Era só perguntar em qualquer vilarejo por um moço com a minha descrição. Por isso eu tinha de ganhar dianteira, se quisesse escapar.

Estava desesperado, não só pelo medo de ser apanhado novamente, mas por não saber mais aonde a encontrar, meu amor. Qualquer morador do povoado conhecia a região muito bem, não eu que nunca saíra de Écharde para nada.

Restou-me apenas chorar a minha desgraça.

Perguntei aos céus, o que fazer? Eu tinha de lhe avisar. Deveríamos ter planejado um plano alternativo caso algo desse errado durante a fuga. No entanto... Foi um lapso da nossa parte não termos feito um plano B de fuga. Deveríamos ter marcado um outro lugar para nos encontrarmos. Foi lastimável perdê-la, Virgínia.

Segui caminho me prometendo voltar para o povoado perto de Écharde para buscá-la. Apesar do medo de ser preso novamente eu teria de arriscar. Mas confesso que o medo foi mais forte do que eu. Como poderia entrar num vilarejo sem chamar atenção dos moradores? Qualquer estrangeiro ali chama a atenção de todos na mesma hora. Com os guardas morando ali, um deles logo me reconheceria. Meu rosto é bem marcante, você sabe... Como eu poderia me aproximar da sua casa com seu irmão morando lá?

Assim que me visse me prenderia no mesmo instante.

Fiquei entre a cruz e a espada. Certo de que pagara muito mais caro do que pensei para fugir de Écharde, pois perder a mulher que amava, você, foi um preço muito caro para mim, para reconquistar a liberdade.

Ele tomou ar, enquanto as lágrimas se intensificaram no rosto de ambos. Um minuto depois, ele continuou com voz embargada:

— Com o dinheiro que você havia deixado para a nossa fuga, consegui chegar a Milão, hospedar-me em uma pensão até conseguir um emprego num açougue. Foi no meio de tanta dor e solidão que eu conheci Michelle. Ela se encantou por mim e quis saber a razão por tanta tristeza estampada em meu rosto.

Eu tive de mentir, Virgínia. Algo que eu sempre abominei fazer. Acho uma total falta de caráter e brio quem mente, até mesmo quem diz uma simples mentira. Mas temi que se eu lhe contasse a verdade a meu respeito, ela me entregaria às autoridades, não a conhecia direito, não sabia até aonde podia confiar nela.

Ele riu:

— Engraçado, em você eu sempre soube, desde o primeiro momento em que a vi, que eu poderia confiar em você em todos os sentidos. Com Michelle, até hoje, é diferente.

Por outro lado é uma mulher muito dedicada a mim, muito generosa, conseguiu-me um emprego maravilhoso, apresentou-me à sociedade, sou muito grato a ela por tudo... Além do mais me deu dois filhos lindos, filhos que amo de paixão, por quem sou capaz de fazer qualquer coisa, entende? Qualquer coisa...

Novamente o choro interrompeu sua fala. Foi visível o esforço que ele fez para continuar seu relato:

— Só há um problema com Michelle, Virgínia. Ela não é você. Se fosse, seria perfeita.

Os lábios de Virgínia tremeram, arroxearam, o amor e o desespero agora se entrelaçavam em seu interior. Num tom lacrimoso, ele perguntou:

— Compreende agora por que eu vim parar aqui, casei-me e tive filhos? Foi porque não tive outra escolha, Virgínia, juro que não tive, foi o destino quem nos separou.

Ele caminhou até ela e com um único e hábil movimento, afastou os cabelos que caíam sobre seu rosto e pediu:

— Olhe para mim, Virgínia. Por favor.

Ela, trêmula, atendeu seu pedido, vertendo lágrimas.

— Eu sofri tanto, Fádrique. — desabafou. — Tanto por pensar que havia morrido.

— O importante é que estou vivo, meu bem. Vivo. Não é maravilhoso? E tudo graças a você.

— Eu quase morri de desgosto por pensar que tinha morrido.

— Eu faço ideia. Mas procure ver o lado bom de toda esta história: estou vivo, nos reencontramos e isso é maravilhoso.

Aquilo, indubitavelmente, era um fato pelo qual ela deveria realmente sentir orgulho. Após breve pausa, perguntou:

— Agora me diga, por que todos no povoado pensaram que eu havia morrido.

— Porque Jerônimo contou a todos que o havia matado durante a fuga.

— Contou?! Por que se era mentira?

— Ora, Fádrique, é fácil de se compreender por que ele mentiu. Jerônimo jurou a todos que o havia matado porque seria uma vergonha para ele e os demais terem deixado um prisioneiro fugir de Écharde, algo que nunca acontecera desde que a prisão fora construída. Deve ter temido também que ele e Eliéu perdessem o posto que haviam conquistado com muito esforço e que perdessem, até mesmo, o emprego.

190

Fui tola em não perceber isso antes, afinal, a história dele tinha vários pontos que não se encaixavam. Por exemplo, seu corpo nunca foi encontrado no lago onde ele disse tê-lo baleado quando tentava atravessá-lo a nado. Por isso ele nunca mencionou as trouxas de roupa, com pão e água e dinheiro que deixei para você junto ao cavalo; se o tivesse realmente capturado teria encontrado tudo isso e falado a todos a respeito.

Ele fez ar de quem diz: "é verdade..."

— Fui mesmo muito estúpida. — recriminou-se Virgínia mais uma vez. — Eu deveria ter percebido tudo isso antes, muito antes. Assim teria evitado anos e anos de árduo sofrimento.

— Não se culpe mais, meu amor, por favor. De que adianta se culpar?

— Você tem razão, Fádrique. De que adianta se culpar?

Ele sorriu para ela, ela retribuiu o sorriso, só que embotado de tristeza e amargor e declarou:

— Nós não tivemos sorte mesmo, Fádrique. O nosso plano saiu todo errado. O nosso casamento não aconteceu. A vida que tanto sonhamos viver lado a lado não se concretizou... Eu pedi tanto a Deus que nos ajudasse.

— Fizemos de tudo para que o nosso plano desse certo, Virgínia. Se não deu, não foi por nossa culpa.

— Agora você está casado com uma outra mulher, tem dois filhos com ela...

— Sim. Mas já expliquei os meus motivos.

— E quanto a nós, Fádrique? Nós?

O desespero na voz dela tornou-se assustador.

— Você também está casada, Virgínia... — respondeu ele, com certa insegurança na voz.

— Casada e infeliz. — redarguiu ela de imediato. — Eu não amo o meu marido, Fádrique, nunca o amei; ele, sim, sempre gostou de mim, mas eu... Casei-me com ele para ter um porto seguro. Por ver nele a possibilidade de vir para cá e lhe fazer justiça.

— Justiça?! C-como assim?

— Eu prometi a você, ao pensar que estava morto, que não sossegaria enquanto não fizesse justiça em seu nome. Enquanto não descobrisse o verdadeiro assassino de Fida Moulin e o pusesse atrás das grades, para pagar pelo que fez à moça e por ter se calado ao vê-lo pagando por um crime que não cometeu.

— Você se casou por isso?

— Sim, Fádrique. Somente por isso.

— Estou admirado com a sua determinação, jamais pensei que...

— E quanto a você, Fádrique? O que fez desde então para provar a sua inocência?

— O que poderia fazer eu, Virgínia? Infelizmente nasci com um rosto muito marcante. Quem me viu uma vez, especialmente as mulheres, raramente me esquecem. Se eu voltasse ao país onde ocorreu o crime seria certamente reconhecido e levado de volta a Écharde ou para qualquer outra prisão do gênero. Por isso tive de abandonar a ideia de fazer justiça a meu nome.

— Você tem razão, seria perigoso mesmo.

— Por isso deixei o cavanhaque crescer, na esperança de confundir quem, por acaso do passado, cruzasse meu caminho nos dias de hoje.

— Até mesmo de barba, Fádrique eu seria capaz de reconhecê-lo.

— Você, certamente, Virgínia.

Fez-se uma breve pausa até que ela perguntasse:

— E quanto a você? Você ama Michelle?

— De certa forma, sim, Virgínia. Ela é boa para mim, uma excelente esposa e uma excelente mãe para os meus filhos. Mas certamente jamais a amarei como amei você, ou melhor, como ainda a amo.

— Você ainda me ama, realmente?

— Sim, Virgínia. Eu nunca deixei de amá-la.

A declaração tornou a tirar lágrimas da mulher apaixonada.

— Por que não teve filhos, Virgínia? — perguntou ele no minuto seguinte.

— Porque sonhei tê-los com você, Fádrique.

— Oh, Virgínia, eu sinto muito.

— Eu o amo tanto.

— Eu também a amo. E é em nome do nosso amor, do amor mais bonito e profundo que existe, que eu lhe peço, na verdade, imploro, aceite o que a vida fez de nós.

O pedido a fez prensar a mão contra o peito.

— Você quer dizer...

— Pelos meus filhos, que são tudo para mim, eu não posso me separar de minha esposa.

Ela mordeu os lábios e, com grande dificuldade, disse:

— Como fico eu, agora, Fádrique? Você tem filhos, um trabalho bom... Eu não tenho nada.

— Você ainda me tem, mas como amigo. Um amigo para o que der e vier.

— Isso não é justo.

— Desde garotinho que sei muito bem que a vida não é justa, Virgínia. Que nunca conseguimos tudo que queremos. Feliz daquele que consegue pelo menos um terço.

— Eu não queria que a nossa história terminasse assim. Não mesmo.

— Nem eu, mas o que se há de fazer se a vida quis assim?

— Você tem razão.

Fez-se uma nova pausa, em que o quarto do bordel ficou em

193

profundo silêncio, um silêncio desconcertante, tenso e triste. Foi Fádrique quem voltou a falar:

— Soube que você e seu marido logo voltarão para o povoado, é verdade?

— Sim, assim que ele terminar a capela.

— Pois bem, podemos nos encontrar aqui, se você quiser, para conversarmos, trocarmos ideias.

Ela pareceu não ouvi-lo pois suas palavras a seguir não condiziam com as dele.

— Eu quis mais do que tudo na vida que você me fizesse mulher, Fádrique. Que me mostrasse o amor na sua mais divina expressão carnal...

Ele não a deixou terminar de falar. Levou a mão até seu rosto, massageou sua bochecha e subitamente a beijou, quente e ardentemente.

O beijo fez Virgínia se esquecer de tudo mais ao seu redor, de tudo que viveu naqueles dez anos longe de Fádrique. Ela só queria naquele instante se entregar a ele e amar, amar até se cansar.

— Oh, Fádrique eu não sei se isso é certo, mas eu quero você.

— Eu também, Virgínia. Muito.

— Eu esperei tanto por isso...

— Não fale mais nada, apenas se entregue a mim...

Ele levou seus lábios até os dela e os beijou, a princípio com delicadeza, depois, com voracidade. Era a primeira vez em que eles se beijavam, finalmente, sem que nada se interpusesse entre os dois, nem grades, nem o medo de serem pegos por um guarda ou carcereiro de Écharde.

Virgínia suspirou, emocionada, com o coração batendo a mil em seu peito. Deus, como ela havia esperado por aquele momento tão íntimo entre os dois. Mais de dez anos, dez longos anos...

Fádrique então cravou as mãos nos cabelos dela puxando seu rosto para trás para que ele pudesse beijar-lhe o pescoço de cima a baixo, intensamente.

O calor entre os dois se intensificou.

— Oh, Fádrique... — murmurou Virgínia em êxtase. — Como esperei por esse momento, meu amor... Como quis loucamente ser sua, inteiramente sua, para todo sempre.

Ele a silenciou beijando-lhe novamente os lábios de forma até abrupta. Ela se sentia dominada por ele, totalmente entregue. Então, ele a jogou na cama e começou a despi-la, depois deitou-se ao seu lado e começou a envolvê-la de carícias, entrelaçando seu corpo ao dela, dominando-a agora por inteira.

Virgínia sentia-se completamente envolvida por aquela sensação inexplicável que só se sente quando há uma entrega de corpo e alma para quem tanto se ama.

— É isso, Virgínia, não é? — murmurou ele enquanto deslizava a língua pelo seu corpo. — É isso que você tanto queria, não é mesmo?

— Sim, Fádrique. Ser sua, totalmente sua, somente sua.

— Agora você é minha, Virgínia. Totalmente minha. Só minha.

— Ah, Fádrique eu o amo tanto. Tanto...

Quando o ato de amor teve fim, os dois ficaram estirados sobre a cama, com os olhos presos ao teto, entregues ao silêncio e aos resquícios das ondas de prazer.

— Preciso ir. — disse Virgínia, levantando-se e começando a se vestir. — Evângelo logo estará em casa, não quero que me faça perguntas.

— Ele não pode saber da minha existência, Virgínia.

— Ele nunca saberá, fique tranquilo.

Depois de vestida, ela ajeitou o cabelo e o vestido em frente ao espelho e só então se deu conta de que Fádrique ainda permanecia largado sobre a cama, nu, parecendo ter se esquecido do mundo e de todos.

— Você não vai se arrumar?

— Vou, sim, daqui a pouco, para que a pressa?

— Você não tem medo que...

— Michelle suspeite de algo?

— Não. Costumo voltar para casa somente lá pela seis da tarde, portanto, ainda tenho tempo para ficar aqui *curtindo* esse momento tão bom...

Ele sorriu para ela, um daqueles sorrisos maliciosos de um homem para uma mulher. Ela devolveu-lhe um meio sorriso, amarelado e ligeiramente entristecido.

— Que pena... — murmurou ele. — Que pena que não poderemos ficar juntos, Virgínia. Planejamos tanto e... Vou guardar para sempre na memória esse nosso momento...

Os olhos dela encheram-se d'água. Então ele saltou da cama, foi até ela, prendeu seu rosto com as duas mãos e o beijou quente e ardentemente.

— Oh, Virgínia, você não faz ideia do quanto eu queria você em meus braços, entrelaçada ao meu corpo...

Virgínia, sem graça repetiu:

— Preciso ir, antes...

— Adeus, Virgínia.

— A... adeus, Fádrique.

Ao pousar a mão na maçaneta, ele acrescentou:

— Obrigado. Obrigado por tudo que fez por mim.

O sorriso amarelo tornou a aparecer em seu rosto antes de ela atravessar definitivamente a porta.

Fádrique então voltou a se esparramar na cama, acendeu um cigarro e ficou se asfixiando, com os pensamentos voltados para a moça que acabara de deixar o quarto, com quem tivera tanto prazer sexual.

Virgínia, deixou o lugar procurando acelerar os passos. Receou que alguém a visse ali e pensasse coisas indevidas a seu respeito. De repente, ela se sentia com uma prostituta ou uma amante partindo de um encontro com o amante, algo que nunca aprovou tampouco desejou para si.

Ao chegar a casa, surpreendeu-se ao encontrar Evângelo acabando de sair do banho.

— Evângelo?! — exclamou, assustada.

— Olá, Virgínia. Voltei mais cedo, estava preocupado com você, achei que seria melhor ter alguém aqui ao seu lado, caso passasse mal outra vez.

— Estou melhor, Evângelo. Não precisava ter se preocupado.

— Percebo que está, realmente. Caso contrário não teria saído.

Ela corou. Sentiu-se ainda mais sem graça diante dele.

— Você está bem?

O rosto dela tornou-se ainda mais vermelho.

— S-sim, estou sim... Por que não haveria de estar?

Prestando melhor atenção aos olhos dela, ele observou:

— Tem certeza? Parece nervosa, ansiosa... Aconteceu alguma coisa?

— Não... nada em especial.

Ele continuou olhando atentamente para ela que ficou momentaneamente paralisada diante dos seus olhos.

— Com licença, Evângelo, mas preciso me banhar.

Sem mais, passou por ele e deixou a sala.

O talentoso pintor ficou ali, pensativo, com algo se agitando em seu cérebro.

Capítulo 6

Na manhã do dia seguinte, por volta das nove, Virgínia despertou de seus pensamentos ao ouvir alguém batendo à sua porta. Quem seria?, indagou-se. Acordara indisposta a falar com qualquer pessoa...

Ao abrir a porta, surpreendeu-se ao encontrar o elegante cocheiro de Michelle Marsan parado ali.

— Bom dia, senhora. — disse o homem, polidamente. — Estou ao seu dispor.

Virgínia corou. Ela, definitivamente havia se esquecido do porquê de ele estar ali, a seu dispor.

— A consulta médica. — explicou o gentil funcionário ao perceber seu esquecimento.

— Consulta médica?! — murmurou, a mulher sem compreender.

Levou pelo menos um minuto para que se lembrasse de que Michelle havia lhe prometido que mandaria o cocheiro apanhá-la naquela manhã para levar ao seu médico, para uma consulta que ela própria marcaria.

— A consulta está marcada para às dez... — lembrou o homem, gentilmente.

— Ah, sim... estou terminando de me arrumar. — mentiu Virgínia, polida.

Médico..., murmurou para si mesma. Tudo o que ela menos queria era ir a um médico; não tinha nada, bem sabia, seu desmaio se dera pelo choque que levou ao ver Fádrique vivo na sua frente,

198

usando um outro nome. Se ao menos pudesse se explicar... Mas Michelle era a última pessoa do mundo que poderia sequer suspeitar daquilo.

Visto que seria muito desagradável não ir à consulta que a amiga marcara com tanto gosto, Virgínia vestiu rapidamente um dos vestidos lindos que a amiga recente havia lhe presenteado, ajeitou os cabelos, a maquiagem e partiu.

Diante do médico foi bastante honesta:

— Doutor, passei mal na festa porque reencontrei uma pessoa que por dez anos pensei estar morta. Foi por causa desse choque que perdi os sentidos.

O médico, muito gentil, mesmo assim a examinou e concluiu:

— De fato você me parece bem saudável. Só está ansiosa, visivelmente ansiosa e, eu diria até, ligeiramente nervosa... Nada que um bom chá calmante não resolva.

Virgínia acolheu a prescrição com um sorriso de compreensão e despediu-se do homem.

Assim que subiu na carruagem, o cocheiro a informou:

— Senhora. Madame Michelle me pediu para levá-la até sua casa assim que terminasse a consulta.

A informação pegou Virgínia desprevenida. Tudo o que mais queria naquele momento era voltar para a casa e ficar a sós com os seus pensamentos. A última pessoa que queria ver na face da Terra era Michelle Marsan. Não se sentiria bem diante dela, ainda mais depois de ter se deitado com seu marido.

— Senhora, a patroa disse que não aceita "não" como resposta. Que se sentirá muito ofendida se a senhora não aceitar o convite.

Sem ver outra escolha, Virgínia acabou cedendo.

Michelle Marsan, gentil e animada como sempre, recebeu-a em sua casa, transparecendo grande alegria.

A mão de Virgínia estava fria e trêmula quando foi envolvida pela a mão delicada e macia de Michelle. Ela inspirou e expirou fundo, lentamente, na esperança de se acalmar, mas foi em vão. A inquietude continuava a perturbá-la consideravelmente.

Assim que as duas mulheres entraram na mansão, Luigi e Oliver Marsan apareceram.

— Queridos, cumprimentem Virgínia Felician com a polidez que a mamãe tanto lhes ensinou.

Os dois meninos, sapecas, atenderam prontamente o pedido da mãe.

— Ela almoçará conosco hoje.

Os meninos deram sinais de profundo contentamento pelo fato e voltaram a brincar, correndo um atrás do outro pela casa.

— Luigi, Oliver! — alertou Michelle. — Cuidado com o pega-pega! Não vão se machucar.

Voltando-se para a convidada que ainda procurava desesperadamente relaxar diante de todo aquele imprevisto, Michelle acrescentou:

— Esses meninos são fogo.

Um daqueles sorrisos amarelos brilhou novamente na face de Virgínia.

Michelle então chamou pelo marido:

— Querido! Minha convidada para o almoço chegou!

Quando Fádrique Lê Blanc, vulgo Marcus Marsan, apareceu na porta que ligava a grande sala de estar à sala com lareira, Virgínia gelou, por pouco não perdeu os sentidos novamente.

— Ah... — murmurou Fádrique, visivelmente espantado em ver Virgínia ali —, é essa a amiga que vai almoçar conosco?

A esposa havia lhe dito que convidara alguém, mas jamais passou por sua cabeça que fosse Virgínia.

— Sim, querido. Virgínia Felician. Você se lembra dela, não? Do dia do baile...

— Sim, claro que me lembro. É a esposa daquele pintor que você admira tanto, não?

— Isso mesmo, meu amor.

Ele, um tanto trêmulo tomou a mão da visita, que também estava trêmula e fria e a beijou.

— É um prazer revê-la, Virgínia. — disse, olhando bem dentro de seus olhos.

Outro novo sorriso amarelo despontou na face pálida e assustada de Virgínia Accetti Felician.

— Seja muito bem-vinda a nossa casa. — acrescentou Fádrique adquirindo ares de rei.

— Virgínia, é mesmo o que se pode chamar de uma boa moça, meu amor... — elogiou Michelle num tom um tanto forçado. — Ela é uma criatura encantadora. Alguém raro de se encontrar nos dias de hoje.

— Pelo pouco que a conheço — respondeu o marido, denotando simpatia na voz —, deve ser mesmo.

O almoço foi servido quente e saboroso. Por sobre os pratos com comida fumegante Virgínia e Fádrique trocavam olhares. Ela se sentia tão constrangida diante daquilo tudo, que sua vontade era partir dali, o quanto antes, correndo desembestada para qualquer lugar que a distanciasse da situação mais hedionda que viveu em toda a sua vida.

O casal procurava integrar a moça em uma conversa agradável, descompromissada. Virgínia, por sua vez, procurava se manter natural diante deles, mas naturalidade era o que menos conseguia aparentar.

A presença dos dois garotos com seus divertidos comentários conseguia fazer com que ela relaxasse um pouco.

Após a refeição, Fádrique (Marcus) pediu licença à esposa e à visita para se retirar, tinha compromissos na tarde. Assim que se foi, Michelle convidou a amiga para degustar um delicioso chá preto.

— Preciso ir. — falou Virgínia, sem graça.

— Não antes de um bom chazinho. — redarguiu a anfitriã.

O chá foi feito e servido, quente e forte. Por sobre a xícara fumegante Michelle Marsan, olhando mais atentamente para Virgínia, comentou:

— Desculpe, minha querida, se a peguei desprevenida, mas queria muito passar esta tarde na sua companhia. Gosto de você, já deve ter percebido.

Virgínia exibiu mais um de seus sorrisos amarelos e tomou um novo gole de chá.

A anfitriã disse a seguir em meio a um profundo suspiro:

— Marcus também gostou muito de você.

O comentário por pouco não fez Virgínia derrubar a xícara de chá de suas mãos. O que Michelle disse a seguir a amedrontou ainda mais.

— Durante todo o almoço percebi que estava tensa. Foi impressão minha ou...

— E-eu, tensa?!

— Você mesma, o que me fez chegar à conclusão de que você ainda não se recuperou totalmente do que a fez desmaiar aquela noite aqui em casa.

— V-você acha, é?

— Por isso, estou contente por tê-la mandado para uma consulta ao meu médico, saúde é algo com que não podemos bobear.

Virgínia emitiu mais um daqueles seus sorrisos amarelos e constrangidos de sempre. Michelle tomou mais um golinho de chá e observou:

— Foi impressão minha ou você se sente constrangida na presença do meu marido?

A pergunta empalideceu Virgínia ainda mais.

— Confesso que me sinto constrangida na frente de pessoas que mal conheço. — mentiu ela. Foi a única resposta que encontrou dentro de si que acreditou ser convincente.

— Compreendo... — murmurou Michelle, enquanto dava mais golinho no chá sem tirar os olhos dos de sua convidada.

Diante da nova pergunta, Virgínia, surpresa, ficou quase sem ar.

— Foi impressão minha ou você já conhecia meu marido quando eu os apresentei?

— Seu marido?! — a pergunta saiu num tom alto demais, percebeu ela, procurando, imediatamente, abrandar a voz. — Foi impressão sua, querida. Nunca estive em Milão antes... Como poderia conhecê-lo?

— De algum lugar do passado. Talvez seus caminhos tenham se cruzado tempos atrás, antes de ele me conhecer e se casar comigo.

— Não, querida. Não, mesmo! Eu me lembraria dele, com certeza, se isso tivesse acontecido. Seu rosto é um rosto de homem muito raro de se ver, do qual jamais se esquece. Especialmente uma mulher.

Michelle concordou, bebericando novamente o chá.

— Seu chá, querida. Você mal o tocou, vai acabar esfriando.

— Sim, desculpe-me. — agradeceu Virgínia, começando a bebericar o líquido pelo qual havia perdido totalmente o interesse.

— Agora fale-me de você e da sua família. Adoro histórias de família. Quero saber também mais do lugar onde nasceu... como conheceu Evângelo...

Ela achou melhor falar. Quem sabe, abrindo-se um pouco com Michelle, conseguisse mudar a má impressão que estava passando desde que ali chegara.

203

Quando voltou para a casa, levada por uma das carruagens do casal Marsan, durante todo o trajeto, Virgínia só tinha um pensamento: o momento de amor que passou com Fádrique Lê Blanc na tarde do dia anterior. Aquilo não conseguia deixar de ocupar a sua cabeça.

Ao chegar na casa, entreteve seu tempo preparando o jantar para o marido. O que ela menos queria, era ficar parada, para não pensar em besteiras, aquelas que vinham perturbando a sua mente desde o intercurso com o homem por quem ela tinha se apaixonado perdidamente há quase onze anos atrás.

Quando Evângelo chegou, cumprimentou a esposa no seu modo discreto e afetuoso de sempre e comentou:

— O cheirinho está bom...

— Achei que estaria com fome, quando voltasse...

— E estou realmente. Estou com fome e exausto. Tanto que assim que eu terminar o jantar acho que vou desmaiar de sono. E seu dia como foi?

Virgínia, um tanto sem graça fez um resumo. Evângelo, com bom humor, brincou:

— Mas você não desmaiou novamente quando se viu de frente para o marido de Michelle Marsan, desmaiou?!

Virgínia enrubesceu.

— É claro que não, Evângelo! — respondeu secamente. — Meu desmaio nada teve a ver com...

— Estava apenas brincando com você.

Ela tornou a se avermelhar.

— Vou tomar um banho rápido e já volto.

— Está meio frio, é melhor eu preparar uma chaleira de água quente para você se banhar.

— Se não for incômodo...

— Incômodo algum.

Quando chegou ao banheiro para misturar a água que havia fervido com a água que Evângelo já havia posto na banheira para se banhar, Virginia encontrou o marido, despido, envolto apenas em uma toalha. Sem saber ao certo por que, ficou sem graça diante dele. Depois de misturar a água quente à água fria, comentou:

— Ainda está gelada. Vou ferver um pouco mais de água.

Ele, então, subitamente pousou a mão no ombro dela e agradeceu:

— Não é preciso.

O toque dele sobre a sua pele a fez sentir um calor diferente. Por uns segundos ela perdeu a fala e seus olhos ficaram presos aos dele.

Foi ele, com a pergunta seguinte, que a trouxe de volta à realidade:

— Virgínia, você está bem?

Ela despertou, enrubesceu e respondeu secamente:

— Sim, é lógico que sim. Por que não haveria de estar?

Ao voltar ao banheiro com a segunda chaleira de água fervendo, Evângelo já se encontrava dentro da banheira tomando banho.

— Você não esperou pela água.

Ele não respondeu a pergunta, apenas disse:

— Sabe o que estava me lembrando neste exato momento? Da época em que nós, toda turminha do povoado, nadávamos no lago no verão. Era tão bom...

Virgínia, voltando os olhos para o passado sorriu ao se ver menina ao lado dos amigos, brincando com a água, jogando-a uns nos outros. As palavras de Evângelo a seguir não foram ouvidas, pois ela se desligou totalmente do ambiente ao se concentrar nele, no seu perfil bonito, na sua costeleta bem aparada, na barba cerrada que cobria seu rosto, no seu pescoço longo, no pomode-adão protuberante.

— Virgínia! — chamou-a, pela terceira vez.

— Oi?! — despertou ela.

— A água... Deixe aí, por favor, que eu pego.

— Ah, sim.

Os olhos dela tornaram a ficar presos aos dele.

— É melhor você voltar para a cozinha antes...

Sua nova observação despertou a moça do novo transe.

— É verdade. Não demore, senão a comida esfria.

Durante o jantar, por mais que tentasse, não conseguia parar de olhar para o marido a quem tanto repudiara na vida. De repente, seus lábios ligeiramente carnudos nunca foram tão bonitos de se ver. Suas mãos, fortes, com dedos longos e vigorosos, também... Era surpreendente notar que tudo que ela achava feio em Evângelo tornara-se subitamente bonito. E a questão era: por quê? Por que ela agora o estava vendo com outros olhos? E a resposta era simples, até que muito simples: porque ela se decepcionara amargamente com o ato de amor entre ela e Fádrique. Nada durante o intercurso correspondeu as suas expectativas, nada a fizera se sentir mulher, linda e verdadeira como Evângelo a fizera na última vez em que se amaram.

Por mais que tentasse, não conseguia compreender por que o homem que tanto amava, a quem quisera loucamente se entregar não a tinha satisfeito no sexo como pensou que seria.

"Porque você estava nervosa!", concluiu Virgínia, minutos depois. Sim, só podia ser. De fato, ficara tensa desde que descobrira que Fádrique estava vivo, casado e com filhos. Ainda mais casado com Michelle, uma mulher que a tratava muito bem, que se preocupava com ela, que lhe era extremamente generosa. Por isso, não conseguira relaxar e aproveitar o ato em si.

206

Virgínia despertou de suas reflexões, ao sentir a mão grande e quente de Evângelo pousar sobre a dela, sobre a superfície da mesa.

— Você está tão distante, hoje...

Ela deu-lhe um meio sorriso e respondeu:

— Estou, não estou? Acho que...

De repente, sentiu vontade de contar ao marido a respeito de Fádrique. Contaria apenas que ele estava vivo, não que fosse o marido de Michelle. Evângelo nunca suspeitaria ser ele por nunca tê-lo visto antes. Todavia mudou de ideia quando a mão dele soltou a dela e disse:

— Acho que ainda sobrou um pouquinho de vinho, não?

— Acho que sim.

— Você me acompanha?

— Sim... acho que sim.

Virgínia dormiu aquela noite com os pensamentos se alternando entre Evângelo e Fádrique, nas surpresas que a vida estava lhe trazendo por meio dos dois.

❦

No dia seguinte, logo pela manhã, ela recebeu um novo recado de Fádrique entregue por um mensageiro.

"Preciso falar-lhe, urgentemente. Espero você às duas da tarde no mesmo local. Seu querido Fádrique."

Ao mesmo tempo em que se sentiu feliz com o bilhete, tornou-se apreensiva. Todavia, na hora combinada, lá estava, frente a frente com Fádrique Lê Blanc.

— Que bom que você veio, Virgínia. Tenho um pedido muito sério a lhe fazer.

— Sim, Fádrique, o que é?

— Peço-lhe encarecidamente que se afaste de Michelle.

— É ela quem me procura, toda vez, Fádrique.

— Eu sei, quando ela se interessa por alguém, quer que a pessoa faça parte da sua vida o maior tempo possível.

— O que posso fazer neste caso?

— Invente desculpas quando ela a convidar para alguma coisa, procure evitá-la de todos os modos. Tenho medo de que suspeite do nosso envolvimento no passado. Ela já anda cismada, acha que eu já a conheço do passado. Se Michelle descobrir o meu passado, estarei perdido. Talvez não acredite na minha inocência como você acreditou e, com isso, afaste os meus filhos de mim. Eu morreria se fizesse isso, porque os amo. Amo loucamente. Se ela me entregar à polícia, aí então nunca mais os verei.

— Pois não se preocupe, Fádrique, Michelle o ama e, por amá-lo, jamais faria uma coisa dessas com você, não faria nada também por você ser pai dos filhos dela.

— Não sei, Virgínia... As mulheres são imprevisíveis. Por mais que amem... São capazes muitas vezes de... Deixa *pra* lá.

Ele procurou sorrir, aproximou-se dela e mirando fundo em seus olhos a beijou.

Virgínia procurou relaxar, esquecer-se do mundo para que pudesse sentir o homem amado por inteiro, sem tensão.

— Eu gostei muito daquele dia... — murmurou ele puxando-a contra o seu peito.

— Eu estava tensa.

— Eu sei. Mas agora relaxe, chega de tensão.

O encontro terminou mais uma vez com os dois na cama.

Virgínia deixou o local sentindo-se suja por ter se deitado novamente com Fádrique. Apesar de os dois terem sido separados por fatalidades, ele era casado, pai de dois filhos, marido de Michelle que fora muito boa para ela... Aquilo não era certo, fazia-lhe muito mal.

Ao chegar a sua casa, escorou-se contra a porta e chorou sentida. Estava decepcionada consigo mesma por ter se prestado ao papel de amante e frustrada mais uma vez com o intercurso insatisfatório que teve com aquele que até então pensara ser o grande amor de sua vida.

Ao encontrar a camisa do marido para lavar, pegou-a e levou até o nariz para sentir seu cheiro. O cheiro de Evângelo provocava-lhe suspiros intensos. Seus olhos se fecharam e voltou à memória o ato de amor entre os dois naquela noite, após entornarem boas doses de vinho.

— Deus meu... — murmurou Virgínia. — O que está acontecendo comigo? Tudo que pensei, de repente, não é mais o que pensava.

Voltando os olhos para o pequeno espelho que mantinha dependurado em cima do console, ela declarou:

— Acabou, Virgínia. Sua história com Fádrique Lê Blanc acabou de vez. Ele é um homem casado, que não pretende nunca se separar da esposa por causa dos filhos. Você não nasceu, definitivamente para fazer o papel de amante e nem acha certo quem o faça. Por isso, afaste-se dele. Nunca mais o procure, enterre seus sentimentos por ele a 7 palmos abaixo da terra.

Virgínia suspirou decidida a acatar totalmente o conselho que dera a si mesma.

A moça estava tão aérea quando deixou o cafofo onde tivera mais aquele encontro às escondidas com Fádrique que nem percebeu que havia um rapazinho em frente ao local atento ao seus passos. Na verdade, ele ficara rente à porta do quarto, ouvindo o que se passava lá dentro. Seu nome era Gaetan e ele estava realmente fazendo o papel de espião; quem o contratara, ainda era um mistério.

~ CAPÍTULO 7 ~

Virgínia aguardava com o jantar pronto para pôr à mesa, quando o marido voltou para casa.

— Hoje estou deveras cansado. Acho que esse tempo frio nos deixa com vontade de dormir mais cedo, ficar mais tempo debaixo das cobertas, não?

— Acho que sim, pois também sinto o mesmo.

Prestando melhor atenção ao semblante da esposa, Evângelo perguntou:

— Como foi seu dia?

Ela gostava quando o marido demonstrava interesse pelo seu dia. Era bom saber que alguém realmente se importava com ela.

— Foi bom e o seu?

— Bom também. Quem diria que eu, um dia, fosse acabar trabalhando tanto com arte, como nos dias de hoje, hein? Justo eu, que fiquei por mais de cinco anos afastado dela...

— A vida dá voltas, Evângelo. Muitas, hoje sei, e nessas voltas as surpresas mais imprevisíveis acontecem.

Ele concordou com um sorriso, cansado. A pergunta dela, a seguir, surpreendeu-o de certo modo:

— Você não está com saudade do seu filho?

— Estou. Volta e meia me pego pensando nele. Deve estar grandinho...

— Antes, pelo que me dizia, você só se pegava pensando em mim.

Ele riu, avermelhando-se até a raiz do cabelo.

— Não é verdade? — brincou ela.

Ele respondeu que "sim", balançando a cabeça, rindo agradavelmente. Num tom maroto, Virgínia perguntou:

— Você sabia que todas as mulheres, jovens e velhas, solteiras e casadas do povoado consideravam você um dos homens mais interessantes para se casar?

— Jura? Exagero seu.

— Exagero nada. Elas sempre o admiraram pelo talento, pela doçura e por seu porte físico.

— Exagero delas...

— Você, coitado, não gostou de nenhuma delas, pobre Evângelo, foi gostar justamente desta otária aqui.

— Gostei mesmo, desde que era menino.

— Que loucura, não?

— O amor é muito louco, às vezes, e sempre...

Ela refletiu por uns segundos, voltou a olhá-lo, bem nos olhos e perguntou:

— A mulher com quem você teve filho, ela não despertou sentimentos mais profundos em você?

— Não, Virgínia. Não como você. Eu me envolvi com ela para tentar esquecê-la, tentar dar outro rumo a minha vida afetiva... Todavia, o tiro, mais uma vez, saiu pela culatra, pois como sempre, continuo ao seu lado.

Ela fez ar de pesar e após recolher os pratos da mesa e lavar a louça, foi se juntar ao marido na pequena sala da casa em que viviam. Ficaram ali, trocando ideias, quando subitamente ele a surpreendeu com uma pergunta inesperada:

— E se Fádrique, Virgínia, estivesse vivo? Se Jerônimo, na verdade, não o tenha matado, o que você faria?

— Ora, Evângelo, que pergunta... Eu...

— Se ele estivesse livre para você que viveu presa a ele, mesmo estando morto, durante os últimos dez anos de sua vida, você ficaria com ele?

— Se estivesse livre, Evângelo... Talvez... Depende...

— Depende?

Ela tornou a mergulhar fundo nos olhos do marido, levantou-se e disse:

— Vou arrumar sua cama. Passar o ferro sobre ela para deixá-la quentinha para você.

— Não é preciso.

A recusa, porém, foi ignorado por Virgínia.

Quando chegou ao seu quarto, a esposa estava curvada sobre a cama, fazendo o que prometera.

— Pronto. — disse ela, pondo o ferro em brasa num lugar apropriado. — Agora, sim, você vai dormir gostoso.

Ela passava por ele, em direção à porta, para deixar o cômodo, quando ele a segurou pelo braço, sorriu e agradeceu:

— Obrigado... foi muito gentil da sua parte...

Ao dar um beijo de agradecimento, em sua face, os lábios de ambos subitamente se encontraram e cederam ao desejo que gritava dentro de seus corações naquele instante. O beijo simples tornou-se um beijo intenso. Evângelo abraçou a mulher amada com seus braços viris enquanto suas mãos grandes e vigorosas massageavam as costas e os cabelos dela.

O clima entre os dois foi ficando cada vez mais romântico.

Quando ele recuou o rosto e mirou fundo os enormes olhos esverdeados dela, como se pudesse penetrar até o recesso de sua alma, Virgínia percebeu, de uma vez por todas, que era por aquele homem que ela nutria verdadeira paixão. E não mais por Fádrique Lê Blanc. Ele tornou a abraçá-la, enquanto sussurrava ao seu ouvido:

— Durma comigo, Virgínia, por favor. Não há nada melhor do que dormir juntinho de alguém que se quer bem numa noite fria de outono como esta.

A voz dele pareceu enfeitiçar a mente dela que deixou ser levada por mais um beijo, profundo, e depois para a cama onde ele a deitou e logo entrelaçou seu corpo ao dela e a envolveu de carícias, beijos e sussurros de amor e paixão.

O amor novamente explodia dentro deles como um vulcão, feroz e avassalador.

Sem pressa, ele começou a despi-la e, em seguida, a si próprio. Então puxou a coberta de retalhos sobre eles, abraçadinhos e novamente ambos se desligaram da realidade, entregando-se a mais um beijo, longo, profundo e apaixonado.

Nada mais era pensado, apenas sentido, sem reflexões, sem lógica.

Virgínia começou a ser envolvida então por aquela sensação indescritível de paz e prazer que só se sente quando dois corpos que se amam reciprocamente se unem. Ela então se entregou a Evângelo de livre e espontânea vontade, querendo-o mais do que tudo, tanto quanto o ar necessário para se manter viva.

Mais uma vez o sorriso se fez presente no rosto do moço. Um sorriso que continuou a manter Virgínia naquele mundo de sensações mágicas e puro glamour. Foi olhos nos olhos, admirando um ao outro, envoltos de paixão, que ambos adormeceram naquela noite.

E foi com os mesmos olhos que ambos saudaram um ao outro no dia seguinte quando despertaram, lado a lado, abraçados e quentinhos pela coberta. O café da manhã, naquela manhã, foi em meio a toques de mão, sorrisos e um bate-papo descontraído.

Naquele dia, quando Evângelo partiu para o trabalho, Virgínia disse que iria junto, ficaria na capela, fazendo seus bordados enquanto ele pintava. Ele, obviamente, amou a ideia.

De repente, misteriosa e surpreendentemente o que Virgínia Accetti menos queria na vida era se distanciar de Evângelo Felician, o homem por quem sentiu tanta repugnância no passado.

Duas semana depois...

Fádrique/Marcus Marsan tomava um tardio café da manhã com a esposa quando um criado entrou no aposento informando que havia alguém à porta, querendo falar com o patrão.

— Do que se trata? — estranhou Fádrique, visivelmente aborrecido pela interrupção.

— Ele não disse, senhor. Apenas falou que se trata de algo do seu interesse.

O cenho de Fádrique se fechou ainda mais.

— Querido... — opinou a esposa — se não se sente disposto para receber o visitante agora, peça-lhe para voltar mais tarde.

— É uma ótima ideia, Michelle.

O criado estava prestes a passar o recado adiante quando Fádrique mudou de ideia:

— Pode deixar, vou atendê-lo agora mesmo. Afinal, não custa nada, não é mesmo?

Após beijar a esposa na testa, o marido encaminhou-se até a porta onde um homem, maltrapilho, por volta dos quarenta anos de idade aguardava por ele.

— Pois não?

— Senhor Marsan?

— Eu mesmo. Em que posso ajudá-lo?

— Mandaram entregar isso para o senhor.

Ao ver o envelope preso entre os dedos grosseiros do estranho,

Fádrique perguntou imediatamente:

— Quem mandou?

— Não sei não, meu senhor.

— Como, não sabe?

— O bilhete foi deixado em meu nome no cortiço onde moro. Havia dinheiro e um bilhete me pedindo para vir aqui entregá-lo ao senhor.

— Muito estranho. Posso mandá-lo prender por isso, sabia?

— Prender-me, ora, por quê?! Só estou fazendo o que me pediram...

— Está bem, entregue-me o papel.

Fádrique examinou o bilhete com a mesma atenção que examinara os outros dois recebidos nas semanas anteriores. Um fora entregue por um menino que entrou subitamente na frente da carruagem e obrigou o cocheiro a parar o veículo abruptamente. Por pouco não atropelou o garoto, que em seguida pediu ao condutor que entregasse para o seu chefe o bilhete que trazia nas mãos.

O outro fora entregue por uma moça pobre, ao cruzar por ele na rua. Assim que confirmou ser ele "Marcus Marsan" pôs o bilhete em suas mãos e partiu, estugando os passos.

Teria esse terceiro bilhete o mesmo conteudo dos demais?, indagou-se Fádrique, começando a transpirar de tensão. Deus quisesse que não, suplicou aos céus.

Com muita tensão, ele rasgou o selo feito de cera que lacrava o envelope e leu o seu conteúdo:

"Sei muito bem o que esconde seu passado... Logo todos saberão, também!"

Era novamente um bilhete anônimo, contendo o mesmo tipo de ameaça dos anteriores. O mais perturbador é que a pessoa não exigia nada em troca para se silenciar diante do que sabia. Para

Fádrique, quem fazia aquele tipo de coisa fazia para arrancar algum dinheiro em troca de seu silêncio, não somente para torturar uma pessoa, como parecia ser o objetivo daquele que vinha lhe mandando aqueles bilhetes anônimos.

Tudo levava a crer que alguém o reconhcera de algum lugar e decidira brincar com ele, torturá-lo, mas por quê?

Quando a voz de Michelle soou atrás dele, Fádrique gelou, por pouco não desmaiou de susto. Virou-se como um raio para a mulher e perguntou:

— O que foi que você disse, meu bem?

Michelle olhando atentamente para o marido, perguntou:

— Está tudo bem com você, Marcus? Você me parece aflito.... aconteceu alguma coisa de grave?

— Grave?... não, não... uma bobagem, só isso.

Por mais que o marido tentasse aparentar normalidade, via-se nitidamente que estava apavorado, inseguro e aflito com alguma coisa.

— O que o homem queria?

— Homem?

— Sim, Marcus... O homem que veio há pouco procurá-lo?

— Ah... nada de importante. Queria apenas me pedir um emprego, aqui... Mas disse que não estamos precisando de criados no momento.

Voltando os olhos para o bilhete, Michelle Marsan perguntou, seriamente:

— O que é isso em suas mãos? Uma carta ou um bilhete?

— Ah?! Um mero papel onde o pobre homem escreveu seu endereço e seus dados...

Antes que a esposa pedisse para ver, o marido foi rápido em rasgar o bilhete, picando-o em pedaços bem pequeninos.

— Voltemos para a mesa do café da manhã. — sugeriu Fádrique, tentando aparentar normalidade.

Em sua cabeça a pergunta continuava a afugentar sua paz: quem estaria mandando aqueles bilhetes anônimos? E por qual motivo, exatamente?

⚜⚜⚜

Quatro semanas depois de ter recebido o primeiro bilhete anônimo, desde então, já se somavam quatro deles, Fádrique resolveu conversar com Virgínia Felician a respeito. A seu pedido, por meio de um recado enviado por um mensageiro, ela foi se encontrar no mesmo local das outras vezes.

— Como vai, Virgínia? — perguntou ele, mirando fundo seus olhos.

— Vou bem, Fádrique e você? Por que me chamou aqui? O que há de tão sério para falar comigo?

— Você sabe.

— Sei? Não, Fádrique, não sei.

— Sabe, sim.

— Sinceramente, não. Diga logo o que quer de mim, tenho pressa.

— Antes você não tinha.

— Isso foi antes de eu perceber que tudo o que sonhei viver ao seu lado havia se tornado impossível.

— Quer dizer que você realmente desistiu de mim?

— Sim, Fádrique. Foi melhor, não acha?

Ele ponderou por um momento, mirou novamente os olhos dela, quieto, pensativo algo que incomodou Virgínia profundamente e a fez dizer:

— Não estou gostando do seu olhar, Fádrique, diga logo, por que me chamou aqui...

217

— Quero saber o porquê daqueles bilhetes.

— Que bilhetes?

— Os bilhetes anônimos.

— Não mandei bilhete algum para você, Fádrique! Endoidou?

— Mandou, sim, somente você na cidade sabe a respeito do meu passado. Sabe que Marcus Marsan é Fádrique Lê Blanc.

— Tem certeza?

— Absoluta.

— Ainda assim, não lhe enviei bilhete algum. Por que haveria de fazer uma coisas dessas?

— Foi exatamente o que me perguntei.

O silêncio caiu pesado no recinto enquanto os dois ficaram se encarando, cada qual com um pensamento a martelar o cérebro.

— É só isso que tinha para falar comigo?

— Você ainda não respondeu a minha pergunta, Virgínia. Por que está me encaminhando esses bilhetes anônimos?

— Já lhe disse que não lhe enviei bilhete algum.

— Tem certeza, mesmo?

— Absoluta.

— Você, por acaso, não contou ao seu marido que eu...

— Não, nunca! Prometi a você que não faria e não fiz. Além do mais, não quero que ele saiba em hipótese alguma que eu e você nos reencontramos e... fomos para a cama juntos. Não me sentiria bem, nada bem.

Houve novamente um longo minuto de silêncio até que ele perguntasse:

— Se não é mesmo você, quem está me enviando esses bilhetes anônimos? Quem? Se fosse um chantagista, exigiria de mim dinheiro para ficar calado, mas não exige nada, isso é o que é mais estranho.

— As pessoas, assim como a vida, Fádrique, são *estranhas*...

As palavras deixaram o moço ainda mais apreensivo, com um

218

estranho olhar sobre ela.

— Preciso ir, adeus.

Ela já ia saindo, quando ele a segurou pelo pulso.

— Tão cedo? Fique mais um pouco.

O pedido a fez suspirar, por se ver tão rente ao rosto do homem que a deixara completamente apaixonada por mais de dez anos.

— Como está Michelle? — perguntou ela, a seguir.

— Bem.

— Ela é uma mulher incrível... Gosto muito dela, pena que tivemos de nos distanciar.

— Obrigado por ter atendido o meu pedido.

— De nada, Fádrique.

Demorou quase um minuto para que ambos se desprendessem um dos olhos do outro. Movendo o braço, para soltar-se da mão dele que o segurava feito um torniquete, Virgínia insistiu:

— Preciso ir, por favor.

Apertando-lhe ainda mais o braço, ele repetiu:

— Fique mais um pouco, Virgínia, estava com saudade de você.

— Infelizmente não posso, Fádrique, não fica bem para uma mulher casada como eu ficar a sós com um homem casado como você, pai de dois filhos... Se descobrem os nossos encontros será um escândalo, por isso, é melhor eu ir. Adeus.

Sem mais delongas, libertou-se da mão do homem estupidamente lindo e partiu. Fádrique ficou à porta do quarto, observando sua saída. Profunda ruga barrava-lhe a testa, agora, enquanto suposições agitavam ininterruptamente seu cérebro.

Teria realmente Virgínia Accetti dito a verdade? Seria ela realmente inocente quanto aos bilhetes anônimos que vinha recebendo misteriosamente há praticamente um mês? Ah, como gostaria de obter a resposta, urgentemente.

Assim que Virgínia deixou o bordel, o jovem Gaetan seguiu a sua sombra, tendo o cuidado de sempre para que ela não o notasse. O misterioso rapazinho continuava vigiando-a. Para onde quer que fosse, ele a seguia, como um anjo da guarda. Mas Virgínia, até aquele momento parecia nem sequer ter notado o misterioso e pequenino espião.

Naquele dia, quando Evângelo voltou do trabalho, encontrou a esposa sentada à mesa, redigindo o que lhe pareceu ser um bilhete. Assim que Virgínia o viu, riscou o que escrevera e amassou o pedaço de papel, imediatamente.

— Assustei você, meu amor? — perguntou ele, estranhando a sua reação.

Ela, olhos arregalados, procurando sorrir, respondeu:

— N-não, Evângelo.

Levantou-se e foi beijá-lo.

— Como passou o dia?

— Sentindo sua falta, Virgínia.

Ela sorriu e tornou a beijá-lo. Ele, então, enlaçou-a em seus braços fortes e a apertou contra o seu peito:

— Ai, que saudade, meu amor. Voltei para casa mais cedo, hoje, para podermos sair um pouco. Há uma peça de teatro que dizem ser muito boa, queria muito levá-la para assistir, que tal?

— Ótima ideia. Vamos comer então alguma coisa e partimos.

— É só o tempo de eu tomar um banho.

Em menos de quinze minutos, Evângelo estava de banho tomado e arrumado para sair. Virgínia também já se vestira nesse ínterim e pusera a mesa para os dois jantarem rapidinho. A seguir tomaram uma carruagem de aluguel e partiram para o teatro.

Assim que se ajeitaram no assento, Virgínia comentou:

— Curioso...

— O que? — quis saber o marido, curvando o corpo para poder ver o que ela via pela janela da cabine do veículo.

— Aquele mocinho do outro lado da rua. Não é a primeira vez que o vejo, está sempre por perto de casa, parece até um guarda.

— Deve morar na mesma rua, por isso você o vê sempre.

— Com certeza.

Gaetan, o pequeno espião, acompanhou com os olhos a carruagem levando o casal Felician até perdê-la de vista. Só então voltou para sua casa que ficava no outro extremo da cidade.

O teatro já estava quase lotado quando chegaram lá. Os dois dirigiam-se para o camarote que Evângelo fez questão de comprar para que pudessem ter uma visão melhor do palco, quando encontraram para grande surpresa de todos, Michelle e Marcus Marsan.

— Virgínia, querida, que surpresa agradável! — exclamou Michelle, feliz.

Todos trocaram cumprimentos.

— Você anda tão distante de mim, Virgínia... — continuou Michelle, em tom de censura. — O que houve?

— Tornei-me uma esposa extremamente dedicada ao lar. — respondeu Virgínia em meio a um de seus sorrisos amarelos. — No outono sou como os ursos, hiberno. No inverno, então, mal ponho o nariz para fora de casa.

Todos riram.

— Vou marcar um jantar lá em casa para pormos o papo em dia. O que acham?

— É uma ótima ideia... — concordou Marcus, com fingida

221

alegria.

Voltando-se para Evângelo, Michelle acrescentou:

— Não se esqueça, meu caro, que ainda quero que pinte um retrato meu e faça outros para eu decorar a minha casa.

Evângelo assentiu, sorrindo bonito.

Visto que a peça estava para começar, despedidas foram feitas e cada casal se dirigiu para o seu camarote. Assim que se assentaram, Michelle comentou com o marido:

— Virgínia, definitivamente, não se sente bem na sua presença.

— Você acha?

— Tenho a certeza. Toda vez que ela o vê, empalidece, gagueja, torna-se uma pessoa tensa e artificial. Só queria saber o porquê ela reage assim a sua pessoa.

— Ora, Michelle... Nem sempre nos simpatizamos com todas as pessoas que nos são apresentadas. Eu mesmo não gosto de muitos de seus amigos, tolero-os por polidez.

— Veja, a peça vai começar. Estou ansiosa para vê-la, só ouço elogios a respeito.

Marcus assentiu e discretamente olhou na direção do camarote ocupado por Virgínia e Evângelo Felician. Virgínia também olhava-o, com discrição. Quando seus olhos se encontraram, estranho calor percorreu o interior de ambos, foi como se os órgãos tivessem pegado fogo.

Ao término da apresentação, Virgínia fez questão de sair do teatro rapidamente, só para não ter de cruzar novamente com o casal Marsan. Evângelo estranhou seu pedido, mas acabou se esquecendo de comentar a respeito.

Naquela noite o casal fez amor como todo amor deve ser feito: de corpo e alma. E Virgínia se sentia cada vez mais feliz sendo só de Evângelo. O homem por quem seu coração agora explodia de paixão.

222

CAPÍTULO 8

Três semanas depois, por volta das dez horas da manhã, Virgínia deixava a casa para comprar alimentos em uma feira muito bem sortida, perto de onde morava. Havia alguém próximo a casa, num local bastante discreto, parecendo ansioso por sua saída. Assim que ela se foi, aproximou-se da casa, caminhou até os fundos, quebrou o vidro de uma janela para poder abri-la e adentrar seu interior. O intruso, imediatamente, começou a procurar por algo lá dentro, algo que parecia ansioso para encontrar.

Ao perceber que havia esquecido a lista de compras, Virgínia resolveu voltar para apanhá-la. Abriu a porta de sua morada tão silenciosamente que o intruso só percebeu sua chegada quando ela já se encontrava lá dentro. Ao ver a janela aberta, a dona da casa estremeceu e perguntou a toda voz:

— Quem está aí?

O marido não podia ser, tinha as chaves da casa, não precisaria ter quebrado uma janela para adentrar o local. Portanto, aquilo só podia ter sido feito por um ladrão.

Seus olhos mal podiam acreditar quando viu diante de si, Fádrique Lê Blanc.

— O que você está fazendo aqui, Fádrique?

Ele, bastante sem graça, respondeu:

— Desculpe, Virgínia, mas eu tinha de vir aqui ver se encontrava algum indício que prove, de uma vez por todas, que é você quem está me mandando aqueles bilhetes anônimos.

223

— Você duvidou da minha palavra?

— Duvidei, sim. Não vou negar! Você é a única pessoa que sabe sobre o meu passado...

— Por isso invadiu a minha casa?

— Desculpe-me, não encontrei outra forma de provar para mim mesmo a sua inocência.

— Encontrou alguma prova que me incrimine?

— Não, exatamente...

— Então, vá embora, rápido, antes que alguém o encontre aqui. Se Evângelo o vê... Vai achar muito estranho sua presença aqui.

Fádrique pareceu não ouvi-la, mergulhou as mãos nos cabelos e começou a chorar:

— Será que você não vê que estou desesperado? — explodiu, entre lágrimas.

Penalizada, Virgínia tentou consolá-lo:

— Percebo, sim, seu desespero, Fádrique, mas o que posso fazer?

O moço tornou a explodir:

— Por que, Deus? Por que essa pessoa está me mandando esses bilhetes anônimos? Para que me torturar assim? Já não basta tudo o que passei em Écharde?

— Acalme-se, Fádrique. Essa pessoa que insiste em querer torturá-lo com esses bilhetes anônimos logo enjoa da brincadeira e assim há de parar com isso.

— Você crê mesmo nisso?

— Sim, Fádrique, creio que isso seja possível, sim.

— Falando assim, você me tranquiliza.

— Agora vá, por favor. Antes que...

— Você tem razão, é melhor eu ir, mesmo. Obrigado mais uma vez por suas palavras tão amigas, Virgínia, e perdão por ter invadido sua casa.

Ela sorriu, ele beijou-lhe a face e partiu observado pelos olhos atentos do jovem Gaetan parado junto ao tronco de uma árvore, do outro lado da rua. O jovem espião estava cabreiro: por que o homem tão elegantemente vestido havia invadido uma casa com a habilidade de um ladrão? O mistério o deixou intrigado.

Naquela noite assim que Evângelo chegou a casa, Virgínia apresentou-lhe a desculpa que havia inventado para explicar a janela quebrada. A mulher sentiu-se satisfeita ao perceber que o marido parecia ter acreditado nela.

Quando ele foi tomar banho, enquanto ela rememorava o desespero de Fádrique com aqueles bilhetes anônimos, algo lhe ocorreu:

Seria Evângelo quem estaria enviando para Fádrique os tais bilhetes anônimos? Sim, por que não? Ele bem que poderia ter descoberto um dos bilhetes que Fádrique havia mandado lhe entregar, um que por ventura tivesse se esquecido de guardar bem guardado e descoberto que Fádrique Lê Blanc estava vivo. Pior, que ele era Marcus Marsan. Poderia ser, por que não?

Seria mesmo Evângelo capaz de algo daquele tipo? Por ciúme dela? Ela queria muito descobrir. Deveria ou não falar com ele a respeito? A dúvida permaneceu atormentando Virgínia desde então.

⊙≶≶∾⌣∾≹≹⊙

Dias depois, o inesperado acontecia novamente na casa do casal Marsan. Marcus Marsan recebia um buquê de flores com um bilhete escrito: "Eu sei o que você fez... O passado o persegue... O céu não tem pálpebras!".

Fádrique não sabia aonde pôr a cara diante de Michelle que o olhava atentamente, querendo muito ouvir uma explicação por aquilo.

— Alguém resolveu brincar comigo, Michelle. Fazer com que eu pareça um crápula na sua frente. Pode?

— O que está escrito no bilhete?

— Coisas indecentes, recuso-me a ler, tampouco quero que você o leia.

Rapidamente ele rasgou o bilhete em pedacinhos.

— Só há um modo de tratar pessoas desse tipo, meu amor, ignorando-as.

— Você acha mesmo?

— Com certeza.

No dia seguinte, por volta das cinco horas da tarde, Virgínia recebeu um recado de Fádrique pedindo para ir encontrá-lo no lugar habitual. Que ela fosse, mesmo que o horário lhe fosse inconveniente, pois o que ele tinha a lhe falar era de extrema urgência.

Preocupada, Virgínia deixou um bilhete para o marido informando-o que havia saído, mas que voltaria logo, que ele não se preocupasse.

Gaetan já estava de partida quando avistou Virgínia deixando a casa e se viu obrigado a segui-la. As ordens que recebera eram para segui-la aonde quer que fosse. Assim que ela tomou uma carruagem de aluguel o rapazinho agarrou-se atrás do veículo, como sempre fazia quando queria se locomover rápido sem ter de pagar pela corrida.

Para espanto do pequeno detetive, Virgínia foi parar em frente ao bordel em que sempre se encontrava com o elegante homem vestido. Achou estranho que ela fosse ao seu encontro àquela hora, pois os encontros geralmente aconteciam à tarde por volta das duas.

Assim que Virgínia entrou no bordel, uma prostituta foi até

ela e disse:

— Quem você espera encontrar aguarda-a nos fundos do aposento. Siga até lá.

Assim ela fez. O lugar àquela hora já estava bastante escuro e não havia ninguém por perto, só uma carroça estacionada, nada mais.

— Fádrique? — chamou ela, sem nenhuma resposta.

Ela estava prestes a chamar seu nome de novo quando uma mão a segurou por trás e postou sobre o seu nariz um lenço embebido num líquido que a fez perder os sentidos.

Não houve tempo de ela gritar, pedir por ajuda, correr, nada; desmaiou totalmente.

A pessoa então a arrastou até um baú de madeira que havia ali, deixado propositadamente aberto, ajeitou seu corpo dentro dele, fechou e saiu em busca de alguém que a ajudasse a colocá-lo em cima da carroça. Foi justamente Gaetan quem ajudou a criatura em seu maligno propósito.

— Nossa, que baú pesado! — resmungou Gaetan. — O que há aqui dentro?

— Eu pedi apenas para você me ajudar, moleque. Não para fazer perguntas.

Após ajeitar o baú sobre a carroça, Gaetan partiu do local contente pela gorjeta que recebera pela ajuda prestada. Foi então que se lembrou de Virgínia e correu para o quarto onde ela costumava se encontrar com Fádrique. Ao perceber que não havia ninguém por lá, correu até a prostituta e perguntou por ela.

— Pediram-me para encaminhá-la até os fundos do bordel, ela deve estar lá.

O rapaz compreendeu imediatamente o que de fato havia acontecido com Virgínia e por isso correu a toda velocidade. Logo avistou a carroça levando o baú seguindo pela rua.

"A senhora está lá!", disse para si mesmo. "No baú!" "E agora o que faço?!"

Ele agarrou-se à traseira de uma carruagem que seguia na mesma direção para poder alcançar o veículo. Ali ficou quietinho, com o coração em disparada, perguntando se estava fazendo a coisa certa.

Meia hora depois a carroça chegava às imediações de um dos cemitérios da cidade. O rapaz saltou quando percebeu que aquele era o destino final do veículo. Ao menos naquele momento. Ele então, correu novamente, apanhou um cavalo de aluguel com o dinheiro que recebera pela ajuda prestada há pouco e correu em busca da pessoa que o contratara. Que Deus o fizesse chegar a tempo de evitar uma desgraça.

Assim que a carroça parou, o indivíduo, com grande esforço, pôs o baú no chão. Respirou fundo por diversas vezes até recobrar as forças e, então, arrastou-o, através da fria e úmida névoa, para uma área tosca junto ao cemitério.

Enquanto isso, Gaetan exigia do cavalo toda velocidade permitida na cidade. Ele tinha de chegar a tempo ao seu destino, que Deus lhe permitisse isso.

Quando Virgínia despertou, estava tão confusa que levou algum tempo para perceber que estivera inconsciente temporariamente. Até então não conseguia se lembrar dos últimos acontecimentos. Seus olhos estavam tão embaçados que a pessoa a sua frente estava totalmente desfocada, parecia mais uma mancha disforme a flutuar no espaço.

Foram necessários alguns segundos para que percebesse que era um rosto humano aquilo que via suspenso no ar a mais ou menos dois metros de onde se encontrava. Quando seus sentidos voltaram totalmente, sua visão tornou-se mais precisa. O rosto que via era bem conhecido seu, era de Fádrique Lê Blanc. E ele, enquanto cavava um buraco com uma pá, olhava para ela com muita atenção, mergulhando fundo, seus olhos azuis, lindos e brilhantes, nos dela.

Agora ela começava a se lembrar do que havia acontecido. Ela saíra de sua casa naquela tarde para se encontrar com Fádrique. Ele havia lhe mandando um novo recado para que fosse, urgentemente, se encontrar com ele no quarto do bordel onde se encontraram outras vezes. Quando lá, perdera os sentidos. Por que, ela não conseguia se lembrar, por mais que puxasse pela memória.

— Onde estou? — perguntou Virgínia, com voz apagada. — O que houve? Que lugar é este?

— Ah?! Despertou, é? — comentou ele, num tom estranho.

— Que estamos fazendo aqui? Que lugar é esse?

— Esse lugar é um terreno perto de um dos cemitérios da cidade.

— Cemitério? Por que me trouxe para cá? O que estou fazendo dentro deste baú?

De fato, Virgínia estava sentada dentro de um baú feito de madeira bem resistente.

A resposta de Fádrique soou ríspida e cortante:

— Eu avisei você, Virgínia, a preveni quanto aos bilhetes, você não me deu ouvidos...

— Bilhetes... Que bilhetes?

A voz subiu de tom.

— Não se faça de cínica, Virgínia. Você sabe muito bem que me refiro aos bilhetes anônimos que me mandou.

— Quantas vezes vou ter de repetir que eu jamais mandei bilhete anônimo algum para você?

— Foi você, sim, na intenção de estragar meu casamento com Michelle para que eu ficasse livre para você. Vamos, confesse!

Saiba, de uma vez por todas, que eu não vou permitir que ninguém estrague o casamento perfeito que consegui ter com Michelle por nada.

A voz dele voltou ao tom anterior:

— Se não é mesmo você, ficarei sabendo logo, logo... Se receber mais um bilhete quando estiver morta, saberei então que falava a verdade.

— Morta?! Como assim, morta?

Ele meneou a cabeça e, com um pequeno sorriso triste, explicou:

— Pois é, vou ter de matá-la, Virgínia.

Os olhos muito abertos da moça fitaram recriminadoramente o rosto do homem espetacularmente lindo. Num tom surpreendentemente calmo, ele continuou:

— Você ainda não havia percebido? Por que acha que a trouxe para um lugar deserto como este, nessa noite fria e nevoenta?

Ela continuava a encará-lo com olhos abobados. Ele então riu, cinicamente:

— Você ainda não entendeu nada, não? Será que é tão estúpida quanto parece?

Ele tornou a rir, debochado, cínico e, ao mesmo tempo, triste.

— Fui um tolo, Virgínia. Fui mais do que um tolo, fui um completo imbecil. Um idiota, um asno, um cretino! O meu retardo mental custou-me a vida, Virgínia. Onde estava eu com a cabeça quando fiquei parado olhando para o corpo daquela mulher inconveniente se esvaindo em sangue a minha frente?! Eu tinha de ter fugido de lá, assim que terminei de golpear a desgraçada. Fugido, corrido, sumido, o quanto antes, mas não, o otário aqui ficou parado diante do cadáver, ligeiramente em choque feito um completo imbecil.

Virgínia, roxa, ousou perguntar:

— Você...

Ele adiantou-se na resposta:

— Sim, Virgínia. Eu matei Fida Moulin.

O horror dominava agora totalmente a face pálida de Virgínia Accetti Felician.

— Foi você mesmo quem matou aquela mulher? Por quê? O que ela lhe fez de mal? Quem era ela, afinal?

— Fida Moulin era minha esposa.

— Esposa?!

— Sim. Lembra-se quando eu lhe disse, certa vez, que havia amado muito uma mulher, que só tinha olhos para ela, que queria me casar, ter filhos, construir, enfim, a família que todo sujeito de bem sonha ter com uma mulher e ela, no entanto, só se interessou por mim porque pensou que eu era rico, por me ver sempre rodeado de amigos da nobreza, frequentando a nobreza, pensou ser eu um príncipe, ou um filho de algum barão, ou duquesa... Lembra-se?

Pois bem, não foi ela quem pensou isso de mim, Virgínia, fui eu quem pensou isso dela. Seu nome era Fida Moulin, por ter muitas amigas da nobreza, por estar sempre cercada delas, frequentando os saraus e bailes da nobreza eu, idiota, pensei que ela fosse uma nobre e por isso passei a cortejá-la.

Ela me disse que não era nem uma coisa nem outra, mas eu, estúpido pensei que estivesse fingindo ser uma mera plebéia para evitar a aproximação de interesseiros como eu. Em questão de semanas deixei Fida perdidamente apaixonada por mim e a convenci a se casar comigo às escondidas.

Quando descobri que ela realmente não tinha um centavo, que não passava de pobretona, miserável, assim como eu, quis, literalmente, morrer. Não antes, porém, de esganar aquela pobre com as minhas próprias mãos.

Para evitar sujar as minhas mãos desapareci da cidade e do país onde vivíamos da noite para o dia. Sem deixar rastro. Adotei então um novo nome para mim: Fádrique Lê Blanc. Um nome afrancesado para que escondesse meu passado pobre e a maior estupidez que cometi, casando-me com Fida. A certidão de nascimento roubei de um cartório, era de um francês que havia se mudado para a cidade onde eu vivia e havia morrido de uma doença misteriosa à flor da idade. Fádrique Lê Blanc era seu nome. Achei que cairia bem para mim. De fato, convenceu a todos. Mas, meu verdadeiro nome, se lhe interessa saber, é Rafaello Torino. Desde então tentei recomeçar a minha vida e estava prestes a dar a volta por cima ao ficar noivo da filha de um barão endinheirado que havia estrategicamente seduzido para esse propósito, quando a estúpida da Fida me descobre em minha nova morada. Eu queria morrer quando a vi diante dos meus olhos, sorrindo, com olhos lacrimejantes, declarando com voz entrecortada o que sentiu quando a abandonei:

"Foi um baque para mim descobrir que você havia partido. Um choque tremendo. Quis ir atrás de você na mesma hora, fazer o possível e o impossível para encontrá-lo, eu estava obcecada por você, a paixão e a obsessão andam de mãos dadas, você sabe... Acho que de tanto pedir a Deus, Ele me trouxe até você, não é formidável?"

Sua voz me irritava, seu descontrole emocional, tanto quanto, queria dizer-lhe tudo o que pensava dela, mas temi ser ouvido por alguém e assim estragar meu noivado com a filha do barão. Por isso, pedi desculpas a Fida, dizendo que não poderia conversar com ela devidamente naquele instante e marquei um encontro com ela num lugar bem afastado da cidade, um beco em que previamente havia estado, fornicando com uma prostituta, o lugar perfeito para eu dar fim de uma vez por todas àquele pesadelo.

Ele tomou ar, enxugou o suor que escorria da face pelo esforço físico que fizera, cavando o buraco e continuou:

— Tudo correu como eu havia planejado. Ela chegou um pouquinho antes de mim e antes mesmo que abrisse a boca, a ataquei. Logo estava morta, estirada ao chão como uma rã esmagada. Foi então que cometi o meu maior erro: fiquei no local, petrificado de alívio por me ver livre daquela inconveniente e, ao mesmo tempo, em choque pelo que acabara de fazer.

Foi quando aquele casal de cretinos entrou no local e me viu e eu, estúpido mais uma vez, ao invés de fugir, rápido, ou ter acertado os dois com o pé da mesa que levei para dar cabo de Fida, objeto que deixei previamente no lugar, fiquei lá, imobilizado, feito um retardado. Se arrependimento matasse...

Se não fosse aquele momento de fraqueza, em que meu lado cristão falou mais alto, eu teria saído daquele beco antes que aquele casal imundo ou um outro alguém chegasse e me flagrasse ali.

Um trecho da conversa entre Virgínia e Fádrique em Écharde voltou a ecoar na mente da moça:

"— Desculpe a pergunta, mas mesmo estando aqui, condenado à prisão perpétua, você ainda tem esperanças de encontrar uma mulher que realmente o mereça? — perguntou ela ao assassino.

— Eu ainda tenho esperança de muita coisa, Virgínia. Não tinha tanta quando cheguei aqui, mas agora, depois de conhecê-la, tenho muita."

A frase final ecoou por diversas vezes na mente de Virgínia: "...mas agora, depois de conhecê-la, tenho muita." Agora a frase soava diferente aos seus ouvidos, com um significado mais profundo e sinistro.

Com grande dificuldade, ela comentou:

— V-você... Você nunca me amou... Era tudo mentira, não é? Seduziu-me só para ajudá-lo a fugir de Écharde!

— Ah, vá! Agora que você percebeu isso? Não! Não pode ter sido tão estúpida por tanto tempo! Não mesmo!

Ele riu, debochado e acrescentou:

— Você não é realmente estúpida... As pessoas não são realmente estúpidas. São apenas maus juizes da natureza humana. Entusiasmam-se na hora errada. Guiam-se mais pela aparência do que pelo interior das pessoas.

Ele riu, dessa vez, com prazer e, ainda rindo, continuou:

— Quando descobri que as pessoas se guiavam mais pela aparência dos outros do que pelo interior delas, percebi que tinha o mundo em minhas mãos, porque minha aparência consegue cativar todos, homens e mulheres, a toda hora, a todo instante... Seduzir uma mulher para mim, Virgínia, é tão fácil... Você sabe, sim, você sabe, pois bastou olhar para o meu rosto e eu lhe dizer algumas palavras melosas para que você se apaixonasse por mim.

Posso ter nascido ao relento, na miséria, mas Deus me compensou com um rosto e um corpo bonito, de enlouquecer qualquer mulher e com essa arma eu posso conseguir tudo o que não fui abençoado ter.

Roxa e trêmula, ela se recusava a acreditar em tudo aquilo.

— Isso não pode ser verdade... Não pode... Você disse que me amava, que queria...

Ele completou, dramatizando a voz:

— Ser o homem que você tanto sonhava aparecer no povoado para levá-la para longe de lá, para uma cidade grande onde todos os seus sonhos se realizariam e a vida fosse perfeita, então...?

— Você me disse!

— Disse sim. E disse mais: *"É uma pena que a vida tenha sido tão cruel comigo. Apesar de estarmos tão perto um do outro, estamos tão longe... A única coisa boa que me aconteceu vindo para Écharde foi conhecê-la. Queria muito que soubesse disso e guardasse para sempre em sua memória e em seu coração. Pena que estou nessas condições. Se não estivesse..."*

Eram as palavras necessárias para convencê-la de que eu estava perdidamente apaixonado por você e forçá-la a encontrar um meio de me tirar de Écharde o quanto antes.

— Você não pode ter forjado tudo isso... foi tão sincero comigo quando me contou que sua mãe tinha o mesmo nome que eu, que acreditava ter sido ela quem, do céu, havia me enviado para ajudá-lo a se libertar daquele injustiça.

Um novo riso escapou-lhe pelo canto dos lábios.

— Virgínia, você não pode ser tão burra! — explodiu. — Você acha mesmo que minha mãe teria o mesmo nome que o seu, seria coincidência demais, não? É obvio que eu só disse que ela tinha o mesmo nome para cativá-la. Minha mãe se chamava Lola, era uma cortesã de luxo, que me punha para fazer coisas indecentes com mulheres e homens em troca de dinheiro. Se não fosse minha tia, um dia, por pena, ter me levado embora com ela quando se casou com um estrangeiro razoavelmente rico, eu já teria morrido, certamente, de alguma doença venérea.

O que minha mãe fez de mim na infância e no início da adolescência deixou-me marcas profundas, todavia, apesar de tudo o que ela me forçava a fazer, eu gostava dela, não queria me separar dela jamais. Nunca mais a vi, sabe? Deve estar morta há anos...

Os olhos dele derramaram lágrimas temporárias. Então, voltou-se para ela e perguntou, olhando-a desafiadoramente:

— Está chocada, não? Posso ver o choque em seus olhos. Seu marido perto de mim, agora, parece um santo, não é mesmo,

Virgínia?

Sempre me perguntei por que os homens nascem diferentes um dos outros. Uns de alma boa e outros de alma tão má. A resposta, no entanto, nunca obtive...

A voz dela tornou a soar fraca e despedaçada:

— Naquela noite, quando Jerônimo o encontrou... Você não pretendia ir se encontrar comigo, não é? Agora faz sentido para mim porque você seguia por aquela estrada se o local em que me encontraria ficava bem antes de lá. Você ia me deixar ficar esperando até eu desistir, voltar para a casa, pensar que algo havia saído errado e...

Ela não conseguiu terminar a frase. Chorou, sentida. Fádrique, parecendo não se importar com seu lamento, foi em frente:

— Lembro-me bem do que pensei a seu respeito quando peguei aquela estrada que me levaria para longe daquele inferno:

"Pobrezinha, vai ter um baque ao saber que fugi sozinho levando comigo todo o dinheirinho que ela economizou com o suor do seu trabalho naquele pulgueiro."

Eu precisava do seu dinheiro para dar a volta por cima e conquistar a vida que sempre sonhei. Uma vida de luxo e fartura. Digna da minha face.

Assim que ganhei a estrada prometi a mim mesmo, novamente, sob forte ameaça de me punir caso desobedecesse a minha própria ordem: *"Nunca mais seja otário como foi quando matou aquela vadia. Caso precise matar outra mulher, um dia, nada de ficar parado olhando para o corpo golpeado. Não seja besta, fuja logo! Que nunca mais repita a burrice, caso se veja na mesma situação."*

Sabe, Virgínia, eu me amaldiçoava severamente por ter bancado o estúpido depois de ter matado aquela otária, feia e infeliz da Fida Moulin. Por que eu tinha de ter ficado parado

236

diante do seu corpo inútil caído ao chão? Foi um sopro de bondade que me reteve ali ou um sopro de burrice? Bem feito para mim, quem mandou ser estúpido?

Ele tomou ar antes de continuar, falando com grande orgulho de si:

— Depois de escapar daquele demônio do Jerônimo cheguei a uma bifurcação. Perguntei-me, então: "E agora, para onde ir?". "Para um lugar bem longe, onde ninguém o conheça, onde ninguém saiba sobre o seu passado.", respondeu-me uma voz, mental. "Um lugar onde haja uma mulher bem rica para conquistar e usurpar todo o seu dinheiro." Decidi, então, seguir a direção que levava a Milão, onde nunca havia estado em toda vida.

Ele suspirou, parecendo recordar a sensação que teve ao se ver fugindo do que considerava o inferno.

— Sabe, Virgínia, a sensação de liberdade, de estar livre de Écharde foi dez vezes melhor do que a de um orgasmo.

A voz dela soou a seguir, profunda e gutural:

— Como você pode ter sido tão cruel comigo, Fádrique? Como? E agora, querendo me matar, onde já se viu? Você me deve a sua liberdade! A sua nova vida... Tudo, enfim!

— Não lhe devo nada! — bramiu ele, enfurecido. — Já paguei muito bem pelos préstimos que me fez. O que você acha que foram aquelas tardes de amor? Acha que foram só por desejo, porque eu estava louco de saudade e desejo de possuí-la?! Ah, por favor... Não tenho interesse algum em mulheres que não sejam ricas. Pobres, jamais me excitam. Eu deveria ter percebido que Fida Moulin era pobre, de alma pobre, pois ela sempre me brochava.

Aquela tarde de amor, ou melhor, de sexo, foi para pagar o que você fez por mim. A outra tarde foi um bônus. Está contente agora?

— Você não tem pena de Michelle?

— Michelle tem sido uma esposa maravilhosa, a melhor esposa que um homem da minha índole pode desejar. Deus, como tive sorte! Seria terrível se ela fosse insuportável, tornasse o nosso convívio um caos... Seria perturbador para mim ter de aturar uma mulher só para poder usufruir de seu dinheiro. Michelle, sim, foi uma bênção na minha vida. Além de todo dinheiro que me dá, de todo o luxo que me proporciona, deu-me dois filhos e eles são o que há de mais precioso em minha vida.

Ele ficou em silêncio por alguns segundos com os olhos baixos. Então levantou a cabeça, a encarou e disse:

— As mulheres, Virgínia, não adianta, elas não resistem a minha beleza. Com ela consigo tudo delas. Até mesmo escapar do inferno se um dia, por ventura, for para lá.

Ele viu o desespero azular a face dela e ao perceber que ia gritar, foi rápido em amordaçá-la.

— Agora você vai pagar sua dívida com a justiça. — disse, com fria superioridade. — É... você tem uma dívida, sim, para com ela, pois ajudou um assassino a fugir de uma prisão.

Os olhos de Virgínia, esbugalhados, transpareciam um horror sem limites.

Enquanto isso, Gaetan chegava à pessoa que o contratara para seguir Virgínia.

— Meu senhor — disse o rapazinho, aflito. — Aquele homem, o tal homem com quem sua esposa se encontrou algumas vezes, ele a colocou num baú, desacordada, certamente, e a levou para junto de um cemitério. Receio que vá enterrá-la, viva!

Evângelo, em pânico pediu:

— Leve-me até lá, o mais rápido possível.

Rapidamente subiu no cavalo e partiu com o pequeno protetor.

— Você disse que ela está dentro de um baú? — perguntou,

238

com voz trepidante por causa dos galopes do animal.

— Sim. E o pior de tudo, meu senhor, fui eu quem o ajudou a pôr o baú em cima da carroça. A princípio não percebi que poderia haver um corpo ali, mas quando não encontrei dona Virgínia no quarto do bordel, deduzi...

— Será mesmo que ele seria capaz de...

— Matá-la, meu senhor? Acho que sim, ele nunca me passou confiança.

Evângelo voltou os pensamentos para Deus. Que Ele o fizesse a chegar ao local a tempo de salvar a mulher que tanto amava: Virgínia Accetti.

Enquanto isso nas proximidades do cemitério, Fádrique terminava de cavar o buraco numa profundidade que achava ser o conveniente para enterrar o baú por inteiro.

Ao dar uma pausa na escavação, voltou a olhar para Virgínia que se mantinha em choque, olhando, aterrorizada para ele. Então, com voz profunda e gutural falou:

— Como eu lhe disse, agora você vai pagar sua dívida para com a justiça. É... você tem uma dívida para com ela, pois ajudou um assassino a fugir de uma prisão.

Se caísse nas mãos da justiça seria certamente condenada à prisão perpetua. Portanto, estou adiantando o seu fim inevitável. Qualquer um na sociedade em que vivemos a condenará por ter ajudado um assassino a fugir de uma prisão. Todavia, quero libertá-la o quanto antes do horror que é ficar preso, sendo obrigado a ver o sol nascer quadrado todos os dias. Por isso vou enterrá-la aqui, viva, para que possa partir rápido para o mundo dos mortos, mas não sem antes enlouquecer de desespero para que no futuro, caso haja uma outra vida, como muitos acreditam, você se lembre de não repetir mais a burrada que cometeu nesta vida, ao me soltar de Écharde.

Virgínia se debatia agora como uma cobra.

— Você foi muito estúpida, mesmo, em me enviar aqueles bilhetes anônimos — continuou Fádrique, entre dentes —, na intenção de que eu abandonasse a minha esposa para ficar com você! Uma pobretona, miserável!

Ele estava prestes a fechar o baú quando disse:

— Adeus! E, por favor, se houver vida além da morte, não espere por mim. Não quero reencontrá-la. Você tem alma de pobre!

Ele tornou a rir, maroto e desejou:

— Adeus, querida e boa viagem ao quinto dos infernos.

Sem mais, fechou o baú com cadeado o arrastou até a vala que havia cavado para enterrá-lo. Depois de encaixado ali, pegou a pá e começou a fechar a cova. Entre uma pá e outra, afirmou:

— O fato de eu estar enterrando você viva, minha querida, é também uma recompensa por ter me ajudado a fugir de Écharde. Obrigado mais uma vez.

Uma gargalhada calou-lhe a voz.

Enquanto isso, dentro do baú, Virgínia olhava horrorizada para a escuridão a sua volta. O que lhe era mais apavorante era o barulho da terra caindo sobre o objeto que a mantinha presa. Ela queria gritar, espernear, mas mal podia se mover presa num espaço tão pequeno e com a boca amordaçada provocando-lhe ânsia. O ar parecia começar a lhe faltar. A situação era desesperadora.

Assim que Fádrique terminou de enterrar o baú, respirou fundo, enxugou o suor com um lenço e sorriu. Recordou então de suas palavras ao se ver livre de Écharde:

"Livre! Estou livre! Finalmente!"

Depois lembrou-se, dentro do lago, despido, esfregando-se

com vontade, brincando com a água, rindo, parecendo uma criança feliz, desfrutando de sua meninice.

Rafaello Torino, vulgo Fádrique Lê Blanc, vulgo Marcus Marsan, fechou os olhos e agradeceu mais uma vez a sorte de estar novamente gozando da liberdade.

Voltando os olhos para a vala coberta de terra, um pensamento atravessou seu cérebro de lado a lado:

"Queria saber rezar para poder pedir por sua alma, Virgínia. Pobrezinha... Vai morrer lembrando-se de mim, ou de saudade ou de desgosto. Mais uma, o que se há de fazer?"

— De qualquer forma, obrigado mais uma vez por ter me tirado de Écharde, querida. Sem você eu realmente não teria conseguido. Adeus, meu bem, e não se esqueça de dar minhas lembranças aos mortos.

Sem mais delongas, o cruel assassino sorriu como um gato satisfeito, arremessou para longe a pá que usara até então, subiu na carroça e partiu, assoviando e gozando de uma profunda e tenebrosa felicidade.

CAPÍTULO 9

Enquanto isso, Virgínia vivia o horror dentro do baú enterrado a sete palmos do chão.

Tudo o que mais queria agora, era viver. Viver intensamente como nunca vivera até então. E que sua vida fosse ao lado de Evângelo, o homem que verdadeiramente a merecia ter para o resto de sua vida.

Meu Deus, como o ser humano poderia ser burro. Tão burro... como ela foi. Onde já se viu desejar a morte, enquanto a vida lhe era dada por Deus para ser vivida com toda intensidade?

Ainda que diante de uma decepção afetiva, da perda de um grande amor, de um ente querido, ninguém deveria jamais querer a morte. Jamais! Mesmo diante de tempestades e furacões, falsos amores e desilusões, ninguém deveria ousar preferir a morte à vida porque o morrer impede todos de aprender a superar os momentos difíceis, aprendizados de grande valia para a evolução espiritual de cada um e o motivo real por Deus nos manter aqui.

Quantas e quantas mulheres não viveram o mesmo que ela? Quiseram morrer depois de uma decepção afetiva, sendo que seu homem não valia uma lágrima; já havia partido para outra, casara-se, teve filhos, nem sequer se lembrava mais delas... Quão injusto era para si própria, para os demais que a amam e para Deus fechar-se para a vida, querer morrer por uma pessoa que não vale uma lágrima escorrida! Quão injusto era deixar de viver um novo amor, por causa de um cafajeste como Fádrique? Quão estúpida as

242

pessoas podiam ser. Cegas e ingratas como ela foi.

Voltaram à memória os momentos em que ela conversava com Fádrique, pensando que ele estava no céu. As promessas que fazia em seu nome...

A seguir, ela lembrou-se do modo estúpido com que tratava Evângelo. O quão injusta fora com ele.

Deus meu. Ela amava Evângelo, agora, mais do que tudo. E ela nunca havia tido a oportunidade de lhe dizer aquilo. Em breve estaria morta, no inferno, certamente, por ter feito tudo errado na vida. Fádrique tinha razão. Ela merecia o inferno por ter ajudado um assassino a fugir da prisão e mais, por ter sido ingrata para com o homem que verdadeiramente a amava.

A dificuldade para respirar começou a piorar. Quanto maior a falta de ar, maior se intensificava o desespero. Era a morte chegando, sabia ela, desprendendo seu corpo físico da alma, por meio da falta de ar.

Nesse ínterim, Evângelo chegava acompanhado de seu informante às imediações do cemitério. Desmontou do cavalo, girou o pescoço ao redor e perguntou:

— Você tem certeza que é para cá que ele a trouxe?

— Sim, senhor.

— Mas não vejo nada. Nem sinal dele nem sinal dela.

— Ele já deve ter partido, meu senhor. Assim que acabou de...

— De?

— Enterrá-la.

Somente a hipótese de Virgínia ter sido enterrada viva ou morta deixou Evângelo paralisado.

— Ele não faria uma coisa dessas. — murmurou, horrorizado. — É muita crueldade.

— Meu senhor, precisamos encontrar a cova urgentemente onde aquele demônio enterrou sua esposa. Se ela foi enterrada viva, ainda pode estar viva.

Evângelo respirou fundo, libertou-se da paralisia momentânea e começou a andar pelo local chamando pela esposa a toda voz:

— Virgínia!

— Não adianta gritar, meu senhor, por mais que ela queira responder, não a ouviremos se estiver enterrada. Além do mais, pode estar desacordada.

— Nesta hora vale tudo, meu rapaz.

Tropeçando entre as moitas, atirando umas e outras para longe, com pontapés, Evângelo começou a procurar por um amontoado de terra que pudesse indicar aonde Virgínia poderia ter sido enterrada. Gaetan fazia o mesmo, mas apenas com a luz do luar tornava-se difícil enxergar as coisas por ali.

Evângelo dava a impressão de ter levado uma paulada na cabeça. Repetia, incansavelmente:

— Você não pode morrer, Virgínia, não pode! Eu a amo! Amo muito!!

Um minuto depois, Gaetan gritava, alegre:

— Senhor, encontrei a pá que ele usou para cavar o buraco. A cova deve estar aqui perto.

Evângelo correu para lá e começou a esmiuçar o local com os olhos tomado de desespero.

— Deus, por favor, faça-me encontrar o local, urgentemente, antes que seja tarde.

Bastou fazer o pedido e o local se descortinou a sua frente. Um leve amontoado de terra indicava que um buraco havia sido fechado ali. Sem delongas, Evângelo tomou a pá das mãos de Gaetan e começou a cavar.

Cavava com toda força que dispunha, mas ao mesmo tempo

com muito cuidado para não ferir a esposa caso tivesse sido enterrada ali sem o baú. Temia machucá-la.

— Não morra, Virgínia! Por favor, eu lhe imploro. Aguente.

O moço transpirava tanto que sua roupa logo ficou toda molhada. O suor escorria para dentro dos seus olhos provocando uma certa ardência, mas nada o fazia parar, ele continuava cavando, desesperado e ansioso.

Gaetan também assistia a tudo ansioso e esperançoso.

Então a pá bateu em algo.

— Deve ser o baú, meu senhor. — alertou Gaetan.

Evângelo então deixou a pá de lado e começou a tirar a terra com as mãos com a mesma força e o mesmo desespero.

Logo o baú foi descoberto e com toda força aberto.

O que Evângelo viu parecia cena de pesadelo. Virgínia estava toda encolhida dentro do objeto, tremendo da cabeça aos pés, como se fosse acometida de uma forte febre.

— Você está viva, meu amor! — exclamou ele, rompendo-se em lágrimas. — Que maravilha, você está viva!

Rapidamente tirou-a do local e a pôs de pé, firmando-a em seus braços.

— Acalme-se, Virgínia. Está tudo bem, agora. Estou aqui, confie em mim.

Subitamente, ela começou a soluçar, histericamente. Ele então a sacudiu na esperança de despertá-la do choque, fê-la sentar-se numa espécie de caixote que havia próximo dali e disse, autoritariamente:

— Acalme-se, Virgínia. Por favor!

Enquanto isso, Rafaello Torino/Fádrique lê Blanc/ Marcus Marsan chegava a casa onde vivia com a esposa e os filhos. Por baixo do seu paletó de veludo vermelho, via-se claramente que sua camisa branca estava suja de terra. O homem levou um susto ao perceber que havia uma segunda pessoa na sala de estar: a esposa.

Michelle estava junto à parede, abaixo da gravura onde um cisne parecia alçar vôo, usava um vestido de lã branca, e seus cabelos castanhos lhe caíam pelos dois lados do rosto.

A surpresa por encontrá-la ali fez Fádrique falar sem pensar:

— Você me assustou parada aí feito um fantasma!

Ela, com os lábios firmemente apertados, olhou com atenção para as suas vestes sujas de terra e perguntou, rompendo assim o silêncio constrangedor:

— Onde foi que você se sujou dessa forma, Marcus?

Fádrique riu, fingido como sempre, e respondeu:

— Você não vai acreditar, meu bem, mas escorreguei, sem querer, é obvio, num chão de terra...

Ela olhou friamente para ele, analisando seus olhos atentamente e perguntou:

— Tem certeza de que está me dizendo a verdade?

As palavras dele se perderam diante da pergunta da esposa e uma onda de calor espalhou-se pelo seu corpo.

— É lógico que estou lhe dizendo a verdade, meu amor. Jamais mentiria para você. Você já deveria saber disso faz tempo.

— Será mesmo?

— Claro que, sim.

Ela então entregou ao marido um bilhete, fechado com um dos selos de cera usados para proteger seu conteúdo, na época.

— O que é isso? — inquiriu, olhando assustado para o bilhete.

— Mandaram-lhe entregar. — respondeu, friamente.

Um tanto trêmulo, Fádrique abriu o envelope e leu seu conteúdo. O mundo pareceu desaparecer debaixo dos seus pés naquele instante.

Enquanto isso nas proximidades do cemitério...

Virgínia abriu a boca, moveu ligeiramente a cabeça, fez uma careta de dor e caiu no que parecia ser um estado de inconsciência profundo e intranquilo. Então, subitamente, despertou e começou a sacudir a cabeça, descontrolada.

Evângelo agachou-se diante dela, segurou suas mãos e suplicou novamente:

— Acalme-se, meu amor. Não se desespere mais. Estou aqui com você. Comigo ao seu lado, nada de mal pode afetá-la.

As palavras ditas com tanto amor devolveram a Virgínia um pouco do equilíbrio perdido. Com voz trepidante e aflita, se pôs a falar:

— Foi ele... Evângelo... ele... Ai, meu Deus que vergonha... que decepção...

— Acalme-se, querida.

— Foi Fádrique, Evângelo! Ele está vivo! Enganou-me. Eu, tola, acreditei tanto nele e era tudo mentira. Tudo mentira. Ele me fez acreditar que me amava só para que eu o ajudasse a escapar de Écharde. Só por isso, Evângelo. Na verdade, nunca gostou de mim. Nunca! Deus meu, que decepção... Que vergonha... Sofri anos de saudade dele enquanto ele nem sequer se lembrava de mim. Eu o amava, entreguei-lhe o meu amor e ele só queria me usar. Eu vivi dez anos presa a uma mentira. Dez anos...

— Acabou, Virgínia. Logo, logo você vai esquecer tudo isso. Vai se recuperar do baque. Vai estar inteira de novo.

— Não sei...

— Vai, sim, acredite.

— Eu derramei lágrimas e mais lágrimas por causa daquele demônio de rosto bonito que não valia uma lágrima sequer. Passei horas rezando por ele e...

— Quem nunca errou na vida, que atire a primeira pedra.

— Como fui tonta, meu Deus...

— Não se critique mais, meu amor, por favor. Nada como o tempo para esquecermos os desagrados da vida.

Ela o olhou então com grande preocupação e disse:

— Vamos rápido, para a casa de Michelle. Precisamos avisá-la. Fazê-la saber quem seu marido é na verdade. Ela pode estar em perigo.

O pedido deixou o moço surpreso e espantado:

— O que tem a ver Fádrique com o marido de Michelle?

— Tudo a ver, Evângelo. Ele agora é o marido dela. Fádrique Lê Blanc e Macus Marsan são a mesma pessoa. Na verdade, seu nome não é Fádrique nem Marcus, é Rafaello Torino.

— É melhor então corrermos para lá, pois ela realmente pode estar em sérios apuros.

Sem mais delongas, ele amparou a mulher amada até a carruagem de aluguel que nesse ínterim havia sido buscada por Gaetan a pedido de Evângelo. Estavam prestes a subir no veículo, quando ela se lembrou de perguntar algo muito importante:

— Como soube que eu estava aqui? Era impossível saber.

— Desde que soube que Fádrique estava vivo, Virgínia, contratei um rapaz para ficar de olho em você. Sabia aonde vocês se encontravam porque li o endereço no bilhete que ele lhe mandou via um mensageiro. Você dizia que Fádrique era inocente, ele dizia o mesmo, mas seria de fato inocente ou tudo não passava de um truque para convencê-la a ajudar a fugir de Écharde?, perguntava-me. Diante da possibilidade de ele estar mentindo, achei melhor pôr alguém vigiando-a para protegê-la de qualquer maldade, caso ele fosse realmente um mau caráter.

— Quer dizer que você sabia o tempo todo que Fádrique estava vivo?

— Desde que li o bilhete. Foi sem querer. Você o havia deixado sobre as suas coisas, quando fui procurar algo e o vi, ali. Decidi guardar segredo do que sabia para não complicar as coisas entre nós.

— Foi minha sorte você ter posto esse rapaz a minha sombra.

Voltando-se para o rapazinho que os acompanhava, Virgínia agradeceu com muita sinceridade:

— Obrigada. Muito obrigada pelo que fez por mim.

O rapaz, rubro, baixou os olhos, encabulado. Evângelo então lhe deu dinheiro para voltar para a casa.

Assim que os dois se ajeitaram no interior do veículo, a carruagem partiu.

— Oh, Evângelo, como fui cega...Você era o homem ideal para mim o tempo todo e eu, sonhadora, não via isso.

— Não se culpe, mais, meu amor. O importante é que estamos juntos, agora e para sempre.

Ele abraçou a esposa, carinhosamente e beijou-lhe os cabelos.

Enquanto isso, na mansão do casal Marsan, marido e esposa se mantinham frente a frente.

Michelle franzia a testa. Parecia preocupada. Fádrique ficou assustado com a palidez e as olheiras em seu rosto. Por isso, perguntou:

— O que foi, meu amor, você me parece preocupada.

O olhar dela foi novamente atraído pelo bilhete que ele segurava nas mãos. Diante do seu olhar, ele tratou logo de inventar uma mentira para ela.

— É apenas um recado, do trabalho.

Mentira, como sempre, sem sequer ficar vermelho, sem sequer tremer a voz.

— Você está mentindo, Marcus! — falou Michelle com um tom que não lhe era nada peculiar.

— Mentindo, eu, para você, meu amor? Não...

— Está, sim.

— Eu jamais mentiria para você, Michelle.

A voz dela subiu num uivo:

— O bilhete nada tem a ver com o seu trabalho.

— Não?! Como pode saber?

— Porque fui eu quem o escreveu.

Fádrique Lê Blanc estremeceu, ligeiramente.

— Você, o que?

Um sorriso incrédulo brilhou na sua linda face.

— Você só pode estar brincando.

— Falo sério, Fádrique. Muito sério.

— Se sabia o que estava escrito no bilhete por que perguntou?

— Para ver a sua reação.

— Não lhe disse a verdade para não aborrecê-la. Para não perturbá-la com uma bobagem dessas!

— Se é bobagem por que ficou tão apreensivo, Fádrique?

— Ora, porque... — Fádrique estendeu as mãos num gesto de desalento. — Mas, afinal, por que vem me enviando esses bilhetes anônimos, para que me atazanar com eles, meu amor?

— Para testar você, queria saber se o que supunha era verdade. Dependendo da sua reação eu saberia que era verdade. Se o que está escrito no bilhete não significasse nada, você teria me dito, teria feito bem mais do que isso, teria procurado as autoridades.

Ele ficou literalmente sem palavras, sentindo-se encurralado.

— O tempo todo você mentiu para mim. — continuou Michelle, olhando desafiadoramente para ele. — Foi mentira em cima de mentira desde o começo.

— Não, meu amor.

— Você conhecia Virgínia Felician da prisão de Écharde, não é mesmo? Por isso ela desmaiou ao vê-lo pela primeira vez. Foi a própria Virgínia quem me contou, quando veio tomar chá comigo pela primeira vez, que trabalhara na prisão de Écharde. Perguntei se algum bandido havia fugido de lá, ela me confidenciou que somente um, mas que havia sido morto durante a fuga. Ao menos foi o que todos pensaram... Disse-me também que sua face era inesquecível. Linda, indescritivelmente linda. Depois que ela desmaiou na sua frente e ficava sempre sem graça na sua presença, cismei que havia algo de errado entre vocês dois, que vocês se conheciam e, por isso, mandei investigar seu passado, nada do que me contou fazia sentido com a vida de Marcus Marsan e o que foi mais chocante, Marcus Marsan estava morto, há pelo menos dez anos, segundo seu óbito. Então, tornou-se evidente para mim que você, para encobrir seu passado, havia se apoderado da identidade de um homem morto, com a idade e altura semelhantes à sua para poder tornar-se uma outra pessoa, um homem de bem, sem antecedentes criminais.

Você, como Fádrique Lê Blanc, sabe-se Deus se esse é realmente o seu nome verdadeiro, foi mandado para a prisão de Écharde por ter assassinado a sangue frio Fida Moulin. Qual ligação você tinha com a moça, ainda estou para descobrir, mas estou quase certa de que ela era sua esposa, e para poder se casar com uma tola assim como eu, não poderia continuar importunando a sua pessoa.

— Eu juro, meu amor, que não cometi crime algum. Passava pela rua no momento em que ela foi morta...

O olhar de Michelle, o simples olhar dela o fez calar-se.

— Fida Moulin era sua esposa. Sua primeira esposa, não é mesmo?

Os ombros de Fádrique se arriaram, os olhos fecharam-se, apertando as pálpebras com força. Ao abri-las, seus olhos lacrimejavam. Ele deixou seu corpo cair no braço de uma poltrona e, ente lágrimas, desabafou:

— Eu era jovem, muito jovem quando me casei com Fida. Ela não era nada do que pensei, Michelle. Absolutamente, nada. A descoberta fez com que me sentisse aprisionado e sufocado, como um pássaro numa gaiola. Eu não me conformei com aquilo, por isso a abandonei. Fugi para um lugar bem distante onde ela nem ninguém que me conhecia pudesse me encontrar. Estava prestes a ficar noivo da filha de um barão muito rico, prestes a recomeçar a minha vida, dar a volta por cima, ser feliz, enfim, quando ela me encontrou e se mostrou disposta a arruinar a minha vida. Só me restou matá-la, Michelle, para que eu pudesse seguir em frente, ser feliz, finalmente.

O rosto de Michelle Marsan estava totalmente destituído de calma quando o marido terminou o desabafo. Foi ela então quem desabafou:

— Eu realmente me casei com um assassino. Um assassino frio e desalmado.

Fádrique explodiu:

— Assassino, sim! Um assassino que a fez feliz por quase dez anos, Michelle! Vai negar que isso é verdade? Não, não pode, porque essa é uma verdade intransponível. Um assassino que lhe deu dois filhos lindos. Um assassino que a ama tanto quanto ama os filhos. Porque você... você, eu amo. De todas, foi a única que eu realmente amei. Você deu um outro rumo para a minha vida, ensinou-me coisas boas que eu jamais aprendera até então, deu-me uma família, a família que é tão importante para um homem se estabilizar na vida. Sou-lhe muito grato.

Ele fechou os olhos, enquanto lágrimas escorriam por sua face. Depois, com um suspiro fundo, encarou novamente a esposa e disse:

— Sentia vergonha desse meu passado, por isso não queria

que tomasse conhecimento dele. Foi uma injustiça o que Fida pretendia fazer comigo. Uma tremenda injustiça. Se ela não tivesse morrido, eu não estaria aqui com você agora.

— Casou-se comigo por dinheiro, não foi?

Ele suspirou, pesado, havia uma ponta de cansaço ao responder:

— No início foi, depois... Você me ensinou a amá-la. Eu a amo Michelle, não faça nada contra mim, por favor.

— Não cabe a mim decidir, cabe às autoridades.

— E os nossos filhos, Michelle?

— Eles vão sentir muita vergonha de você ao saber que é um assassino.

— Não conte nada a eles, por favor. Eles são muito crianças, ficarão traumatizadas; poupe os nossos filhos dessa...

Ela ousou completar a frase por ele:

— Dessa vergonha, dessa indecência?...

— Dê o nome que quiser, só lhe peço que os poupe... Eu amo os garotos, e você sabe disso. Vocês são tudo o que mais prezo na vida. Por favor, eu lhe imploro.

Jogando-se aos pés da esposa, curvou-se sobre eles e suplicou:

— Por favor, não me entregue. Não vou suportar voltar para uma prisão.

Fechou os olhos, apertando fundo as pálpebras, repetiu choroso:

— Por favor, eu lhe imploro, Michelle. Em nome dos nossos filhos...

Agora ela olhava com horror redobrado para o homem ajoelhado aos seus pés, chorando convulsivamente, humilhando-se totalmente. Ainda que lhe causasse pena, ela tocou o sininho que usava para chamar os criados.

A porta se abriu e policiais adentraram o recinto.

253

Ela voltou-se para os homens e disse sem fraquejar a voz:

— Podem levá-lo.

Fádrique fitou-a, banhado em lágrimas e esbravejou:

— Foi Virgínia, não foi? Foi ela quem fez a sua cabeça, não? Ela quer se vingar de mim, por eu ter ficado com você, por eu amá-la!

Os homens o ergueram.

— Michelle, por favor! — tornou ele, desesperado. — Por favor!

Ela se manteve irredutível. Os policiais viram-se obrigados a arrastar para fora, o homem que continuava a implorar a benevolência da esposa.

Os criados, rente à porta da entrada da casa, olhavam para a cena estarrecidos. Foi então que a carruagem trazendo Evângelo e Virgínia estacionou em frente à mansão. Ao verem Fádrique nas mãos das autoridades, sendo arrastado para fora da casa, correram para lá.

Ao encarar Virgínia, o rosto de Fádrique perdeu toda a tristeza e o desespero, tornou-se apenas e simplesmente a face do ódio.

— Você! — rosnou, entre dentes, fulminando a moça com os olhos. — Você me libertou daquele inferno e indiretamente me devolveu a ele. Está contente agora?

Respirando fundo, sem tirar os olhos dos dele, disse ela com todas as letras:

— Eu parti do povoado dizendo que poria o assassino de Fida Moulin atrás das grades. Que faria justiça a sua pessoa...

Suas palavras deixaram o homem ainda mais enfurecido, contorcendo-se entre os braços das autoridades como uma cobra ferida. Subitamente, ele se soltou dos guardas e pulou na direção de Virgínia, com as mão para frente, feito garras, para arranhá-la, mas foi detido pelas mãos fortes de Evângelo que estava atento a sua pessoa.

Uma catadupa de palavras obscenas jorrou dos lábios do homem desalmado. Mais alto, entretanto, soou a voz de Evângelo:

— Não se atreva a tocar na minha mulher, seu demônio. Tampouco falar com ela nesse tom.

Os policiais agarraram novamente o endemoniado, desta vez com força redobrada e o arrastaram de vez para o carro da polícia. Os olhos de Fádrique explodiam das órbitas. A boca espumava de raiva, o ódio avermelhava totalmente a sua pele, a voz soava alta e histérica:

— Odeio, você, Virgínia Accetti. Odeio! Eu ainda vou matá-la!

Virgínia e Michelle, olhavam a cena, horrorizadas. Os policiais então empurraram o detido para dentro do *camburão* com toda força, como se ele fosse um saco de batatas arremessado ao chão. Fádrique, no entanto, voltou-se para a janela da porta do veículo como um raio, mirou fundo os olhos de Michelle e tentou dizer-lhe alguma coisa. Todavia, a forte emoção calava-lhe a voz.

Ao sinal do guarda, o cocheiro pôs o veículo em movimento. Michelle e Virgínia acompanharam-no até o perderem de vista. Michelle então respirou fundo e fechou os olhos, parecendo aliviada.

— Você está bem? — perguntou Evângelo, passando a mão delicadamente pelo rosto da esposa.

Ela fez que sim, com a cabeça. Ele procurou sorrir para ela, um sorriso terno e disse com doçura na voz:

— Acabou, Virgínia. O pesadelo acabou.

Ela assentiu com os olhos transbordando em lágrimas. Depois, deu alguns passos até Michelle e disse:

— Sinto muito... Sinto imensamente por tudo... Jamais, em momento algum, passou-me pela cabeça que...

Ela sorriu, um sorriso triste e falou:

— Devo a você, Virgínia. Graças a você que comecei a suspeitar que ele não era o que me parecia ser. Graças a você que passei a olhá-lo, para além de sua beleza e percebi que por trás dela havia o oposto do que era belo.

Eu amei esse homem, Virgínia. Amei loucamente. Infelizmente meu coração se enganou. Dizem que ele nunca se engana, mas se engana, sim, sou a prova viva disso.

— Ele também me iludiu, Michelle. Fez com que eu acreditasse que era louco por mim, que se o ajudasse a fugir da prisão de Écharde, se casaria comigo e realizaria todos os meus sonhos de mulher. Era tudo mentira, falou o que falou só para poder fugir de lá. Fui uma tola.

— Nós duas fomos tolas.

— Outras também foram. Existiram outras, acredite.

Fez-se uma breve pausa até que Virgínia chegasse à conclusão:

— Então foi você quem lhe enviou os bilhetes anônimos?

— Foi a única forma de saber se minhas suspeitas estavam certas. Ao vê-lo desesperado, recusando a me revelar o que eles continham, deduzi que as minhas suposições eram verdadeiras. Afinal, uma pessoa que não tem nada a temer, ao receber bilhetes anônimos dizendo inverdades, comentaria com a esposa e com as autoridades. O que ele não fez, por medo de que a verdade viesse à tona.

— Você foi muito esperta. Todavia, ele pensou que era eu quem lhe mandava os bilhetes e me enterrou viva dentro de um baú, numa vala perto de um dos cemitérios da cidade.

O terror tomou novamente conta do rosto de Michelle Marsan.

— Jamais pensei que ele seria capaz de algo tão cruel.

— Ele é cruel por inteiro. — opinou Evângelo.

— Se não fosse Evângelo... eu estaria morta, sufocada a uma hora dessas.

Michelle sorriu para Evângelo, virou-se para Virgínia e repetiu o que dissera certa vez:

— Você é realmente uma mulher de sorte, por ter se casado com um homem talentoso como seu marido.

A amiga ficou rubra diante daquelas palavras.

Michelle voltou os olhos para a casa, suspirou e disse:

— O pior ainda está por vir, tenho de explicar para os meus filhos o porquê de o pai deles não voltar mais para a casa. Não queria que soubessem, não, de jeito algum, quem é o pai, no íntimo. Acho que prefiro dizer-lhes que ele morreu num acidente para evitar o choque e a decepção que terão, a lhes dizer a verdade.

Virgínia e Evângelo não souberam opinar. Despediram-se, pegaram a carruagem de aluguel e partiram de volta para a casa.

Assim que se aconchegaram no banco, Virgínia comentou:

— Vai ser difícil para os garotos encararem a realidade da mesma forma que foi difícil para mim. Tenho pena deles, mas não tenho de mim. Fui uma tola.

Evângelo passou o braço por trás do pescoço dela e puxou-a para junto dele.

— Quem nunca errou na vida que atire a primeira pedra, não é isso que diz a Bíblia? Todos cometem erros na vida, Virgínia. Você não foi a única. É preciso compreender essa verdade para que possamos nos libertar do arrependimento e da culpa.

— Eu fui cruel com você, Evângelo. Tão cruel quanto aquele demônio foi comigo. Tratei-o mal, desprezei o seu amor por um homem que não valia nada. Que me usou apenas por interesse próprio. Que nunca se importou em ferir meus sentimentos.

— Mas eu sempre lhe perdoei, Virgínia. Sempre procurei ver seu lado. Porque o meu amor por você resistiu ao tempo.

Ela endireitou o corpo, olhou bem nos olhos dele e confessou:

— Quando eu e Fádrique nos encontramos no quarto de um bordel, por sugestão dele, para esclarecermos o que houve no passado, me entreguei a ele porque esse era o meu maior desejo. Um desejo que guardei por mais de dez anos. Foi então que algo surpreendente e, ao mesmo tempo, assustador aconteceu. Fiquei decepcionada com o ato de amor. Como poderia ser possível se aguardara por aquilo tão ansiosamente, se amava Fádrique tão loucamente? Cheguei à conclusão de que o ato havia sido insatisfatório para mim por estar tensa e nervosa; então fui para a cama novamente com ele e tive nova frustração.

Era chocante descobrir que com você eu sentia prazer, e o que era mais importante, me sentia amada, mulher, linda. Com ele, não sentia nada, somente a frieza da desilusão.

Desde então passei a prestar melhor atenção em você e ver que era seu corpo que me atraía, sua voz, seu jeito e seu toque que me enlouqueciam e não os de Fádrique Lê Blanc.

Desde então soube que, desde muito tempo, era você o homem que realmente me fez feliz. O que realizou meus sonhos, que me tirou do povoado para conhecer as cidades grandes, que me fez, enfim, uma mulher feliz.

Ela baixou a cabeça e murmurou, entristecida:

— Será que você pode me perdoar por tudo?

Delicadamente, ele ergueu o queixo dela, sorriu e a beijou, terna e docemente, com o amor explodindo no peito de ambos de forma galopante.

— Você, sim, é o homem da minha vida, Evângelo. O homem para o qual nasci para amar. Acho que chegou a hora de lhe dizer o que há muito anseio e não tive coragem: eu o amo.

A declaração despertou um grande sorriso na face do pintor que respondeu à altura, beijando os lábios da mulher a quem tanto amava.

Enquanto isso, na grande sala de sua mansão, Michelle mantinha-se parada, passeando os olhos pelo local. De seus olhos escorriam lágrimas sentidas, de tristeza e decepção.

"A vida é feita de alegrias e tristezas, sonhos e desilusões, terremotos e furacões, conquistas e decepções... Tem de haver o claro e o escuro para que você conheça a diferença entre os dois e a importância de cada um.", lembrou-se das palavras que um padre muito querido lhe dissera, quando ela perdeu seu pai.

"Ao longo da vida haverá quedas, decepções e frustrações com as pessoas e com a vida, não esmoreça, siga em frente, pois só assim se renasce e se aprende realmente a viver para a vida eterna!"

Michelle estava determinada a seguir aqueles conselhos porque sua alma sabia o quanto eram verdadeiros e importantes para viver.

Dois espíritos de luz que acompanhavam aquela triste história, perguntaram:

— Oh, mestre, por que algumas pessoas complicam tanto sua existência?

— Por dinheiro, meu caro. Na maioria das vezes, por dinheiro, poder, status, tudo, enfim, que jamais deve ser valorizado além de sua real importância. O ser humano jamais deve se apegar a ele como âncora que o prende à vida.

— Por que as pessoas se deixam deslumbrar pelas coisas materiais como dinheiro, status, poder? Por que são capazes de praticar atos horríveis, chegando até mesmo a matar seu semelhante para conquistar tudo isso?

— Porque ainda têm muito a aprender sobre a vida. Sobre o real sentido de sua existência.

— Mas é tão triste ver pessoas arruinando suas vidas por algo que nunca lhes trará a felicidade a que tanto almejam; por bens materiais que diante da vida eterna se esvaem, quando o espírito deixa a Terra.

— É triste, sem dúvida, mas encare tudo isso como lições, lições importantes a serem aprendidas para a evolução da alma. Afinal, tudo que vivemos ao longo das reencarnações é aprendizado em cima de aprendizado para uma vida real mais satisfatória e significativa no Além...

◎⧓〜 Capítulo 11 〜⧓◎

10 anos depois

Nos dez anos que se seguiram, Virgínia e Evângelo tornaram-se um casal unido e muito apaixonado. Tiveram duas filhas: Linda e Angelina. Duas meninas graciosas, de almas serenas e equilibradas. Virgínia tornou-se uma mãe muito dedicada, Evângelo também, um pai bastante dedicado, inclusive ao filho que teve fora do casamento. Sempre que podia, ia visitá-lo, sustentava-o financeiramente e prometera levá-lo para cursar os estudos superiores em Paris para que tivesse boa formação e oportunidades de trabalho.

Nesse período, Evângelo conseguira, cada vez mais, destaque no mundo da pintura. Trabalho, agora, era o que não lhe faltava. Sua arte acabou lhe rendendo muitos dividendos que lhe permitiram comprar uma casa bastante espaçosa e agradável num bairro elegante de Paris, cidade para onde se mudaram em consequência de sua consagração como pintor.

Michelle também se mudou para Paris com os filhos, na esperança de esquecer o passado. Foi ali que ela encontrou um novo amor. Mais velho do que ela, mas de alma decente.

A amizade entre ela e o casal Felician continuou. Virgínia e ela estavam sempre engajadas em causas em prol dos pobres e assuntos espirituais. Nos últimos meses queriam muito participar das reuniões mediúnicas que aconteciam na cidade para testemunhar o fenômeno das mesas girantes e alguns ensaios de escrita mediúnica, algo que se comentava muito entre a alta sociedade e aqueles que buscavam expandir seu conhecimento sobre a vida.

Com tanta prosperidade, Evângelo e Virgínia puderam levar seus familiares para conhecerem Paris onde passaram pelo menos um mês na casa do casal, proporcionando grande satisfação a todos. Ficaram também imensamente surpresos ao verem que Evângelo e Virgínia haviam, finalmente, se entendido e formavam agora um belo casal, fiel e apaixonado.

— Quem diria, hein, minha irmã? — comentou Elisa durante a visita. — Que um dia você acabaria se apaixonando realmente pelo homem que tanto abominava.

— Isso prova, minha irmã, que a felicidade pode estar bem ao nosso lado, mas não a percebemos porque criamos fantasias, sonhos utópicos na cabeça os quais nos impedem de vê-la e vivê-la. Pus na cabeça que eu haveria de casar com um estrangeiro lindo e por causa dessa ilusão quase desgracei a minha vida por completo. Mas aprendi a lição e espero que muitas outras mulheres também a aprendam de forma menos dolorosa do que eu. Tirem pelo menos meia hora de seu dia, para observar se os desejos do coração são sãos ou meras ilusões. Permitam-se olhar constantemente para o homem que as corteja ou com quem se casaram e percebê-lo por inteiro, sempre, a ponto de descobrirem qualidades que nem ele próprio sabe que as tem.

— Você mudou um bocado, Virgínia.

— A vida me fez mudar, Elisa. E sou grata à vida por isso, pois só por meio das lições que me deu, pude compreender melhor o sentido da vida, enxergar o homem que realmente me faria feliz, verdadeiramente mulher, e viver a realidade e não a ilusão.

A irmã abraçou a outra e desejou com sinceridade:

— Sei que já é feliz, Virgínia. Mas lhe desejo ainda mais

felicidade. Você merece.

— Todos a merecem, Elisa. Basta fazer por merecer, que a felicidade vem.

Dias depois, a mãe perguntava à filha:

— Virgínia, filha, seu marido teve um filho com uma outra mulher, como você encara isso?

— Ora, mamãe, da melhor forma possível. Não recrimino Evângelo por ter se envolvido com outra mulher, uma que lhe deu carinho e afeto que eu jamais lhe havia dado até então. Considero o nascimento do menino uma bênção, pois hoje sei que ninguém nasce por acaso. Todos os nascimentos ocorrem, porque essa é a vontade da VIDA.

— Oh, filha, querida... Fico tão feliz por vê-la feliz.

— A felicidade, minha mãe, muitas vezes, senão na maioria, está bem diante do nosso nariz. Não sei por que acreditamos sempre que ela está longe ou a buscamos no horizonte, sem jamais olhar para perto.

Mãe e filha se abraçaram.

Foi durante a visita da família de Virgínia que Luigi Marsan conheceu Desirée, filha de Elisa e Thierry Gobel e se encantou por ela. Diante da distância que os separaria, Michelle disse para o filho:

— Meu querido, no amor, quando há amor de verdade, não há distância que separe um casal eternamente. Termine seus estudos, com empenho, e então poderá se casar com Desirée, se ela realmente o quiser.

— Ela me quer, mamãe. — respondeu o rapaz de 15 anos nessa época. — Ela me quer da mesma forma que eu lhe quero.

De fato, a jovem lhe queria mais que tudo. E estava disposta a esperar por ele, até que tivesse condições para se casarem. Para amenizar a saudade, com a permissão do marido, Elisa e a filha passariam pelo menos um mês, por ano, na casa de Virgínia para que os jovens pudessem se rever e matar a saudade um do outro.

Oliver quando completou 16 anos, também se engraçou por uma jovem da mesma idade que a dele. Isso fez com que ele, certo dia, confessasse à mãe:

— Oh, mamãe, mal vejo a hora de me casar... Ser feliz assim como a senhora foi com o papai.

O comentário fez Michelle estremecer e empalidecer. Há anos que o menino não falava do pai, há anos que ela própria nem sequer se lembrava que ele um dia existiu.

— Mamãe! — chamou o jovem, olhando-a preocupado. — A senhora está bem?

— Sim, Oliver. Foi apenas um...

— Que pena, mamãe, que o papai morreu tão moço. Queria muito que ele estivesse presente no dia em que eu me casasse.

Michelle, um tanto sem graça, consolou o filho entre os braços. A pergunta que não queria se calar em seu interior continuava a martirizá-la: havia agido certo ao mentir que o pai havia morrido num acidente para poupá-los da vergonha de saber que ele era um assassino? Ela preferia acreditar que sua mentira havia sido a melhor solução para os dois. O baque poderia chocá-los, deixar danos profundos em suas personalidades para o resto da vida.

Voltando os pensamentos para o ex-marido, ela se perguntou mais uma vez se ele ainda estaria vivo depois de dez anos aprisionado. Não, com certeza, não. Deveria já estar no inferno que era o seu devido lugar e há muito tempo.

⁂

Num suave dia cinzento de setembro, após levar as filhas para a escola, como fazia questão todos os dias, Virgínia voltava a casa para terminar os afazeres do dia. Pelo caminho reparava nas árvores com seus galhos nus contra o céu, com apenas algumas folhas douradas ainda penduradas, iluminadas pelo sol vespertino.

O clima estava revigorante. Quase um verdadeiro dia de outono francês, a época que ela mais apreciava do ano.

Então, subitamente, estremeceu. Pensou a princípio ser uma rajada de vento, mas não, fora apenas um mal-estar; na verdade, uma sensação estranha que a vinha acompanhando há alguns dias.

Sentia, e a cada momento com maior intensidade, que havia algo de maligno no ar. Ela podia sentir as vibrações do mal, seu travo e o seu gosto, seus fins e processos, a nítida sensação de que alguma coisa de ruim estava acontecendo ou prestes a acontecer. Alguém, em alguma parte, estava em perigo. Seria ela, Evângelo, algum conhecido seu, uma de suas filhas?

A imagem de Rafaello Torino voltou a se projetar em sua mente, provocando-lhe um arrepio e um gelo na alma. Suas palavras, ameaçadoras, ditas com todo o ódio do mundo voltaram a se repetir em sua mente: "Odeio você, Virgínia Accetti. Odeio! Eu ainda vou matá-la!".

A lembrança a fez arrepiar-se novamente e estugar os passos.

"Acalme-se Virgínia.", aconselhou-se. "Rafaello Torino nada pode lhe fazer de mal, está preso, esqueceu-se? Preso há dez anos... De prisões ninguém escapa, a não ser com a sua ajuda. E você não está lá e também não existe outra Virgínia, só você..." Ele pode até mesmo já ter morrido nesse período. Ninguém resiste por muito tempo a uma vida no cárcere."

"É isso mesmo, Virgínia", disse ela para si mesma, "você está se preocupando à toa. A uma hora dessas... o danado já deve estar no quinto dos infernos que é o seu lugar!".

No entanto, a sensação de que havia algo de maligno, em alguma parte continuou perturbando sua paz.

Assim que entrou em sua casa foi direto para a cozinha beber um copo de água. Depois de engolir o líquido, respirou fundo, uma, duas vezes e procurou se tranquilizar. De repente, a impressão, que tinha, era de que a casa nunca estivera tão silenciosa; podia ouvir com nitidez sua respiração agitada ecoando pelo recinto. O silêncio, de repente, lhe parecia uma entidade a se infiltrar no mundo dos vivos. Subitamente, o que ela mais queria era que Evângelo voltasse para a casa. Desde que aceitara restaurar as ilustrações de uma capela na Espanha, ele só retornaria nos fins de semana. Com ele ali, certamente o mal-estar e o medo haveriam de desaparecer e a paz voltaria a reinar em seu interior, como ela tanto almejava.

— Vamos lá, Virgínia — encorajou-se — você tem muita roupa ainda para passar, mãos à obra.

Ela respirou fundo, procurou sorrir e foi cuidar do que lhe cabia. Foi quando atravessava a sala, que um braço forte agarrou-a por trás e uma voz grave e precisa soou ao seu ouvido:

— Se gritar, eu a mato.

Virgínia gelou, ao sentir a lâmina da faca encostada ao seu pescoço. "Não podia ser Rafaello. Não, ele estava preso!", afirmou para si mesma.

Então, o invasor a soltou e a virou para ele. Para seu total desespero, era o próprio Rafaello Torino quem se encontrava diante dela.

— Não pode ser... — murmurou, trêmula. — Você está preso... Isso só pode ser uma assombração. Um delírio...

— Olá, Virgínia, como vai?

— C-como... como você pode estar aqui? Como nos encontrou?

— Seu marido é um pintor famoso, esqueceu? Qualquer um pode me fornecer seu endereço.

Ele não mudara muito, observou ela. Estava talvez um pouco mais magro, suas mãos estavam mais agitadas. Se não fosse por isto, ele seria a mesma criatura calma e cínica do passado.

— Você escapou novamente... Como?

— Desta vez com a ajuda de um carcereiro que me desejava.

— Você não pode ter sido tão baixo...

— Fique pelo menos um mês presa num inferno como a prisão e me diga, depois, do que é capaz de fazer para sair de lá.

Virgínia estava mais uma vez horrorizada.

— Só me submeti a tudo isso para poder escapar e ver meus filhos, Virgínia.

— Eles... eles dois pensam que você está morto, não sabem da verdade. Michelle quis poupá-los da vergonha, do baque e do trauma se descobrissem que o pai é um...

— Eu sei...

— Se você ama realmente seus filhos sabe que foi melhor assim, não sabe?

— Amo meus filhos, eles também me amam, que eu sei. Por isso, são capazes de entender que tudo o que me aconteceu foi uma injustiça.

— Injustiça?

— Sim. Uma injustiça.

— Deus meu, você não mudou nada nesses últimos dez anos... Que pena.

— Nesses últimos dez anos eu só pensei em uma coisa, foi o que me deu forças para enfrentar aquele inferno: meu filhos. Agora quero vê-los, abraçá-los, beijá-los e dizer-lhes, olhos nos olhos, o quanto os amo.

— O que tenho a ver com tudo isso?

— É por seu intermédio que vou conseguir chegar perto deles.

— Não conte comigo para isso.

— Ou você me ajuda ou... — ele ergueu a faca e ficou a virá-la de um lado para o outro. — Você sabe muito bem do que sou capaz de fazer, ainda mais pelos meus garotos. Portanto, se você quer proteger suas filhas, acho melhor...

— Você não ousaria se aproximar delas...

— O mesmo apego e amor que você tem por elas, tenho pelos meus dois garotos. Somos pais, e só pais sabem o que sentem pelos filhos. Eu poderia ir até à casa deles sem a sua presença, mas não conseguiria entrar. Assim que Michelle me visse, me impediria e me mandaria prender novamente. Mas se você for até lá, ela a receberá, estarei dentro da carruagem; uma vez dentro da propriedade, será fácil para eu chegar até os dois. Além do mais quero que confirme para os meninos que a mãe deles mentiu, quando disse que eu havia morrido.

— Eu não vou fazer nada disso...

— Vai, sim, Virgínia, se quiser proteger seus familiares. Especialmente seu maridinho que se encontra atualmente na Espanha, não? Estou sabendo de tudo, minha querida. Há dias que venho observando essa casa, esperando seu marido viajar para eu poder ficar a sós com você.

O silêncio caiu a seguir, sobre eles, de forma pesada. Então, subitamente, Rafaello começou a chorar.

— Eu só quero ver meus dois meninos, Virgínia. Por favor, só isso.

— Eu não acredito em mais nada que vem de você. Para mim suas lágrimas, todas, são sempre falsas... fingidas...

— Desta vez não, Virgínia, acredite-me. Você é mãe, como eu disse e, por isso, sabe muito bem o que os filhos significam para os pais. Ajude-me, por favor.

— Outra vez?

— Sim, outra vez. Eu lhe imploro. Sei que deve estar me

achando um despudorado, mas a quem mais posso recorrer a alguma coisa na vida senão a você?

Virgínia se viu temporariamente sem resposta. Diante do homem que ainda se mantinha lindo, apesar dos anos no cárcere, em condições inumanas de sobrevivência, ela sentiu pena. Apesar de tudo, ele era pai e seus sentimentos pelos filhos deveriam ser verdadeiros realmente.

— Está bem — respondeu ela, minutos depois — eu o levarei até lá... Michelle vai me matar, mas... O que se há de fazer?

Os olhos de Rafaello brilharam. Então, ele deixou a faca de lado, ajoelhou-se aos pés de mulher e os beijou, agradecido. Chorando, desabafou:

— Eu sabia, sabia o tempo todo que só você mesma poderia me ajudar neste caso. Obrigado, muito obrigado pelo que está fazendo por mim.

Sem delongas, os dois pegaram a carruagem para levá-los a casa onde Michelle residia agora com o marido e os filhos.

Na entrada, ao portão, foram informados que a dona da casa não se encontrava no momento. Rafaello sugeriu a Virgínia que perguntasse então pelos filhos. Ao ser informada que os dois se encontravam na casa, ela pediu para vê-los. Foi o próprio Luigi quem a recebeu à porta.

— Virgínia, que surpresa agradável. Traz alguma notícia de Desirée? Estou morto de saudade dela.

— Não, Luigi, não é por ela que estou aqui.

Nisso Oliver chegou à sala. Ele com 16 anos, nessa época, e Luigi com 18.

— Virgínia, como...

O adolescente não terminou a frase, pois naquele momento, Rafaello Torino atravessava a porta central da mansão. O rapazinho perdeu a fala, branqueou, trêmulo disse:

— Papai... é o senhor mesmo?

Luigi também olhava para o pai, com tamanho espanto que deformava seu lindo rosto.

— Papai! — exclamou Oliver, no tom mais animado que já usara.

— Olá, Oliver. — disse Rafaello, contraindo os olhos para conter a emoção.

O jovem abriu a boca e fechou-a novamente. Ele queria fazer tantas perguntas de uma vez que achou difícil saber por onde começar. O homem aproximou-se então, pegou-lhe o queixo e afirmou:

— Como você está bonito, meu filho! Um rapagão...

O rapazinho, entre lágrimas, abraçou o pai e declarou com voz embargada:

— Que saudade, papai. Que saudade...

— Não é para menos, Oliver. Faz dez anos, dez longos anos que não nos víamos.

Depois de cumprimentar o filho mais novo, Rafaello dirigiu-se até o mais velho:

— E você, Luigi, meu amado, como vai?

— Olá, papai... — respondeu Luigi, cautelosamente.

— Luigi, meu filho, você já é um homem. Um homem feito!

O pai puxou-o contra o peito e o abraçou forte e calorosamente, em meio a uma nova torrente de lágrimas.

— Oh, como eu sonhei revê-los, meus queridos. Agora posso morrer em paz.

Puxando o outro filho para junto deles, Rafaello envolveu os dois num abraço caloroso e terno.

— Eu não entendo, papai. Mamãe disse que o senhor havia morrido num acidente. — murmurou Oliver.

— Todos pensaram realmente que eu havia morrido, filho. Mas foi um engano. Papai é mais forte do que todos pensam. Até mesmo diante da morte.

— Oh, papai, como é bom ter o senhor de volta para casa.

Recuando o rosto, Rafaello perguntou ao filho mais velho:

— E você, Luigi, não diz nada, não está feliz por me ver?

— Estou sem palavras, papai, só isso... É lógico que estou feliz em revê-lo. Em saber que está vivo e não morto como pensamos nesses últimos dez anos.

— Que bom... que bom...

— O senhor voltou para ficar, não é mesmo, papai? Mamãe vai ficar muito feliz ao revê-lo, assim como nós.

— Certamente que vai — respondeu ele, endereçando um olhar cauteloso na direção de Virgínia.

A mulher, por sua vez, assistia a tudo, deveras emocionada pelo reencontro do pai com os filhos.

Luigi desvencilhou-se do abraço e disse:

— Mamãe vai demorar para voltar, enquanto isso vou pedir às criadas que preparem um chá da tarde reforçado para todos nós, para brindarmos este grande momento.

Luigi retirou-se do aposento em seguida e, em menos de um minuto, estava de volta. Assim que chegou, Rafaello lhe perguntou:

— Diga-me, filho, há alguma jovem por quem esteja encantado?

— Bem... não...

— Há sim, papai! — adiantou-se Oliver. — O nome dela é Desirée. É sobrinha da dona Virgínia.

— É mesmo? Que maravilha! — Rafaello voltou a endereçar seu olhar bonito para a mulher que se mantinha em pé, assistindo a tudo, com lágrimas nos olhos.

— E quanto a você, Oliver?

271

— Estou interessado em uma garota, mas ela até o presente momento não parece interessada em mim.

— As difíceis são as que nos atraem mais, meu caro. Cuidado com elas.

A seguir eles se dirigiram para a mesa lindamente posta para tomarem o chá, acompanhado dos mais saborosos pães parisienses.

— Deus meu... — murmurou Rafaello. — Que saudade que eu estava de uma casa linda e luxuosa como esta, de criados para nos servir, com tudo que há de melhor que o dinheiro pode nos oferecer.

Oliver sorriu para o pai, Luigi, todavia, endereçou-lhe apenas um meio sorriso. Ao término do chá, todos voltaram para a sala de estar.

— Esta casa é muito melhor do que a que tínhamos na Itália, vocês não acham?

— É melhor e maior, papai. — adiantou-se Oliver.

— Vou gostar de viver aqui.

O comentário surpreendeu Virgínia, consideravelmente. Perguntou-se como Rafaello convenceria Michelle a aceitá-lo naquela casa, ainda mais casada com outro homem.

No minuto seguinte, uma criada apareceu à porta e fez um sinal discreto para o jovem Luigi. O rapaz, polido como sempre, pediu licença e retirou-se, alegando que não demoraria. De fato, segundos depois reaparecia no cômodo, seguido por seis guardas. Ao vê-los, Rafaello saltou imediatamente do sofá onde estava sentado e indagou, horrorizado:

— O que está havendo aqui?

— É esse aí, senhores! — informou Luigi em tom enérgico.

— Luigi! — berrou o pai. — O que você está fazendo?! O que deu em você? Sou seu pai! Você não podia...

A resposta do rapaz foi rápida e precisa.

272

— Eu sei... há muito que sei que o senhor tem uma dívida para com a justiça, meu pai, e que não deve ter sua liberdade, enquanto não pagá-la. Sei também que está se aproveitando da sua condição de pai, pobrezinho, que ficou longe dos filhos, na esperança de nos convencer a escondê-lo de todos e voltar a lhe proporcionar a vida luxuosa que tinha antes de ter sido preso.

Oliver, horrorizado, perguntou a seguir:

— Luigi, o que está acontecendo aqui?!

Ao perceber que os guardas iam prender seu pai o adolescente se pôs na frente dele para protegê-lo.

— Ninguém vai tocar no meu pai! — protestou.

Ao perceber que a polícia não se importaria com o fato, Rafaello abaixou-se e tirou um punhal que levava consigo, estrategicamente preso à perna, pouco abaixo do joelho. Segurou o filho e pressionando o punhal contra o pescoço do jovem, afirmou:

— Se vocês se aproximarem, eu o mato!

O horror tomou conta de todos, até mesmo do pequeno Oliver.

— Papai... — murmurou, trêmulo.

— Cale essa boca, Oliver! — berrou Rafaello, arrastando o jovem para fora da casa.

Ao passar por Luigi, o jovem estendeu a mão na direção do pai e pediu em tom de súplica:

— Leve-me, não a ele, por favor.

— Calado, seu desalmado, fingido, falso! — gritou Rafaello, perdendo de vez a compostura. — Como pôde ter tido a coragem de fazer isso com o seu próprio pai que o amou tanto? Que passou estes últimos dez anos vivendo por você e seu irmão, movido pela esperança de um dia revê-los?

Aproveitando a distração, Oliver deu uma cotovelada no

estômago do pai, fazendo com que ele afrouxasse os braços e com isso pudesse se livrar deles. Rafaello, diante do desespero e do ódio, cravou o punhal nas costas do rapaz mas não chegou a perfurá-lo fatalmente porque Luigi puxou o irmão, pelo pulso, para frente com toda força.

Imediatamente, Rafaello Torino saiu da casa, correndo como uma lebre afoita. Os policiais instantaneamente foram ao seu encalço.

Amparando o irmão em seus braços, Luigi o fez sentar-se em uma das poltronas que havia ali, enquanto Virgínia seguia em busca de uma criada que lhe pudesse providenciar algo para fazer um curativo nas costas do rapaz.

— Acalme-se, Oliver. Agora está tudo bem... — consolou o irmão.

— Por que Luigi... por que o papai fez isso comigo?...

— É uma longa história, Oliver. Uma longa história. O papai é como uma flor cheia de espinhos; encantamo-nos pela flor, esquecendo-nos de levar em conta os espinhos que há em seu caule; por isso quando a pegamos, nos ferimos. Por mais que tenhamos cuidado, ainda assim nos ferimos. Infelizmente a flor linda acaba solitária, pois os espinhos nunca deixam ninguém se aproximar, o mesmo acontece com os espinhos. Por isso os poetas referem-se a eles como a solidão do espinho...

Uma semana depois Rafaello Torino estava de volta à prisão de onde fugira com a ajuda do carcereiro. Por ter fugido, estava preso novamente na solitária.

Diante dele estava Nunzio Port, o carcereiro que o ajudou a fugir, um senhor de meia-idade, começando a engordar. Seus lábios estavam firmemente apertados e as sobrancelhas arqueadas. Não se podia afirmar com certeza se o que seus olhos transpareciam era ódio ou paixão. Talvez as duas fortes emoções, entrelaçadas.

— Por que fez isso comigo, Rafaello? — foi a primeira pergunta que saltou dos lábios do homem. — Confiei tanto em você. Acreditei piamente nos seus sentimentos por mim.

— Eu jamais o trairia, Nunzio. Jamais. Só fugi porque queria muito ver meus filhos. Sou pai, sinto muita saudade deles. Achei que você não cumpriria o trato que fez comigo. Que não permitiria que eu fosse vê-los.

— Estava com medo mesmo de consentir e você nunca mais voltar para cá, para mim.

— Eu jamais faria isso. Sou um homem de palavra.

— Você realmente fala a verdade? Você pretendia mesmo voltar depois de revê-los?

— É lógico, que sim! Para fazer o que tanto planejamos. Irmos embora daqui para vivermos nas montanhas, só nos dois.

— Você ainda quer isso?

— É lógico, que quero. Só depende de você!

— Oh, Rafaello eu gosto tanto de você!

— Eu também.

Houve uma breve pausa, entre lágrimas, até que Rafaello dissesse:

— Já lhe disse, não disse? Que Nunzio era o nome do meu pai? De meu amado pai?

— Se o disse, não me lembro.

— Pois era e eu acredito piamente que foi ele, lá do céu, quem pôs você no meu caminho, para me proteger e me libertar da injustiça que fizeram contra a minha pessoa.

275

OUTROS SUCESOS *Barbara*

Só o coração pode entender

Uma história verdadeira, profunda, real que fala direto ao coração e nos revela que o coração sabe bem mais do que pensamos, pode compreender muito mais do que julgamos, principalmente quando o assunto for amor e paixão.

Abaixo um trecho do romance.

Nicete Carminatti entrou no aposento sem dizer sequer um "boa tarde" ou um "como vai?". Olhava para o vestido que sua futura nora experimentava, com visível reprovação e descaso.

— Bianca não está linda, dona Nicete? — perguntou o estilista, em tom afetado e teatral. — O vestido caiu como luva para ela, não?

Nicete Carminatti ignorou mais uma vez as palavras que lhe foram dirigidas. Contudo Armando Bellini não se deu por vencido, jamais se dava. Saltitou até a mulher e tornou a perguntar:

— Ela não está parecendo uma princesa, dona Nicete?

A mulher fuzilou-o com o olhar.

— Ui — sibilou o costureiro, segurando-se para não *rodar a baiana*.

Só nesse momento é que os olhos de Nicete se encontraram com os de Bianca. Havia medo nos olhos da moça, o mesmo que fazia tremerem seus lábios.

— Boa tarde, dona Nicete — tornou ela, num tom inseguro.

Nicete ignorou a moça mais uma vez, voltou-se para o estilista e lhe pediu que preparasse o vestido dela para experimentar o mais urgente possível. O profissional atendeu ao pedido no mesmo instante.

Assim que Bianca se viu a sós com Nicete, ela disse:

— Foi bom a senhora ter me encontrado experimentando o meu vestido de noiva. Assim, pode me dar uma opinião a respeito dele. Está lindo, não está?

— O vestido é realmente bonito, um primor, eu diria. Mas o que conta mesmo num casamento é o que está por baixo de um vestido encantador como este. O caráter, a honestidade, a dignidade, a humildade, a decência, a sinceridade da mulher que o veste.

Nicete Carminatti fez uma pausa de efeito, olhou intrigada e interrogativamente para Bianca e fez um pedido muito sério à moça:

— Seja sincera comigo, minha cara, pelo menos uma vez desde que nos conhecemos. Você não ama José Murilo, não é mesmo? Vai se casar com ele somente porque está desesperada para se casar, não é? Eu compreendo seu desespero, não é fácil para uma mulher ver que todas as suas amigas e primas já se casaram e ela não, ainda mais quando essa mulher já está prestes a se tornar uma trintona. É difícil, eu sei... Ainda assim, uma mulher tem de ter caráter, não pode se aproveitar de um bobão só para não acabar solteirona, sendo tachada pela sociedade de "Essa ficou para titia".

— Eu amo seu filho, dona Nicete.

— Já lhe pedi para ser honesta comigo pelo menos uma vez.

— Estou sendo sincera, dona Nicete. Eu amo José Murilo.

— Ama, nada.

— Amo, sim.

— Por Deus, seja sincera pelo menos uma vez!

— A senhora está fazendo um mau julgamento da minha pessoa. Só porque sou sete anos mais velha do que seu filho, só porque tenho praticamente trinta anos, não quer dizer que eu esteja desesperada para me casar... A senhora bem sabe que eu tive um namorado por cerca de onze anos. Pois bem, se estivesse desesperada para me casar, tê-lo-ia forçado a se casar comigo na época.

Nicete aproximou-se de Bianca, mirou fundo nos olhos dela e disse:

— Você pode enganar qualquer um, sua *encalhada*, menos a mim. Não é só meu filho que você vai fazer infeliz se casando por interesse, você mesma será infeliz se casando por esse motivo.

— A senhora está me ofendendo.

— Antes você ofendida do que eu.

Nicete Carminatti apoiou a mão no queixo, parecendo querer controlar sua irritação. Por fim sorriu, com um leve quê de deboche e, com ar superior, disse:

— Ai, Jesus... Será que você não vê que é velha para o meu José Murilo?

— Temos apenas sete anos de diferença...

— Ainda assim é velha para ele!

— A senhora...

— Calada!

Bianca baixou os olhos, submissa, segurando-se para não chorar.

— Você não tem respeito pelo próximo. Se tivesse, não estaria usando o meu filho, brincando com os sentimentos dele só para não acabar solteirona.

— Eu vou me casar com José Murilo, queira a senhora ou não.

— Infelizmente. Mas eu preferia...

Nicete Carminatti não terminou a frase. Completou-a apenas em pensamento: "Preferia ver meu filho morto a vê-lo casado com você!".

O dia do casamento finalmente chegou. Na casa da família Carminatti, o pai acabava de ajudar o filho a colocar a gravata, quando José Murilo exclamou com alegria:

— Hoje é meu grande dia, papai. O meu grande dia.

— Que você seja muito feliz, meu filho.

José Murilo sorriu e beijou a fronte do pai. Nisso, dona Nicete apareceu no topo da escada. O filho subiu até lá levando consigo um sorriso bonito na face. Deu o braço para a mãe e desceu ao lado dela, como se fosse o pai levando uma filha debutante para o salão. A mãe voltou-se para o filho, mirou fundo nos seus olhos e disse:

— Filho...

— Não diga nada, mamãe. Hoje, agora, aqui, sou eu quem tem que dizer alguma coisa. Obrigado por tudo o que fez por mim. Por ter sido uma mãe maravilhosa, que jamais me deixou faltar nada na vida.

Voltando-se para o pai, o rapaz acrescentou:

— Ao senhor também, papai. Eu só tenho a agradecer-lhe tudo que fez por mim.

O pai abraçou o filho, debulhando-se em lágrimas.

— Eu — ia dizer Nicete, mas José Murilo a interrompeu.

— Depois, mamãe, precisamos ir, senão vamos chegar atrasados à igreja.

Nicete assentiu com o olhar.

Do lado de fora, prestes a entrar no carro, Nicete perguntou:

— Você não vem conosco?

— Ora, *dona* Nicete... Esqueceu-se de que vocês vão pegar o vovô na casa dele? E que eu fiquei de apanhar o Zeca e a Elenice na casa deles?

— É verdade, havia me esquecido. Até já.

José Murilo não respondeu, apenas sorriu. O carro levado pelo chofer saiu um pouco à frente daquele que o noivo dirigia.

Deus nunca nos deixa sós

Deus nunca nos deixa sós conta a história de três mulheres ligadas pela misteriosa mão do destino. Uma leitura envolvente que nos lembra que amor e vida continuam, mesmo diante de circunstâncias mais extraordinárias.

Abaixo um trecho do romance.

Somente à véspera do dia em que o casal viria buscar a menina é que Teodora e Lira perceberam que a adoção separaria as duas amigas.

Por nenhum momento, até então, elas haviam se dado conta do fato. E a descoberta não foi nada agradável para as duas. Foi um baque, um choque, um tremendo desapontamento.

— Se você for embora, amanhã, com o casal que adotou você, Lira — desabafou Teodora —, nós seremos separadas. Nós nunca mais nos veremos, pois nenhuma das meninas adotadas volta para cá!

— Você tem razão, Teodora — concordou Lira, entre lágrimas.

Teodora subitamente se agarrou à amiguinha e, aos prantos, implorou:

— Você não pode ir embora amanhã, Lira. Não pode!

Lira não sabia o que responder. Apertava-se à amiga, enquanto também se derramava em lágrimas. Lágrimas sentidas e fúnebres.

Quando Irmã Wanda encontrou as duas aos prantos, assustou-se profundamente.

— O que houve com vocês? — foi logo perguntando, enquanto afagava as duas meninas em seus braços.

— Irmã Wanda — explicou Teodora, com voz aflita —, se a Lira for adotada, ela nunca mais voltará para cá, seremos separadas para sempre e eu não quero. Não quero, Irmã. Por favor, não permita que eles levem a Lira amanhã. Por favor, não permita!

Irmã Wanda sentiu um aperto no peito enquanto procurava por palavras, dentro de si, que pudessem confortar as duas meninas.

— Não chorem, procurem se acalmar. A adoção fará muito bem para Lira. No começo, vai ser difícil para vocês duas, mas, depois, no futuro, ambas vão agradecer por esse momento. Lira, por perceber que a adoção lhe abriu muitas portas, e Teodora, por perceber que a adoção foi uma grande oportunidade para a sua amiga querida.

— Eu não quero, Irmã. Não quero ficar longe da Lira — implorou Teodora, aos prantos.

Lira, entre lágrimas, completou:

— Eu também não quero ficar longe da Teodora, Irmã Wanda. Não quero!

— Acalmem-se, meus amores — suplicou a Irmã, procurando se fazer de forte. — Não há com o que se preocuparem, minhas queridas. Lira poderá voltar ao orfanato sempre que possível para visitar Teodora e a todas nós.

A menina engoliu o pranto e perguntou:

— Poderei?

— Poderá, meu anjo, poderá — respondeu a Irmã, fazendo-se de forte.

Irmã Wanda sabia que estava mentindo, pois o casal que adotara a menina vivia na Europa. Isso impediria que Lira fizesse visitas frequentes ao orfanato. Mas ela tinha de encorajar a pequena diante da adoção, para o próprio bem dela, pois crescer sob o amparo de uma família poderia dar-lhe um futuro melhor, bem mais promissor do que se ficasse no orfanato.

Era feio mentir, Irmã Wanda sabia muito bem disso, mas, naquele caso, a mentira era a única forma de garantir um bem maior. Era uma mentira por amor. Seu íntimo dizia, afirmava, sem sombra de dúvida, que no futuro Lira lhe agradeceria muito por tê-la incentivado a partir dali. E Teodora faria o mesmo, por ter compreendido a importância da adoção para a amiga querida.

Suas verdades o tempo não apaga

No Brasil, na época do Segundo Reinado, em meio às amarguras da escravidão, Antonia Amorim descobre que está gravemente doente. Diante disso, sente-se na obrigação de contar ao marido, Romeu Amorim, um segredo que guardara durante anos. No entanto, sem coragem de dizer-lhe olhos nos olhos, ela opta por escrever uma carta, revelando tudo. Após sua morte, Romeu se surpreende com o segredo, mas, por amar muito a esposa, perdoa-lhe. Os filhos do casal, Breno e Thiago Amorim, atingem o ápice da adolescência. Para Thiago, o pai prefere Breno, o filho mais velho, a ele, e isso se transforma em revolta contra o pai e contra o irmão. O desgosto leva Thiago para o Rio de Janeiro onde ele conhece Melinda Florentis, moça rica de família nobre e europeia. Disposto a conquistá-la, Thiago trama uma cilada para afastar o noivo da moça e assim consegue cortejá-la.

Essa união traz grandes surpresas para ambos e nos mostra que atraímos na vida tudo o que almejamos, porém, tudo na medida certa para contribuir com nossa evolução espiritual. Tudo volta para nós conforme nossas ações; cada encontro nos traz estímulos e oportunidades, que se forem aproveitados, podem ajudar o nosso aprimoramento espiritual e o encontro com o ser amado mobiliza o universo afetivo.

Breno Amorim, por sua vez, é levado pela vida a viver encontros que vão permitir que ele se conheça melhor e se liberte das amarras que o impedem de ser totalmente feliz. Encontros que vão fazê-lo compreender que a escravidão é injusta e que ajudar o negro escravo a ser livre é o mesmo que ajudar um irmão a quem muito se ama encontrar a felicidade, que é um direito de todos, não importa cor, raça, religião nem *status* social.

Esta é uma história emocionante para guardar para sempre no seu coração. Um romance que revela que **suas verdades o tempo não apaga** jamais, pois, geralmente, elas sempre vêm à tona e, ainda que sejam rejeitadas, são a chave da libertação pessoal e espiritual.

Mulheres Fênix

Em vez de ouvir o típico "eu te amo" de todo dia, Júlia ouviu: "eu quero me separar, nosso casamento acabou". A separação levou Júlia ao fundo do poço. Nem os filhos tão amados conseguiam fazê-la reagir. "Por que o *meu* casamento tinha de desmoronar? E agora, o que fazer da vida? Como voltar a ser feliz?"

Júlia queria obter as respostas para as mesmas perguntas que toda mulher casada faz ao se separar. E ela as obtém de forma sobrenatural. Assim, renasce das cinzas e volta a brilhar com todo o esplendor de uma mulher Fênix.

Da mesma forma sobrenatural, Raquel encontra dentro de si a coragem para se divorciar de um homem que a agride fisicamente e lhe faz ameaças; Carla revoluciona sua vida, tornando-se mais feliz; Deusdete descobre que a terceira idade pode ser a melhor idade; e Sandra adquire a força necessária para ajudar sua filha especial a despertar o melhor de si. Baseado em histórias reais, *Mulheres Fênix* conta a história de mulheres que, como o pássaro Fênix da mitologia, renascem das cinzas, saem do fundo do poço e começam uma vida nova, sem mágoa, sem rancor, mais feliz e com mais amor.

Um livro para erguer o astral de quem entrou numa profunda depressão por causa de uma separação, uma traição, um noivado ou namoro rompidos, por não conseguir um amor recíproco, por se sentir solitário, velho e sem perspectiva de vida, por não encontrar, enfim, saída para o seu problema.

Um romance forte, real, para deixar as mulheres mais fortes num mundo real.

Quando é Inverno em Nosso Coração

Clara ama Raymond, um humilde jardineiro. Então, aos dezessete anos, seu pai lhe informa que chegou a hora de apresentar-lhe Raphael Monie, o jovem para quem a havia prometido em casamento. Clara e Amanda, sua irmã querida, ficam arrasadas com a notícia. Amanda deseja sem pudor algum que Raphael morra num acidente durante sua ida à mansão da família. Ela está no jardim, procurando distrair a cabeça, quando a carruagem trazendo Raphael entra na propriedade.

De tão absorta em suas reflexões e desejos maléficos, Amanda se esquece de observar por onde seus passos a levam. Enrosca o pé direito numa raiz trançada, desequilibra-se e cai ao chão com grande impacto.

— A senhorita está bem? — perguntou Raphael ao chegar ali.

Amanda se pôs de pé, limpando mecanicamente o vestido rodado e depois o desamassando. Foi só então que ela encarou Raphael Monie pela primeira vez. Por Deus, que homem era aquele? Lindo, simplesmente lindo. Claro que ela sabia: era Raphael, o jovem prometido para se casar com Clara, a irmã amada. Mas Clara há muito se encantara por Raymond, do mesmo modo que agora, Amanda, se encantava por Raphael Monie.

Deveria ter sido ela, Amanda, a prometida em casamento para Raphael e não Clara. Se assim tivesse sido, ela poderia se tornar uma das mulheres mais felizes do mundo, sentia Amanda.

Se ao menos houvesse um revés do destino...

Quando é inverno em nosso coração é uma história tocante, para nos ajudar a compreender melhor a vida, compreender por que passamos certos problemas no decorrer da vida e como superá-los.

Se Não Amássemos Tanto Assim

No Egito antigo, 3400 anos antes de Cristo, Hazem, filho do faraó, herdeiro do trono se apaixona perdidamente por Nebseni, uma linda moça, exímia atriz. Com a morte do pai, Hazem assume o trono e se casa com Nebseni. O tempo passa e o filho tão necessário para o faraó não chega. Nebseni se vê forçada a pedir ao marido que arranje uma segunda esposa para poder gerar um herdeiro, algo tido como natural na época. Sem escolha, Hazem aceita a sugestão e se casa com Nofretiti, jovem apaixonada por ele desde menina e irmã de seu melhor amigo.

Nofretiti, feliz, casa-se prometendo dar um filho ao homem que sempre amou e jurando a si mesma destruir Nebseni, apagá-la para todo o sempre do coração do marido para que somente ela, Nofretiti, brilhe.

Mas pode alguém apagar do coração de um ser apaixonado a razão do seu afeto? **Se não amássemos tanto assim** é um romance comovente com um final surpreendente, que vai instigar o leitor a ler o livro outras tantas vezes.

Quando o Coração Escolhe

(Publicado anteriormente com o título: "A Alma Ajuda")

Sofia mal pôde acreditar quando apresentou Saulo, seu namorado, à sua família e eles lhe deram as costas.

— Você deveria ter-lhes dito que eu era negro — observou Saulo.

— Imagine se meu pai é racista! Vive cumprimentando todos os negros da região, até os abraça, beija seus filhos...

— Por campanha política, minha irmã — observou o irmão.

Em nome do amor que Sofia sentia por Saulo, ela foi capaz de jogar para o alto todo o conforto e *status* que tinha em família para se casar com ele.

O mesmo fez Ettore, seu irmão, ao decidir se tornar padre para esconder seus sentimentos (sua homossexualidade).

Mas a vida dá voltas e nestas voltas a família Guiarone aprende que amor não tem cor, nem raça, nem idade, e que toda forma de amor deve ser vivida plenamente. E essa foi a maior lição naquela reencarnação para a evolução espiritual de todos.

A lágrima não é só de quem chora

Christopher Angel, pouco antes de partir para a guerra, conhece Anne Campbell, uma jovem linda e misteriosa, muda, depois de uma tragédia que abalou profundamente sua vida. Os dois se apaixonam perdidamente e decidem se casar o quanto antes, entretanto, seus planos são alterados da noite para o dia com a explosão da guerra. Christopher parte, então, para os campos de batalha prometendo a Anne voltar para casa o quanto antes, casar-se com ela e ter os filhos com quem tanto sonham.

Durante a guerra, Christopher conhece Benedict Simons de quem se torna grande amigo. Ele é um rapaz recém-casado que anseia voltar para a esposa que deixara grávida. No entanto, durante um bombardeio, Benedict é atingido e antes de morrer faz um pedido muito sério a Christopher. Implora ao amigo que vá até a sua casa e ampare a esposa e o filho que já deve ter nascido. Que lhe diga que ele, Benedict, os amava e que ele, Christopher, não lhes deixará faltar nada. É assim que

Christopher Angel conhece Elizabeth Simons e, juntos, descobrem que quando o amor se declara nem a morte separa as pessoas que se amam.

A Lágrima não é só de quem chora é um romance emocionante do começo ao fim.

Paixão Não se Apaga com a Dor

No contagiante verão da Europa, Ludvine Leconte leva a amiga Barbara Calandre para passar as férias na casa de sua família, no interior da Inglaterra, onde vive seu pai, viúvo, um homem apaixonado pelos filhos, atormentado pela saudade da esposa morta ainda na flor da idade.

O objetivo de Ludvine é aproximar Bárbara de Theodore seu irmão, que desde que viu a moça, apaixonou-se por ela.

O inesperado então acontece, seu pai vê na amiga da filha a esposa que perdeu no passado. Um jogo de sedução começa, um duelo entre pai e filho tem início.

De repente, um acidente muda a vida de todos, um detetive é chamado porque suspeita-se que o acidente foi algo premeditado. Haverá um assassino a solta? É preciso descobrir antes que o mal se propague novamente.

Este romance leva o leitor a uma viagem fascinante pelo mundo do desejo e do medo, surpreendendo a cada página. Um dos romances, na opinião dos leitores, mais surpreendentes dos últimos tempos.

Ninguém desvia o destino

Heloise ama Álvaro. Os dois se casam prometendo serem felizes até que a morte os separe. Surge então algo inesperado. Visões e pesadelos assustadores começam a perturbar Heloise.

Seria um presságio? Ou lembranças fragmentadas de fatos que marcaram profundamente sua alma em outra vida?

Ninguém desvia o destino é uma história de tirar o fôlego do leitor do começo ao fim. Uma história emocionante e surpreendente. Onde o destino traçado por nós em outras vidas reserva surpresas maiores do que imagina a nossa vã filosofia e as grutas do nosso coração.

Nenhum amor é em vão

Uma jovem inocente e pobre, nascida numa humilde fazenda do interior do Paraná, conhece por acaso o filho do novo dono de uma das fazendas mais prósperas da região. Um rapaz elegante, bonito, da alta sociedade, cercado de mulheres bonitas, estudadas e ricas.

Um encontro que vai mudar suas vidas, fazê-los aprender que **nenhum amor é em vão**. Todo amor que acontece, acontece porque é a única forma de nos conhecermos melhor, nos perguntarmos o que realmente queremos da vida? Que rumo queremos dar a ela? Pelo que vale realmente brigar na nossa existência?

Vidas que nos completam

Vidas que nos completam conta a história de Izabel, moça humilde, nascida numa fazenda do interior de Minas Gerais, propriedade de uma família muito rica, residente no Rio de Janeiro.

Com a morte de seus pais, Izabel é convidada por Olga Scarpini, proprietária da fazenda, a viver com a família na capital carioca. Izabel se empolga com o convite, pois vai poder ficar mais próxima de Guilhermina Scarpini, moça rica, pertencente à nata da sociedade carioca, filha dos donos da fazenda, por quem nutre grande afeto.

No entanto, os planos são alterados assim que Olga Scarpini percebe que o filho está interessado em Izabel. Para afastá-la do rapaz, ela arruma uma desculpa e a manda para São Paulo.

Izabel, então, conhece Rodrigo Lessa, por quem se apaixona perdidamente, sem desconfiar que o rapaz é um velho conhecido de outra vida.

Uma história contemporânea e comovente para lembrar a todos o porquê de a vida nos unir àqueles que se tornam nossos amores, familiares e amigos… Porque toda união é necessária para que vidas se completem, conquistem o que é direito de todos: a felicidade.

Sem amor eu nada seria…

Em meio a Segunda Guerra Mundial, Viveck Shmelzer, um jovem alemão do exército nazista, apaixona-se perdidamente por Sarah Baeck, uma jovem judia, residente na Polônia.

Diante da determinação nazista de exterminar todos os judeus em campos de concentração, Viveck se vê desesperado para salvar a moça do desalmado destino reservado para sua raça.

Somente unindo-se a Deus é que ele encontra um modo de protegê-la, impedir que morra numa câmara de gás.

Enquanto isso, num convento, na Polônia, uma freira se vê desesperada para encobrir uma gravidez inesperada, fruto de uma paixão avassaladora.

Destinos se cruzarão em meio a guerra sanguinária que teve o poder de destruir tudo e a todos exceto o amor. E é sobre esse amor indestrutível que fala a nossa história, transformada neste romance, um amor que uniu corações, almas, mudou vidas, salvou vidas, foi no final de tudo o maior vitorioso e sobrevivente ao Holocausto.

Uma história forte, real e marcante. Cheia de emoções e surpresas a cada página... Simplesmente imperdível.

Por entre as flores do perdão

No dia da formatura de segundo grau de sua filha Samantha, o Dr. Richard Johnson recebe uma ligação do hospital onde trabalha, solicitando sua presença para fazer uma operação de urgência numa paciente idosa que está entre a vida e a morte.

Como um bom médico, Richard deixa para depois a surpresa que preparara para a filha e para a esposa para aquele dia especial. Vai atender ao chamado de emergência. Um chamado que vai mudar a vida de todos, dar um rumo completamente diferente do almejado. Ensinar lições árduas...

"Por entre as flores do perdão" fará o leitor sentir na pele o drama de cada personagem e se perguntar o que faria se estivesse no lugar de cada um deles. A cada página viverá fortes emoções e descobrirá, ao final, que só as flores do perdão podem nos libertar dos lapsos do destino. Fazer renascer o amor afastado por uma tragédia.

Uma história de amor vivida nos dias de hoje, surpreendentemente reveladora e espiritual.

Amor incondicional

Um livro repleto de lindas fotos coloridas com um texto primoroso descrevendo a importância do cão na vida do ser humano, em prol do seu equilíbrio físico e mental. Um livro para todas as idades! Imperdível!

Gatos muito gatos

Um livro repleto de lindas fotos coloridas com um texto primoroso sobre a importância de viver a vida sem ter medo de ser feliz. Um livro para todas as idades! Lindo!

Entre outros...

H

Para adquirir um dos livros ou obter informações sobre os próximos lançamentos da Editora Barbara, visite nosso site:

www.barbaraeditora.com.br

ou escreva para:
BARBARA EDITORA
Av. Dr. Altino Arantes, 742 – 93 B
Vila Clementino – São Paulo – SP
CEP 04042-003
(11) 5594 5385

E-mail: barbara_ed@estadao.com.br
Contato c/ autor: americosimoes@estadao.com.br